Für Barbara

Hans-Peter Hohmann

Der Hund, das Kind, der See
Ein Liebesroman

© 2019 Hans-Peter Hohmann
Umschlag, Illustration: Sigi Bucher
Fotos: Hans-Peter Hohmann

ISBN Softcover: 978-3-7497-8549-0
ISBN Hardcover: 978-3-7497-8550-6
ISBN e-Book: 978-3-7497-8551-3

Druck und Distribution im Auftrag des Autors: tredition
GmbH, Halenreie 40-44, 22359 Hamburg, Germany

Prolog

Als das Kind im See versank, sah keiner hin. Fast keiner. Der Einzige, der hinschaute, war ich. Aber das war später. Denn auf meiner Runde war ich bisher kaum jemandem begegnet, ein trüber Nachmittag im Dezember, wen treibt es da ins Freie? Wie üblich nur einige ältere Herrschaften, die sich noch rasch ihre „Torte danach" verdienen müssen. Ein Hund war mir auch über den Weg gelaufen, seltsame Kreatur. Wie er so dahinzieht, da und dort herumschnuppernd. Mich fand er nicht interessant. Warum auch? Gefühle brachte ich nicht auf für ihn. Zu Berührungen bestand auch kein Anlass und zu Streicheleinheiten war ich ohnehin nicht aufgelegt.

Hässlich, der ganze Kerl. Das Fell irgendwas zwischen struppig und krauslockig. Aber sein Aussehen macht ihm nichts aus, er wirkt ganz zufrieden mit sich, verschwindet mal im Gebüsch, taucht wieder auf; was die Tierwelt halt so treibt. Keinem scheint der Hund abzugehen, ein Pudel, der Vollständigkeit halber, der sich inzwischen mehrmals erleichtert hat und auch in der Folge hier und da aus unerfindlichen Gründen sein Bein hebt.

Warum befasse ich mich überhaupt mit dem Hund? Gut, er ist ein lebendes Wesen, besser als nichts. An dürrem Strauchwerk oder kahlem Geäst will sich die Seele halt nicht recht erwärmen. Und mehr hat der Park heute einfach nicht zu bieten. Schön wäre es zum Beispiel gewesen, wenn die Große Liebe hinter einem Baum hervorgekommen wäre, und nicht bloß der Hund, den es immer wieder zu mir hinzuziehen scheint. „Ja, ist ja schon gut. Weg da, nein, ich gebe nichts!" Jetzt rede ich auch noch mit dem, wie peinlich ist das denn? Höchste Zeit, das Weite zu suchen, bevor ich hier völlig auf den Hund komme...

Das also war die Situation: ein unbelebter Park im Dezember, ein 41-jähriger Mann, einmal geschieden, ganz gut gekleidet, mit mancherlei Interessen, einigermaßen lebenserfahren, doch gerne auch mal hündisch, äh, kindisch....

Erster Teil

1

So sinnierte Helmut vor sich hin. Wie meist überkam ihn auch heute, während er auf den Weg starrte, ein Gefühl der Sinnlosigkeit. Die lieblos asphaltierte Strecke, die durch ein Wäldchen führte, glotzte ungerührt zurück, und der Rodelberg, den Helmut erklomm, erhob sich stumm, fiel auf der anderen Seite wieder hinab, um in eine mickrige Seenlandschaft zu münden.

Trotzdem wusste Helmut, dass hier der Höhepunkt seines Spaziergangs erreicht war, oft auch der Höhepunkt des Tages. Ihn grauste vor der Rückkehr in sein leeres Haus, das zu beleben ihm einfach nicht gelingen wollte. Ein Hund kam nicht in Frage, sosehr sich der Pudel auch anwanzte. Gelegentlich hatten schöne Frauen den Weg in Helmuts Villa gefunden, schnell jedoch auch wieder hinaus. Eine aufregendere Existenz hatte er abrupt verlassen müssen, das darauffolgende, ungeliebte Intermezzo, von dem noch die Rede sein wird, beendete er vor knapp zwei Jahren, doch das neue Leben ließ auf sich warten. Bis es endlich kam, vertrieb er sich die Zeit mit dem täglichen Aufstieg auf diesen lächerlichen Hügel, der bei Schneefall von Kindergeschrei erfüllt war, sonst aber einfach so dalag.

Sollte er die restlichen Meter überhaupt hinaufsteigen? Immerhin lohnte der Blick über den gesamten Park bis hinüber zur Autobahn, und wenn er zurückschaute, stand an föhnigen Tagen die Alpenkette hübsch aufgereiht am Horizont. Gut, die paar Meter noch, dachte er! Die übliche Stunde, die er für den Hinweg veranschlagt hatte, musste schließlich eingehalten werden.

Während Helmut die fehlenden Sekunden bis zur vollen Stunde mitzählt, ist die 33-jährige Britta Güthlein-Weber erst seit ein paar Minuten unterwegs. Sie will ihrer dreijährigen Tochter, die den seltenen Namen Florence trägt – eine Reminiszenz an Brittas jungmädchenhafte Verehrung für Florence Nightingale, allerdings spricht Britta Florence französisch aus, aus wiederum anderen Gründen – sie will dem Kind vor Einbruch der Dunkelheit noch ein wenig frische Luft zukommen lassen. Die Kleine quengelt im Kinderwagen vor sich hin, ohne richtigen Anlass, vielleicht ist sie noch müde vom Mittagsschlaf, oder ihr ist langweilig. Britta hat ihr, als sie in den Park eingebogen sind, gewohnheitsmäßig eine Breze in die Hand gedrückt, doch für *Flo*, wie die gegen solche banalen Kürzel allergische Mutter sie in Momenten der Rührung, aber auch in solchen, wo es schnell gehen muss, eigentlich jedoch immer nennt, ist das weiche Ding jetzt eher ein Gegenstand, an dem sie sich festhalten kann oder mit dem man herumspielt. Dass es etwas zu essen ist, interessiert sie im Augenblick nicht, vielleicht später.

Jetzt sind sie also im Park angekommen, für Flo gibt es da immer etwas zu sehen und zu entdecken: andere Kinder, Käfer, Eichhörnchen, bunte Blätter, Enten, morsche Äste, und natürlich Hunde. Sogar ein leicht desorientierter Fuchs war ihnen einmal fast in den Kinderwagen hineingelaufen, doch bevor Britta erschrocken aufschreien konnte, hatte der sich ungerührt über die Bahngleise davongemacht, mit dramatisch aufgestellter Rute und ohne einen Blick zurück.

Helmut hatte seinen gewohnten Blick über die öden Lande mittlerweile beendet. Heute gab es noch weniger zu sehen als sonst, so sehr er sich auch anstrengte. Enttäuscht wandte er sich um und wollte sich auf den Heimweg machen, denn es dämmerte schon und ihm war kalt. Doch da, unten, am See, bewegte sich da nicht etwas? Er hielt inne, entdeckte aber nichts Besonderes: Ein Kinderwagen war da, jetzt war es ein leerer Kinderwagen, den ein Kind unbestimmten Alters soeben verlassen hatte. Ein paar Meter dahinter die Mutter, vermutlich jung, unerfahren, ungeschickt. Die zerrte das störrische Gefährt gerade über lästiges Wurzelwerk. Das Kind war da schon ein paar Schritte vorausgelaufen. Etwas unbeholfen, doch recht zielstrebig dackelte es auf den See zu. Der war zwar eigentlich nur ein Ententeich, aber mit ordentlichem Tiefgang.

Die Frau war inzwischen stehen geblieben und ging in die Hocke, um ein verklemmtes Teil oder vielleicht ein festhängendes Rad zu lösen. Deshalb sah sie auch nicht, Helmut dagegen schon, wie das Kind am Rand des Teichs ankam und mit einer Hand, die irgendetwas hielt, wild herumwedelte. Ein gutes Dutzend Enten hatte sich an diesem Nachmittag für den Teich als Versammlungsort entschieden. Ein paar zeigten an dem Gewedel Interesse und glitten dem Ufer zu. Offenbar begeistert von der Aussicht auf eine spannende Begegnung mit der belebten Natur, machte das Kind einen Schritt nach vorne, verlor das Gleichgewicht, plumpste fast lautlos ins Wasser – und versank auf der Stelle.

Helmut hatte sich da schon längst in Bewegung gesetzt, stürmte schreiend und mit den Armen rudernd den Rodelhang hinab und verschwand, nicht ganz so lautlos wie jenes Kind, ebenfalls im See. Die Frau, erwartungsgemäß die bereits genannte Britta Güthlein-Weber, war durch Helmuts Schreie aufgeschreckt worden, amüsierte sich dann aber mehr, als dass es sie beunruhigte, wie ein hoch aufgeschossener, etwas ältlich wirkender Herr mit geöffnetem Lodenmantel und wehendem

Schal den Abhang herunterstolperte, wohl wegen seines Alters nicht mehr bremsen konnte und ins Wasser fiel, und zwar an der Uferstelle, wo Britta eigentlich ihre Tochter vermutete. Doch da war keine Tochter, da war nichts. Und, endlose Sekunden später, noch immer nichts. Kein Laut. Leere. Britta fühlte, wie eine eisige Hand nach ihrem Herzen griff. Eine weitere gefühlte Ewigkeit später vernahm sie zunächst das Geräusch einer mächtigen Flutwelle, darauf einen herzzerreißenden Schrei. Dann sah sie etwas Zappelndes, das von zwei krakenhaften Armen in die Höhe gehoben wurde. Den Armen folgte ein triefend nasser, algenumkränzter Kopf, der Schal, auf dreifache Länge gedehnt, und der ganze Mann, der vor wenigen Augenblicken im See verschwunden war.

Die Enten suchten empört schnatternd das Weite, bis auf eine, die sich verzweifelt abmühte, aus einer Breze, die im sich allmählich beruhigenden Wasser schwamm, einen Brocken herauszureißen.

2

Wie peinlich ist das denn?' Helmut schüttelte den Kopf, während er sich seiner nassen Kleidung zu entledigen versuchte. Das war schwieriger als gedacht, denn er stand - die ironische Pointe war ihm bewusst - in einer Sitzbadewanne und war ständig in Gefahr, am Heizstrahler, der von der Decke hing, anzurempeln oder auf dem von Seewasser, Entengrütze und Algenglibber glitschig gewordenen Wannenboden auszurutschen. Von draußen drang das nur langsam abebbende Gebrüll des Kindes zu ihm herein, unterlegt von einem beruhigenden Murmeln, das sich allmählich durchzusetzen begann. Die junge Frau hatte, sofort nachdem er ihr das klatschnasse Bündel in die Arme gedrückt hatte, ihn, das nach Luft japsende Kleinkind und den Kinderwagen zu ihrer nahe gelegenen Wohnung bugsiert - eine logistische Meisterleistung, die Helmut nicht genug bewundern konnte. Dann hatte sie ihn ins Bad verfrachtet, ihm ein paar recht sportliche Klamotten reingeworfen - „von meinem Mann, ist auf Geschäftsreise", hatte sie fröhlich verkündet - und sich dann daran gemacht, das verstörte, wild um sich schlagende Kind von den klammen Sachen zu befreien, es mit einem Badetuch trocken und warm zu rubbeln und ihm seinen Lieblingsstrampler - mit Häschen, Maikäferchen, Entchen, die während des Ankleidungsvorgangs auch alle liebevoll beschrieben wurden - überzustreifen. Dazu gab es ein paar Kekse, die sonst nur sonntags aufgetischt wurden, eine rasch aufgewärmte Flasche, mit Restkakao vom Mittagsschlaf, und viel Streicheln, Kosen, Küssen - ab und zu auch einen Beruhigungskeks für die Mama.

Endlich, nach einer guten halben Stunde, wurde es still. Flo war eingeschlafen. Ab und zu schluchzte sie kurz auf, drehte sich noch einmal nach rechts und einmal nach links, schmatzte ein wenig, dann wieder Stille. Helmut öffnete vorsichtig die Tür und schlich sich aus dem Bad. Er war angetan mit einem oliv-braunen Sweatshirt, auf dessen Brustseite ein schwungvolles „Hello California" prangte, weitgehend sinnfrei, dafür in verstörendem Pink, was dem Geschmack des geschäftsreisenden Ehemanns nicht das allerbeste Zeugnis ausstellte. Des Kinderretters Beine umschlotterte eine in türkis gehaltene, mit schwarz-rot-goldenen Streifen verzierte Jogginghose, die so gut wie neu aussah. Verständlicherweise, befand Helmut, wer nämlich, so seine Begründung, wollte sich in dieser monströsen Scheußlichkeit dem allgemeinen Gespött ausliefern?

Er räusperte sich, vermutlich um anzuzeigen, dass er nunmehr, nach zweiunddreißig Minuten unbequemen Wartens auf dem Wannenrand, auch eine gewisse Fürsorge vertragen könnte, oder wenigstens eine Tasse Tee. Britta, die aus der Küche kam, hob den Kopf, riss die Augen auf – dunkel, fast schwarz, wie Helmut gedankenschnell erfasste – und fing auf der Stelle an zu lachen. Sie lacht über mich, vermutete der Belachte zu Recht, aber es war ein schönes Lachen, wie er erfreut feststellte, nicht zu grell, ausdrucksstark, angenehme Tonhöhe. Nur schade, befand er abschließend, dass ich der Anlass sein muss.

„Entschuldigung", unterbrach sie seine Grübeleien über ihr Lachen, „aber die Kleiderwahl für Sie war, in der Eile, nicht, hmm, wie soll ich sagen, nicht sehr *überlegt*. Und verzeihen Sie, ich habe mich weder vorgestellt noch Ihnen für die Rettung meiner Tochter gedankt. Ich heiße Britta, Britta Güthlein-Weber, und bin Ihnen, um ehrlich zu sein, zu ewigem Dank verpflichtet".

„*Brita*? Interessant. So heißt mein Wasserfilter!" entfuhr es Helmut, der sich sogleich auf die Zunge biss, was schmerzte, das leichtfertig Dahingesagte aber nicht ungesagt machte.

„Ah ja", entgegnete die junge Frau, wobei sie das erste Wort aufreizend in die Länge zog, „Sie geben Ihren Wasserfiltern also Namen? Dann heißt Ihr Staubsauger vermutlich auch *Kobold*, oder?"

Helmut wand sich verlegen, nickte dann zustimmend, obwohl er wusste, dass er den verletzenden Hintersinn ihrer rhetorischen Frage damit erst aktivierte. Ja, Staubsauger von *Kobold* sind was für ältere Herrschaften wie mich, dachte er. Auch die Eltern der jungen Dame, ach, was sage ich, ihre Großeltern, haben sicher dieses unverwüstliche Gerät gehegt und gepflegt und ihren Töchtern den Kauf desselben dringend ans Herz gelegt, wühlte er in seiner Erinnerung herum, merkte dann aber, dass die junge Frau seit einiger Zeit einen verbalen Beitrag von seiner Seite zu erwarten schien.

„Mein Name ist Helmut W. Seethaler", setzte er an und ihr Gesicht verzog sich zu einem breiten Grinsen, „und ich bin froh, dass Ihre Tochter unbeaufsichtigt..., ich meine, dass Ihre Tochter das unbeabsichtigte Bad im See hoffentlich ohne Schaden, vielmehr Schäden..., äh, ich wollte sagen..., Sie verstehen, was ich sagen wollte?"

Helmut brach ab, weil er spürte, dass alle Peinlichkeiten, die er noch auf Lager hatte, von diesem Blick aus nachtschwarzen, funkelnden Augen in sämtliche Einzelteile zerlegt und mikroskopisch fein zerstäubt werden würden.

„Äh, könnte ich vielleicht eine Tasse Tee...?", hüstelte er, um das Thema zu wechseln, und starrte dabei auf einen Fleck an der Wand, weit hinter diesen unerbittlichen Augen.

„Ich habe nur Früchtetee." Pause. „Mit garantiert Brittafreiem Wasser". Lange Pause. „Wäre das genehm, Herr Helmut *Wee*? Keine Pause. „Wee wie Wasserfilter?", schnippte sie noch kurz und verschwand in der Küche. Den Tee quittierte Helmut dann gedankenlos mit einem „Sehr freundlich. Gut gekocht, das Wasser", bemerkte seinen erneuten Fehler erst daran, dass Brittas Miene endgültig vereiste und die Temperatur im Raum unter den Gefrierpunkt zu sinken drohte, schüttete das heiße Getränk zur Hälfte auf die Tischdecke, die andere Hälfte in sich hinein, worauf sein Gaumen wie rohes Fleisch reagierte und auf der Stelle zu garen begann. Dann raffte er hastig seine nassen, verklumpten Sachen zusammen, murmelte, soweit seine angegriffenen Sprechwerkzeuge dazu schon in der Lage waren, etwas von einem dringenden Arzttermin – „Um acht Uhr abends?", ätzte die schlagfertige Mutter zurück – und dass er die freundlich zur Verfügung gestellte Bekleidung am folgenden Tag zurückbringen werde, selbstverständlich gereinigt. Dann eilte er hinaus und stürzte die vierundsechzig Stufen bis zum Erdgeschoss hinab, während ihm Britta ins Treppenhaus nachrief, er könne die Klamotten behalten, als Dank für seine rühmenswerte Tat, sie wolle ihn aber keinesfalls noch einmal wiedersehen, und, nach einer allerletzten Pause, „schon gar nicht morgen!"

3

Helmut rannte, so gut es ging, nach Hause. Er hatte Britta erzählt, dass er „praktisch ums Eck" wohne, was leicht untertrieben war, denn er brauchte exakt siebenunddreißig Minuten, bis er endlich die Haustür aufschließen konnte und erschöpft im Vorraum zusammenzubrach. Obwohl er schweißgebadet war, fror er erbärmlich, da er auf die angebotene Unterbekleidung – aus Scham, oder doch aus Ekel? – verzichtet hatte, außerdem mit bloßen Füßen in die aufgeweichten Stiefel geschlüpft war, die während seiner Flucht, wie auch seine Füße, zu Eisklumpen erstarrt waren. Ohne die sonst peinlichst eingehaltenen körperhygienischen Rituale kroch er unter seine edle Daunenfederdecke und schlief, anders als die von ihm so heldenhaft wie selbstlos gerettete Florence eine Stunde zuvor, auf der Stelle ein.

Ein neuer Morgen brach an. Die Sonne beschien Florence, die sich bestens gelaunt aus dem Kinderbett meldete und Britta zu einem glücklichen Menschen machte. Es war, als sei die Erinnerung an die gestrigen Schrecknisse aus Flo's Köpfchen einfach weggeweht worden, wie eine Gewitterwolke, die vom Wind vertrieben wird. Die Sonne beschien auch Britta, die, nachdem sie ihre Tochter geherzt, geküsst und auf den Topf gesetzt hatte, den winzigen, nach Südost gelegenen Balkon betrat und den lieben Gott, die ihm unterstellten Schutzengel sowie alle sonstigen hilfreichen Geister lobte und pries und, ganz zuletzt, aber immerhin, sogar dem tapferen Retter ein halbwegs versöhnliches Wort spendete: „Dank auch Ihnen, Herr Helmut W.! Unserem *Wasserfilterer!*"

*

Die Sonne gab sich alle Mühe, auch den Helden des Vorabends sanft zu bescheinen, doch erstens schlief Helmut immer mit dicken Brokatvorhängen vor den Fenstern, ein elterliches Erbe, das seine von Schlafstörungen gepeinigte „Mutti" – Gott, oder welches höhere Wesen auch immer, hab sie selig – regelmäßig dem Erstickungstod nahegebracht hatte. Und zweitens schlief Helmut noch. Er schlief den Schlaf des Gerechten, den ein gutes Gewissen auszeichnet, wurde aber von immer wiederkehrenden Alpträumen attackiert. Denn er durchlebte, ja durchlitt im Schlaf seine edle Rettungstat, allerdings in merkwürdig verzerrter Form. Von geifernden Hundefellen getrieben, war er nämlich, in einem Kinderwagen liegend, einen Wasserfall hinabgestürzt, aus dem er wie durch ein Wunder heil wieder herausfand. Dabei rettete er eine Ente. Deren Vater Franz spendierte ihm zum Dank ein erfrischendes Bad mit der gesamten Entenfamilie, das gekrönt wurde durch ein Festmahl, welches aus einer aufgeweichten Breze bestand. Auf dem Höhepunkt der Feierlichkeiten bat Helmut den Vater um die Hand beziehungsweise den Flügel seiner Tochter, der ihm, in leichter Kürbiskernpanade kross herausgebraten, bereitwillig serviert wurde. Dazu gab es Früchtetee.

Helmut schreckte hoch. Wahrlich ein Alptraum, denn er verabscheute Früchtetee, das hatte er am Vorabend durchaus eindrucksvoll unter Beweis gestellt. Bei der Entenhochzeit hatte er Früchtetee getrunken, von daher rührte vermutlich der Alptraum, aus dem er, trotz der schweren Brokatvorhänge, die ihn weiterhin in schützende Finsternis hüllten, soeben herausgerissen worden war. Helmut erhob sich. Sein Körper war ein einziger Schmerz. Er öffnete die Vorhänge, anschließend die Fenster. Die Sonne hatte sich mittlerweile hinter eine pechschwarze Wolkenwand verzogen, und es hatte begonnen zu regnen. Er schloss die Fenster wieder, suchte seine Kleidungsstücke von gestern, die er zur Wäsche bringen wollte, und fand eine XXL-Jogginghose sowie ein Sweatshirt, beides von so abstoßender Hässlichkeit, dass er beunruhigt im Raum umherspähte, ob er nicht, in einem Anfall von Nächstenliebe, einem Penner sein Zuhause als Schlafstatt angeboten hatte. „Ist da wer?", rief er leicht verunsichert in jedes seiner sieben Zimmer hinein. Da niemand antwortete, war offensichtlich außer ihm auch keiner da, nur eine fremde Hose und ein fremdes Shirt. Seine eigene, noch immer feuchte, dreckstarrende und stinkende Kleidung lag weiterhin unbemerkt im Vorraum, denn Helmut hatte sich, unendlich erschöpft, wieder ins Bett gelegt und sollte es die nächsten drei Tage nicht mehr verlassen.

4

Britta vermisste Helmut nicht, ebenso wenig die Kleidungsstücke, mit denen er seinen überstürzten Abgang angetreten
hatte. Gelegentlich vermisste sie den legitimen Besitzer des
Jogginganzugs, ihren Mann Paul Weber, der sich keineswegs
auf Geschäftsreise befand, sondern von einem Tag auf den
anderen einfach verschwunden war. „Da wird sich die Mama
aber freuen!", hatte Weber ausgerufen, als Britta ihm glücks-
trunken von der pränatalen Existenz ihrer beider Tochter berichtete, und war, nachdem er sich am nächsten Morgen zur
Uni aufgemacht hatte, nicht wieder zurückgekehrt. Er meldete sich nicht, ließ sich von seinen Freunden verleugnen und
sandte ihr, bis auf einen Zettel, auf den er „Ich bin nicht reif
für ein Kind!" gekritzelt hatte, keine weitere Nachricht mehr.
Dafür hinterließ er Britta, zusätzlich zu dem in ihrem Bauch
regelrecht, doch leider vaterlos heranwachsenden Lebewe-
sen, einen größeren Berg Spielschulden, die Pauls Mutter
nicht gewillt war zu begleichen. Sie hätte sich von einem En-
kelkind durchaus beglücken lassen, keine Frage, wenn da
nicht diese ungeliebte Schwiegertochter gewesen wäre.
Außer dem Kind und den Schulden bestand Pauls einzige
materielle Hinterlassenschaft aus einem Sammelsurium zer-
lesener Taschenbücher und einigen selten genutzten Sportklamotten, von denen Britta immerhin zwei Teile an den nassen
Helmut losgeworden war, ohne ein schlechtes Gewissen haben zu müssen. Warum aber vermisste sie Weber, „diesen
Schuft", der sich ausgerechnet da aus ihrem Leben davon-
gestohlen hatte, als er zum ersten Mal für einen Menschen
Verantwortung hätte übernehmen können? Paul, drei Jahre
jünger als Britta, war ihre große Studentenliebe gewesen.

Germanist wie sie, klug, charmant, dazu, wie Pauls Mutter schwärmte, mit einem „spitzbübischen Lächeln" gesegnet. Bei diesem Ausdruck war Britta immer das große Kotzen gekommen. Das war zwar auch nicht sehr differenziert, aber zumindest während ihrer Schwangerschaft ziemlich passend. Und auf dieses „billige Anmacherlächeln", das traf es nach Brittas Meinung deutlich besser, war sie, die typische Landpomeranze, natürlich reingefallen.

Es folgte eine an Peinlichkeiten reiche Hochzeit im Familienkreis. „Einen Besseren kriegst du eh nicht", hatte Mama Weber gelästert, das hätte Britta stutzig machen müssen, aber mit sechsundzwanzig, mein Gott, nicht dass sie in Torschlusspanik hätte verfallen müssen, doch „Was man hat, das hat man, gell?" – auch so eine unerschütterliche Weisheit, diesmal aus dem Fundus ihres Vaters. Nach der Heirat bekamen sie die zwei schönsten Zimmer in ihrer WG, es folgten inspirierende Tage und aufregende Nächte mit Paul, das Studium lief von allein und so nebenher. Immerhin brachte sie es zu einem guten Ende, Paul jedoch nicht. Sie trat dann, auf Empfehlung ihres Professors Klaus Wehrfeldt, der sie „liebend gern" auf dem Weg zur Promotion „behutsam begleitet" hätte, ins Lektorat eines aufstrebenden Kleinverlags ein, um ihr und Pauls Leben von den Zuwendungen aus dem Hause Weber unabhängig zu machen.

Pauls Mutter schneite trotzdem unverdrossen immer mal wieder von Memmingen herein, um ihrem *Büble* heimlich, aber nicht heimlich genug, ein paar grüne, manchmal auch gelbe Scheine zuzustecken. Pauls höchst ambitionierte Abschlussarbeit *„Paolo Coelho, Paul Auster und Giovanni Paolo Secondo* – Fluch und Segen der Namensverwandtschaft in der Nachfolge des Heiligen Paulus" – wollte einfach nicht zu einem Ende finden, „begreiflicherweise", wie Britta spöttelte.

Sie half ihm, soweit ihre Zeit es zuließ, doch die *Honeymoon*-Stimmung der frühen Jahre stellte sich nicht wieder ein. Im Gegenteil: Beide wurden sie höflich, aber unmissverständlich aus der WG hinauskomplimentiert, fanden zwar rasch eine Wohnung, allerdings in einem Vorort, was bedeutete, dass Britta täglich lange Fahrten mit S- und U-Bahn zu bewältigen hatte und noch später als bisher schon nach Hause kam. Paul indes suchte die Uni nur noch sporadisch auf. Er nahm sich schließlich eine „kreative Auszeit", wie er seiner Memminger Geldgeberin weismachen konnte, und bereiste zwei Monate die halbe Welt. Britta hingegen konnte er nicht mehr täuschen. Sie liebte ihn zwar noch irgendwie, aber eher auf eine mütterlich-fürsorgliche Art. Was war geblieben vom strahlenden Helden ihrer Jungmädchenträume? Ein erwachsenes Kind, das selbst zu den einfachsten Dingen des Alltags nicht zu gebrauchen war. Sollte er etwas zum Abendessen einkaufen, kam er mit zwei Büchern aus dem Buchladen zurück, der praktischerweise neben dem Supermarkt gelegen war. Wäsche waschen hatte sich erledigt, nachdem er Brittas weiße Lieblingsslips zusammen mit einem tiefblauen Teppichvorleger in die Maschine gegeben hatte. Die Teile, die in aller Unschuld zwei schöne Stunden im 90 Grad heißen Wasser verbracht hatten, lösten bei ihm ehrliche Begeisterung aus. „Herrlich, dieses Blau!", rief er aus und war hochzufrieden mit seinem wertvollen Beitrag zur Arbeitsteilung. Da Britta tagsüber abwesend war, vermüllte die Wohnung allmählich. Paul selbst ebenfalls, da er die Notwendigkeit der Körperpflege nicht mehr als gegeben ansah. Nach Brittas „unangemessen scharfer" Kritik, wie er sich weinerlich beklagte, stellte er den eigenen Wäschewechsel aus Protest ein. „Dann geh' doch zu diener Mutter!", keifte Britta ihn eines Abends an, nachdem er ihr vorgeworfen hatte, dass sie weder so gut koche noch so gut rieche wie seine „liebste Mamtschi". *Mamtschi?* Das hörte Britta zum ersten Mal von ihm, aber war es nicht einfach ein weiteres Indiz für die galoppierende Re-Infantilisierung ihres Ehemanns? Paul nahm die Aufforderung gerne wörtlich und fuhr für drei Wochen nach Memmingen. Er kehrte auch pünktlich und scheinbar geläutert, auf jeden Fall frisch gebadet und mit neuer Garderobe zurück. Trotzdem roch er irgendwie seltsam. „Patschuli?", vermutete Britta, „oder Räucherstäbchen?", etwas in dieser Richtung, was sie so deutete, dass Paul sich in der Zeit seiner Abwesenheit nicht nur von *einer* Frau hatte verwöhnen lassen. Trotz ihres Argwohns, und ein wenig verletzt war sie auch, schlief sie in dieser Nacht mit ihm, wodurch er zum Vater ihrer Tochter wurde, ohne es, nach deren Geburt, im richtigen Leben einen einzigen Tag gewesen zu sein.

Sex mit Paul, das war es, was Britta gelegentlich vermisste, allerdings vermisste sie auch, wie sie sich mit leichter Resignation eingestehen musste, Sex *ohne* Paul. Sitzengelassen, dreiunddreißig, ein Kind, beruflich mit Büchern intim, von deren Schreiberlingen sie eher als Feindbild denn als Sexobjekt wahrgenommen wurde – das war der aktuelle Stand der Dinge.

Britta trat zum Fenster. Draußen schneite es. Scheinbar unaufhaltsam fielen die Flocken dicht an dicht aus dem schwarzen Nachthimmel und vereinigten sich am Boden, bis sie die so genannte „geschlossene Schneedecke" bildeten, welche man sogleich in den Nachrichten routiniert verkündete und die in den folgenden Tagen für gehörigen Blechschaden wie auch für andere Vorfälle sorgen würde.

5

Der Schnee dämpfte aber auch sämtliche Geräusche, die trotz geschlossener Fenster und zugezogener Vorhänge in Helmuts Schlafhöhle hätten hineindringen können. Blechschädenlärm war ohnehin nicht zu befürchten, da die Zimmerfenster im ersten Stock zum weitläufigen Garten hinaus gingen. So wachte Helmut nicht etwa auf, weil er hörte, es gab nichts zu hören, sondern weil er roch. *Es* roch, er selbst roch auch, und im ganzen Haus musste noch eine weitere intensive Geruchsquelle am Werk gewesen sein. Alles zusammen erzeugte jedenfalls einen beißenden oder sogar ätzenden Gestank, dem Helmut, als er seine Teich-Bekleidung endlich fand, spontan noch eine weitere Duftnote hinzufügte, indem er sich übergab.

Er riss sämtliche Fenster auf, entsorgte mit spitzen Fingern – „Wo verstecken sich diese Einweghandschuhe, wenn man sie mal braucht?", meckerte er vor sich hin – die sich inzwischen schon in Auflösung befindlichen Kleidungsteile, ebenso sein Schlafgewand, die Bettwäsche gleich mit, stellte sich eine Stunde unter die Dusche und hüllte sich anschließend in seinen grauen, schon etwas fadenscheinigen Bademantel. Darauf sammelte er mit wachsender Besorgnis drei Tageszeitungen, siebzehn Briefe und einunddreißig Werbesendungen ein, welche, zu einem Klumpen aufgehäuft, durchweicht vor der Tür lagen. Was für ein Tag war heute? Er musste länger als einen Tag geschlafen haben, das war sicher.

Auch sein Magen vermittelte ihm Ähnliches, nämlich dass er nun schon lange genug auf Frühstück, Nachmittagstee mit einem Stück Kuchen, auf diverse Snacks und auf ein Abendessen mit einer oder auch mal zwei Flaschen Wein verzichtet hatte. Appetit verspürte er keinen, aber ein leichter Schwindel beim Sich-Aufrichten aus der Hocke ließ ihn Richtung Küche taumeln, wo er auf einen Stuhl niedersank und erst einmal seine Gedanken zu ordnen versuchte.

War etwa schon Weihnachten und er der Einzige, dem der eifrige *amazon*-Bote keine Geschenke gebracht hatte? Ein Blick auf das Zeitungsbündel beruhigte ihn, die letzte Ausgabe war vom 22. 12., ein Mittwoch. Aber, er rechnete rasch nach, *drei* Tage aus der Welt und keiner, der ihn vermisste? Keiner, der Feuerwehr, Notarzt oder das SEK gerufen hatte, um ihn aus Todesnöten zu erretten? Und überhaupt, was hatte ihn derart erschöpft, dass er so lange der Welt abhandengekommen war? Er erinnerte sich nicht.

Doch wie es der Zufall wollte, lief draußen ein Hund vorbei. Und zufällig saß eine Katze auf der Steinmauer des Nachbargrundstücks. Folgerichtig bellte der Hund, was Helmut durch seine weit geöffneten Fenster hören konnte. „Was bellt denn da?", fragte er sich, die Antwort lag auf der Hand: ein Hund. Natürlich, *der* Hund. Ihm fiel sein Spaziergang ein, und Stück für Stück setzte er den letzten Tag, bevor ihn der Schlaf übermannt hatte, wieder zusammen: der Hund, ein Kinderwagen, das Kind, der tiefe See, der Früchtetee. Und das bizarre Jogging-Ensemble, das immer noch herrenlos vor seinem Bett lag. *Britta!* fiel ihm spontan ein, ein seltener Name, wahrscheinlich eine Abkürzung von Brigitta? An die damit verbundene Person erinnerte er sich gern, aber auch ungern. Er, der sonst so souverän aufzutreten wusste, hatte sich ihr gegenüber wie ein Idiot benommen.

Nun hatte er doch Hunger. Also erst einmal Frühstück, mit einer großen Kanne Darjeeling *First Flush*, um den hartnäckigen Nachgeschmack des Früchtetees aus seinem Rachen zu vertreiben. So saß er eine Stunde, seine Gedanken wanderten irgendwohin, er bekam keinen zu fassen. Die Türklingel riss ihn aus dem ergebnislosen Gegrübel. Er wollte schon aufmachen, als er bemerkte, dass er unter dem Bademantel nichts trug als frisch gewaschene und leicht fröstelnde Haut, zwar großzügig eingecremt, aber wenig geeignet, um Gäste zu empfangen. Wer außerdem störte ihn beim Frühstück?

„Herr Helmut?", tönte es von draußen, „alle Fenster sind offen. Werden Sie gerade überfallen oder ziehen Sie aus?"

„Nichts von beidem, danke!", rief Helmut. Er lächelte. Vor der Tür stand seine Zugehfrau Natalia Deznar, eine scharfzüngige Bosnierin. Oder war sie aus der Herzegowina? Er konnte es sich einfach nicht merken. Ihr jedoch durfte er sein etwas anzügliches Erscheinungsbild zumuten, weshalb er „Nein, liebe Frau Natalia, ich lüfte nur", antwortete und sie hereinließ. Die Weißrussin, die sie in Wirklichkeit war, schaute ihn eingehend von oben bis unten an, brummelte etwas von „Der Mantel gehört schon längst in die Tonne" und wackelte ins Bad, um ihren wöchentlichen Putzmarathon im Seethalerschen Anwesen in Angriff zu nehmen.

„Sie sind heute früh dran, Frau Natalia", rief Helmut ihr nach, musste dabei aber husten, was sie gleich wieder auf den Plan rief: „Das kommt von zu viel nackter Haut unter einem zu dünnen Mantel", verkündete sie mit anzüglichem Grinsen, „außerdem bin ich pünktlich, vier Uhr!" Sie verschwand mitsamt ihren Putzutensilien im Schlafzimmer, von wo sie sich mit angewidertem Ton meldete: „Hier stinkt's, Herr Helmut!" Helmut bewunderte zum wiederholten Mal ihre erfrischende Direktheit, und knapp drei Stunden später war er sie wieder los, sie und erstmals einen Hunderter: „Für Weihnachtsgeld, Herr Helmut", hatte sie ihn treuherzig angegrinst und den Schein flugs in ihrer Schürzentasche verstaut.

Helmut hatte sich inzwischen vollständig angekleidet, die Zeitungen überflogen – nichts von einem Vorfall im örtlichen

Park – seine Weihnachtspost von den Rechnungsschreiben getrennt und den Werbeberg in der Papiertonne versenkt. Die Joggingteile hatte er der Waschmaschine anvertraut, 40 Grad, das musste reichen, er wollte sich von Frau..., wie hieß sie doch gleich? ein Doppelname, fränkisch, mit handwerklicher Beifügung – Seufert-Schmid? Stäblein-Bäcker? – egal, von *Britta* jedenfalls wollte er sich nichts nachsagen lassen. Und schenken erst recht nichts. Gleich morgen würde er das Wäschepaket zurückbringen, weihnachtlich verpackt, oder, besser noch, in einem alten *Zalando*-Karton, der irgendwo herumliegen musste. Den würde eine Frau wie Britta, so suggerierte es die Werbung, allemal mit Schreien des Entzückens in Empfang nehmen. Abgang. Ende der Geschichte!

6

So Helmuts Plan. Nach der Wäsche sahen die Joggingteile weiterhin wie neu aus, aber keineswegs geschmackvoller. Helmut ließ sie in der Maschine trocknen und legte sie so zusammen, dass sie in das Versandteil, das er tatsächlich im Keller gefunden hatte, passten. Ins Sweatshirt steckte er noch eine kleine Ente aus Plüsch, als hoffentlich willkommene Aufmerksamkeit für die Kleine, die ja schließlich nichts dafür konnte, dass Helmut sich vor ihrer Mutter unsterblich blamieren musste. Ohne weihnachtliches Dekor verstaute er das Päckchen in einer Einkaufstasche und machte sich, diesmal mit dem Auto, auf den Weg zu Britta.

Um eine persönliche Übergabe zu vermeiden, wollte er die Sendung einfach vor der Wohnungstür ablegen. Mit dem POST-Trick gelangte er ins Haus, fuhr mit dem Lift in den vierten Stock, horchte an der Tür, ob sich drinnen etwas regte, platzierte sein Päckchen auf der Fußmatte und wollte wieder gehen. Als er jedoch in den Lift stieg, hörte er, wie unten die Haustür geöffnet wurde und zugleich ein markerschütterndes „Nein!!" durchs Treppenhaus gellte. Helmut hielt inne. Diese Stimme hätte er unter tausenden wiedererkannt. Den Lift konnte er sich schenken, denn er wäre den beiden Personen, denen er unter keinen Umständen begegnen wollte, direkt in die Arme gelaufen. So blieb ihm nur der wohlbekannte vierundsechzigstufige Fußweg hinab. Das „Nein" wurde, durch die Liftwände gedämpft, geringfügig leiser, zog langsam, etwa bei Stufe 37, an ihm vorüber, stieg in die Höhe, wurde wieder grell und treppenhausfüllend – und verstummte.

Helmut, der die Haustür erreicht hatte und eben ins frisch beschneite Freie hinausschlüpfen wollte, blickte, durch die plötzliche Totenstille verunsichert, nach oben, und direkt in ein glückseliges Lachen. „Ente!", hallte es herab, fast zärtlich hörte es sich an, und der einen „Ente" folgten, mit zunehmender Hingabe, fünf, sechs Wiederholungen, die Helmut zur Salzsäule erstarren ließen. Nach der letzten „Ente" kroch, süßlich säuselnd, eine Wörterschlange nach unten, die Helmut, als er seiner fünf Sinne wieder mächtig war, als „Ach, Sie sind es, Helmut? Wie schön, dass Sie uns nicht vergessen haben. Hätten Sie nicht Lust, auf einen Sprung hochzukommen und einen Tee mit uns zu trinken?" identifizierte.

Er hörte, wie eine Stimme, die entfernt seiner eigenen ähnelte, „Mit größtem Vergnügen" krächzte, spürte, dass seine Beine sich in Bewegung setzten, und sah, oben angelangt, in zwei strahlende blaue, zwei skeptische dunkle und zwei erwartungsvolle grüne Augen.

„Das, liebe Zoe, ist Herr Helmut Seethaler, Herr Helmut W. Seethaler, um genau zu sein, ein Freund meiner Tochter", stellte Britta ihn der dritten Person vor, der mit den grünen Augen, welche Helmut weiterhin mit taxierender Neugier betrachteten. Helmut ließ dies kalt, die Dame war nicht sein Typ. Was die grünen Augen jedoch sahen, gefiel ihnen ausnehmend gut. Denn Helmut trug heute seinen anthrazitfarbenen Mantel von Zegna und einen eleganten, moosgrünen Mohairschal von Bogner. Der Kopf war unbedeckt, so dass sich die dunkelbraunen Haare, mit silbernem Ansatz, durch Helmuts energischen Schritt treppabwärts keck aufgestellt hatten, was seinem Auftritt etwas Dramatisches verlieh.

Britta war die hingebungsvolle Pose ihrer Freundin durchaus nicht entgangen, so dass sie sich zu einer kleinen Bosheit hinreißen ließ. „Übrigens", begann sie wie nebenbei, „hat Herr Seethaler die schöne Angewohnheit, Haushaltsgegenstände zu benutzen, die er mit Namen versieht. Es kann also

27

sein, liebe Zoe, dass dein edler Vorname zufällig eine seiner Nachttischlampen oder das Klopapier ziert."

Flo hatte den ironischen Seitenhieben ihrer Mutter mit zunehmender Ungeduld zugehört und grätschte nun mit einem forschen „Ente! Ente!" dazwischen, was Britta veranlasste, endlich den Schlüssel zu betätigen, Helmut hereinzubitten und zu fragen, ob Tee für alle genehm sei, „der nachmittäglichen Stunde angemessen natürlich ein malziger Assam", dazu vielleicht die guten Sonntagskekse, dem „leider allzu seltenen Gast" zu Ehren?

Helmut konnte dem Fragengewitter nur ein hölzernes „Ja, gerne" entgegensetzen, und kaum hatte er abgelegt, fühlte er, wie sein linker Zeigefinger von einer winzigen, klebrigen Hand umschlossen wurde, die ihn zielstrebig ins Kinderzimmer zog und ihn dort veranlasste, seine stattlichen ein Meter fünfundachtzig auf dem Teppich zusammenzufalten. „Malen, Ente!", gebot ihm die Stimme, die keinen Widerspruch duldete. Helmut fügte sich, denn er wollte keineswegs eine „Malen"-Sequenz ähnlich der „Nein"-Attacke aus dem Treppenhaus riskieren. „Malen" war im Übrigen für ihn ein Leichtes, und so schaukelte nach kurzer Zeit und zu Flo's heller Begeisterung eine quietschgelbe Ente mit frechem Grinsen auf leicht bewegten Wellen. Die Begeisterung wurde noch größer, als Helmut dem Kind sein Werk mit einem salopp dahingeworfenen „Ente gut, alles gut" überreichte. Die kleine Entenfreundin drückte das Blatt wie einen Herzensschatz an sich, watschelte hinaus, dabei mehrmals „Mami! Ente gut, alles gut!" rufend, was Helmut freute und zugleich schmerzhaft berührte, denn seine kleinen Sprachspielereien stießen offensichtlich nur bei diesem einen Mitglied der Kleinfamilie auf Gegenliebe.

Das Kind kehrte mit geradezu verliebtem Gesichtsausdruck wieder ins Zimmer zurück, hinter ihm die Mutter mit dem

Belohnungstee für Helmut, und zum Schluss quetschte sich noch Zoe, die sich, nach Ablegen ihres Mantels, tief ausgeschnitten und brünhildenhaft üppig präsentierte, in das kleine Gemach. Sie aß die Kekse, die eigentlich für den flotten Zeichner gedacht waren, tat dies jedoch eher gedankenverloren als bewusst, denn sie konnte ihrer aus anderen Motiven als bei Flo gespeisten Begeisterung für „diese Sahneschnitte", so ihre etwas einfach gestrickte Kategorisierung des Künstlers, nicht anders Herrin werden.

Helmut musste in der Folge noch eine Giraffe, einen Eisbären, drei Äffchen und einen Hund mit verfilztem, zwischen grau, braun und schwarz changierendem Fell anfertigen, fand kaum Zeit, einen Schluck Tee – perfekte Ziehdauer!, dachte er anerkennend – zu sich zu nehmen, weil Flo ihn nach jeder liebevoll kolorierten Zeichnung stürmisch umarmte und ihm, nach dem Hundebild, sogar einen nach weihnachtlichem Früchtetee duftenden, feuchten Kuss auf die Wange drückte, was Helmut einerseits erröten ließ, andererseits zu einem kühnen „Nach diesem Kuss ist aber Schluss" animierte. Er hatte auch allen weiteren Tierporträts einen kleinen Reim beigefügt – *Ein riesengroßer Affe küsst zärtlich die Giraffe*, zum Beispiel – den Flo jedes Mal fehlerlos nachplapperte.

Helmut hatte bisher mit Kindern eher gefremdelt und war ihrem direkten Wesen aus dem Weg gegangen, um sich keine unliebsamen Wahrheiten wie *Du bist alt und hässlich* oder noch Schlimmeres anhören zu müssen. Flo jedoch hatte sein Herz in kürzester Zeit erobert, das konnte man, ohne ihm zu nahe zu treten, so sagen. Aber auch Flo hatte „Ente" in ihr Herz geschlossen, dank der vergnüglichen Malstunde noch mehr als zuvor. Helmuts Worte schienen sogar, waren sie nur gereimt, gleichsam Gesetz für sie zu sein. Denn unter unermüdlicher Wiederholung von „Kuss" und „Schluss" ließ sie sich bereitwillig von ihrer Mutter ins Bad und ins Bett bugsieren, erzählte und sang noch ein paar Minuten von Enten, Hunden und Giraffen, bis sie, von den aufwühlenden Ereignissen des Tages übersatt und ohne noch einmal nach ihrem Helden verlangt zu haben, einschlief.

Helmut und Zoe waren inzwischen auf dem Sofa in Brittas Wohnzimmer gelandet, wo sie ihm zuerst überfallartig das *Du* aufdrängte und wenig später ihren wogenden Busen näherbrachte. Helmut, noch paralysiert von der unverhofften Zuneigung, die sich zwischen ihm und Flo aufgetan hatte, war den neuen Herausforderungen so hilflos wie sprachlos ausgeliefert. Erst als Britta mit einem kühlen „Störe ich?" den Raum betrat, löste sich die bereits schwer atmende Reckin von Helmut, den sie offenbar als ihren neuen Siegfried auserkoren hatte. Der Held wider Willen befreite sich aus den Kissenbergen, in die sie ihn hineingepresst hatte, und rief erleichtert „Im Gegenteil", was Zoe mit empörtem Schnauben zur Kenntnis nahm.

„Ich bin müde", schnitt Britta ihrer Freundin das Wort ab, „und ihr zwei Turteltäubchen", ihre Stimme nahm Fahrt auf, „ihr könnt die lauschige Winternacht nutzen und bei einer romantischen Promenade im Mondenschein eure überhitzten Gefühle austauschen." Kurze Pause, sie riss die Tür auf, sagte „Gute Nacht. Ihr findet den Weg" und rief den beiden Hinaustolpernden ins finstere Treppenhaus hinterher, damit nur ja alle Hausbewohner Bescheid wussten: „Ich werde jetzt noch meine *Zalando*-Überraschung auspacken. Als Trost für einen Tag, an dem mich meine Tochter abserviert hat und meine beste Freundin mein Wohnzimmer als Liebesnest missbrauchen wollte."

7

Es hatte weiter geschneit. Statt den von Britta so warm empfohlenen Mondspaziergang anzutreten, mühten sich Helmut und Zoe mit den Schneewächten auf den Windschutzscheiben ihrer Fahrzeuge ab. Nach einer Viertelstunde war der Volvo bereits vom Schnee befreit, während der Smart von Frau Ramirez noch fast vollständig unter einer zerklüfteten weißen Decke verborgen lag. Helmut stand unschlüssig in der Gegend herum, was Zoe als eindeutiges Signal auffasste. „Die Frage, ob zu dir oder zu mir", behauptete sie entschlossen, „die stellt sich wohl nicht." Folgerichtig wollte sie in die vorgewärmte Limousine einsteigen, hatte jedoch nicht mit Helmuts Geistesgegenwart gerechnet, der sie verbindlich, aber entschieden von ihrem Vorhaben abhielt. „Ganz recht, Verehrteste", sagte er, „diese Frage stellt sich in der Tat nicht. Denn du fährst zu dir und ich fahre zu mir!" Er wünschte ihr noch einen schönen Abend, ein frohes Fest und, so neutral wie möglich, ein „erfülltes Leben". Dann startete er den Motor und das blankgefegte Fahrzeug rollte gemächlich davon.

So verheißungsvoll der Nachmittag mit Florence auch gewesen sein mochte – Helmut rechnete dennoch nicht mit einer Fortsetzung. Denn die Enttäuschung Brittas beim Öffnen der vermeintlichen „*Zalando*-Überraschung" musste sich zwangsläufig zu seinen Ungunsten auswirken. Ganz zu schweigen von dem aus Brittas Sicht keinesfalls misszuverstehenden, ganzkörperlichen Versunkensein Helmuts mit Zoe in den Untiefen des Güthlein'schen Sofas. Mehrere Gelegenheiten, sich bei Britta ins allerschlechteste Licht zu setzen, hatte er innerhalb einer Woche erfolgreich beim Schopf gepackt, so dass es ihm nur zu verständlich erschien, wenn sich ihre Wege nun nicht mehr kreuzen würden. Ob er das bedauerte? „So würde ich das nicht sagen", redete er sich ein, zumal er im Augenblick durchaus zufrieden mit sich war, weil er die beiden dreisten Zugriffe von Frau Ramirez hatte abwehren können. Innerlich beschwingt kämpfte er sich im Schritttempo durch den unermüdlichen Schneefall. Er summte ein altes Adventslied vor sich hin, das er besonders liebte – *Maria durch ein Dornwald ging* – und traf an seiner eingeschneiten Villa geschätzt nach der gleichen Zeitspanne ein, die er vor wenigen Tagen zu Fuß gebraucht hatte. Zu Hause legte er noch eine DVD ein, „*Ist das Leben nicht schön?*", mit James Stewart, trank ein Glas Wein und hörte seine Mailbox ab. Ein Anruf aus der Schweiz, ob er nicht spontan für ein paar Tage auf eine gemütliche Hütte kommen wolle? Es war der 23. Dezember, morgen könnte er gleich in aller Frühe aufbrechen, warum nicht? Das Christkind würde ohnehin Mühe haben, sich zu ihm durchzuschlagen, falls es den Landweg wählen würde.

*

Was aber geschah an diesem merkwürdigen Abend mit Zoe, der so unbegabten Scheibenkratzerin wie glühend Liebenden? Nachdem sich in einer Viertelstunde doppelt so viel Schnee auf ihrem Smart angesammelt hatte, als sie wegwedeln konnte, gab Zoe auf. Sollten sich doch die Schneeflocken an dem Ding erfreuen! Sie hatte die enge Kiste ohnehin nur von ihrer Mitbewohnerin ausgeliehen, diese allerdings nicht gefragt. Sie, Zoe, würde sich ein Taxi in die Innenstadt bestellen, in den *Bayerischen Hof*, wo der *Ball der einsamen Wunderkerze* alljährlich zur Weihnachtszeit die schrägsten Gestalten anlockte. Doch da der Akku ihres Smartphones den Geist aufgegeben hatte und kein Taxi es zufällig in ihre Nähe schaffte, musste sie zu Fuß gegen den weißen Flockenwirbel ankämpfen. Nach zwei Stunden war sie bis Giesing vorgedrungen und glaubte, eine kleine Rast verdient zu haben. An einer Tramhaltestelle setzte sie sich auf die Bank, um sich auszuruhen, vielleicht auch ein wenig zu schlafen. Sie war schon leicht weggedämmert, als aus dem glitzernden Schneegestöber etwas noch viel Helleres und Weißeres auftauchte, wie eine strahlende Fata Morgana unendlich langsam und scheinbar unendlich lang an ihr vorbeiglitt und fast schon wieder im Nichts verschwunden war. Wie im Traum nahm Zoe wahr, dass plötzlich Myriaden roter Lichter aufglühten und das dazugehörige Fahrzeug, keine zwanzig Meter entfernt, an Ort und Stelle verharrte. Sie riss sich aus dem Halbschlaf, rutschte, stolperte und fiel der märchenhaften Vision entgegen, sah, dass eine Tür sich wie von Geisterhand auftat, stürzte in die magisch illuminierte Höhle, fühlte, wie warme, weiche, süße Düfte ihren erstarrten Körper umschmeichelten, bemerkte erfreut, dass ihr Busen, der als Erstes in Kontakt mit einem im Dunkel verborgenen *Etwas* getreten war, auf entschiedene Gegenliebe stieß, und verspürte Wonnen, die ihr die Illusion vermittelten, dass sie aus der Eiseshölle direkt ins Elysium aufgestiegen sein musste.

Sie war, wie sie später erfahren sollte, aber rechtzeitig genug, um „das Richtige" zu tun, in der Stretch-Limousine des katarischen Kronprinzen Feisal al Ambra an Land gegangen. Der Prinz nahm Zoe, ohne viel mehr von ihr zu kennen als das im winterlichen München Erfühlte, zu seiner siebten Ehefrau, verfrachtete sie noch vor Jahreswechsel in seinen bescheidenen Drittpalast in der katarischen Wüste, wo sie ihm binnen zwei Jahren ebenso viele Söhne schenkte, wohingegen ihre sechs Co-Konkubinen es bis dahin nur auf siebzehn Töchter gebracht hatten.

Zoe bekam ihre Wundertaten damit vergolten, dass sie in

den *Palast der Sieben Winde* aufrückte und zur Ersten Dame ernannt wurde, der der Prinz mindestens zwei Mal pro Woche seine ganzkörperliche Aufwartung machte. Ihr Leben war ein einziges Märchen aus *Tausendundeiner Nacht*, bis sie es sich eines Tages in den Kopf setzte, den Maserati des Prinzen in der weiten, weiten Wüste spazieren zu fahren. An jenem Tag verlor sich ihre Spur in den noch weiteren Weiten und tieferen Tiefen der katarischen Haremswelt.

*

Britta machte sich, nachdem sie kurzzeitig einem Irrglauben aufgesessen war, wovon später die Rede sein wird, sie machte sich, treue Seele, die sie war, eine Zeitlang große Sorgen um ihre beste Freundin. Deren Handy war verstummt und blieb es auch, so dass Britta sich, allerdings ohne Ergebnis, bei der Polizei nach ihr erkundigte. Da auch keine Schneeleiche ausgegraben wurde und der Name Zoe Ramirez nicht unter den jüngst Verstorbenen auftauchte, tröstete sich Britta mit dem untrüglichen weiblichen Gefühl, dass die Verschollene wahrscheinlich einen amerikanischen Milliardär kennen gelernt und auf der Stelle geheiratet hatte, was der Wahrheit zwar nicht ganz, aber irgendwie doch nahekam.

8

Auch Helmut war in einer Art Wüste gelandet, allerdings weniger bereitwillig als Zoe und in einem weniger prunkvollen Ambiente. An die Episode mit Zoe verschwendete er keinen Gedanken mehr, denn seine gegenwärtige Lage war nicht dazu angetan, in irgendwelchen Erinnerungen zu schwelgen. Er war, obwohl der Wetterbericht nichts Gutes, also noch weitere Schneefälle, verhieß, der Einladung von Kurt gefolgt, einem Anwalt, der ihm bei der sicheren Anlage und Verwaltung des Familienerbes hilfreich zur Seite gestanden hatte. Kurt besaß im Berner Oberland eine „bescheidene Hütte", wie er gern kokettierte – mit vier Schlafzimmern und zwei Bädern – und Helmut war seiner Anfrage, ihm sowie „ein, zwei Freunden" bis zum Jahreswechsel Gesellschaft zu leisten, mangels anderer Angebote halbherzig nachgekommen.

Die Festtage waren inzwischen vorüber, die festliche Stimmung war längst verflogen und Helmut hatte die Heimkehr fest im Visier, als der vorausgesagte Wettersturz in der Neujahrsnacht zwei Meter Neuschnee ablud und die sieben Hüttengäste mit einer Situation konfrontierte, in der Helmut zu großer Form auflaufen sollte.

Zunächst einmal machte sich Helmut am 24. auf den Weg, er kam, wider Erwarten, recht flott voran, fand die richtige Abzweigung und erreichte das Chalet am späten Nachmittag. Die erste unangenehme Überraschung: Mit ihm befanden sich nunmehr sieben Personen in der Hütte, und sein Erscheinen wurde keineswegs enthusiastisch begrüßt. Außer Kurt kannte Helmut niemanden. Dies hätte er auch weiterhin vorgezogen, da sich der von dem Anwalt geladene Freundeskreis als Ansammlung soziopathischer Sonderlinge herausstellte.

Bente, zum Beispiel, eine kleine, zähe Frau in den Fünfzigern, hatte die seltsame Angewohnheit, jeden Tag in die nähere oder weitere Umgebung hinauszurennen, um den Bergen „das Du anzubieten" und sich, ganz allgemein, „mit der Natur zu vermählen". Zweimal musste sie, weil sie nicht mehr zur Hütte zurückfand, aus der allzu innigen Umarmung mit ihren wahlweise steinernen oder vereisten Bergfreunden errettet werden. Sie war in Begleitung von Gunter, einem leicht wunderlichen jüngeren Mann, der sich vorgenommen hatte, in der winterlichen Abgeschiedenheit Robert Musils wie für ihn persönlich geschriebenen Roman *Der Mann ohne Eigenschaften* zu lesen. Entsprechend gering war sein Beitrag zur allgemeinen Geselligkeit, zumal er nur sehr langsam vorankam und es ihm trotz eifrigen Bemühens nicht gelingen wollte, bis zum Ende der Woche weiter als zur Seite 27 vorzudringen. Dass seine Reisegefährtin regelmäßig abgängig war, bereitete ihm als Einzigem keine Sorgen, er kenne das schon von „der Gabi", bisher sei sie doch immer heil und vor allem „pünktlich zum Abendessen" zurück gewesen. Dass er Bente hartnäckig *die Gabi* nannte, verstörte vor allem die tatsächliche Gabi, eine etwa vierzigjährige Psychiaterin aus Berlin, die ihren pubertierenden Sohn Mathis mitgeschleift hatte, der die ganze Woche kein Wort sagte, dafür mehrere Male mit deutlichen Begleiterscheinungen von Alkoholmissbrauch die einzige funktionierende Toilette außer Gefecht setzte. Gabi wiederum, die Mutter, wandte sich, da ihre therapeutischen Bemühungen beim eigenen Sohn nicht mehr zu fruchten schienen, bevorzugt dem ambitionierten Musil-Leser zu. Wegen seiner Namensmarotte attestierte sie ihm eine manifeste Beziehungsneurose, wofür sie, weihnachtlich milde gestimmt, jedoch „ausnahmsweise kein Honorar" verrechnen wolle, wie sie schrill auflachend kundtat. Gabi hatte allerdings schon am ersten Abend von allen Anwesenden ein ebenso ausführliches wie unerbetenes Psychogramm erstellt, was der ohnehin ziemlich fragilen Stimmung nicht gut bekam.

Vor allem Kurts sehr junge Begleiterin Sandrine hatte ihrem Befremden über Gabis rasch dahingeworfene Diagnose „geltungssüchtig, moralisch amorph, ohne Tiefgang, vaterfixiert", mit einer erstaunlich differenzierten Wortwahl aus dem Fäkalbereich Ausdruck verliehen. Diverse Androhungen von Gewalt – *Ich polier' dir die Fresse* und Heftigeres – verfinsterten die Stimmung weiter, so dass Kurt, der die Hütte mit Proviant, allerdings nur für vier Personen, versorgt hatte, öfter, als ihm lieb war, in die Rotweinkiste greifen musste, um einen provisorischen weihnachtlichen Waffenstillstand zu erwirken. Auf allgemeinen Wunsch musste nicht gesungen werden, was nur Helmut bedauerte, da er so nicht die Möglichkeit erhielt, seine detaillierten Textkenntnisse der gängigsten wie auch manch unbekannter Weihnachtslieder zum Besten zu geben. Was er ebenfalls gern von sich gegeben hätte, wären Kostproben seiner Kochkünste gewesen, doch Bente riss sofort den Kochlöffel an sich und wollte ihm nur den „sinnlichen Kontakt mit Bruder Kartoffel und Schwester Karotte" gönnen. Folglich verdonnerte sie ihn zu den niederen Diensten wie „schäle, schneide, schnibbele. Gelle, Helmi?", die der Angesprochene trotz der anbiedernden Verhunzung seines Namens klaglos verrichtete.

Die Tage verstrichen zäh, nur die ausgedehnten Suchaktionen nach der verloren gegangenen Naturfreundin brachten gelegentlich Abwechslung in die winterliche Ödnis. Statt jedoch Freude über die Rettung zu empfinden – vor allem die zweite erwies sich als sehr zeitaufwendig – und ihre Dankbarkeit entsprechend zu artikulieren, begann Bente, nachdem man sie in die Hütte geschleppt und dank des letzten Restes

Williamine wieder dem Leben zurückgewonnen hatte, den erschöpften Suchtrupp – naturgemäß ohne Gunter, der hatte sich während der nächtlichen Aktion von Seite 17 bis 20 vorangekämpft – mit Vorwürfen zu überhäufen.

Darauf entspann sich folgender Disput:

(Alle außer Helmut und Mathis sind im Salon versammelt. Sandrine ist in Tränen aufgelöst.)

Sandrine: Sag doch mal was, Kurti. Müssen wir uns von dieser Schnepfe so blöd anquatschen lassen? Dass ich mir meine Fellboots ruiniert habe, ist dir wohl scheißegal, du, du, du *Gabi*, du!

Gabi: Also entschuldige bitte, Sandrine, wenn ich dich, nicht zum ersten Mal übrigens, darauf hinweise, dass *ich* hier die Gabi bin. Zwei Vornamen auseinanderzuhalten, dürfte selbst bei einem IQ von 79 zu schaffen sein. Und außerdem sollst du „Gabi" nicht als Schimpfwort verwenden.

Sandrine: Ich habe Abitur, du Psychoschnalle!

Bente: Auch wenn man's dir nicht ansieht.

Kurt: Du hältst jetzt mal die Luft an, Bente, ja? Ohne Sandrine hätten wir dich nicht gefunden.

Gabi: Dann hätten wir jetzt ein Problem weniger. Und die Vorräte würden auch länger reichen.

Gunter: Moment, Rosi, *den* Schuh ziehe ich mir nicht an. Wärt ihr alle so genügsam wie ich...

Bente: Kusch, du Volldepp. Hast du eben nicht kapiert, dass diese ach so einfühlsame Dame es vorgezogen hätte, wenn ich da draußen erfroren wäre? Lernst du denn gar nichts aus dieser beschissenen Leserei?

(Helmut tritt in den Raum mit einem Tablett, auf dem sich eine Keramikkaraffe, eine Teekanne, Tassen, Untertassen und eine angebrochene Packung Kekse von Kambly befinden)

Helmut: Wie wäre es, wenn wir jetzt alle mal ein wenig runterkommen? Ich habe Tee gemacht, und für die Kleinen Kakao. Mathis habe ich eine Flasche Schnaps aufs Zimmer gebracht. Und Kekse habe ich auch noch gefunden.

Gabi: Du hast was????

Helmut: Kekse gefunden. Gut, was? Oder meinst du das andere? Kleiner Scherz, Gabi. Er ist draußen, kotzt und lässt dich grüßen. Wer möchte Tee?

Kurt: Danke, Helmut. Ich nehme gerne einen. Leute, es bringt doch nichts, wenn wir uns gegenseitig zerfleischen. Wir wollen die Tage hier wenigstens friedlich zu Ende bringen.

Sandrine: Hättest du dieses Pack nicht eingeladen, wäre das alles nicht passiert. Aber mit mir war es dir ja wohl zu eintönig.

Bente: Oho, „eintönig". Die Abiturientin von der Baumschule erweitert ihren Wortschatz!

Gunter: Gabi, jetzt lass' doch mal die Nadine in Ruhe. Sie hat dich schließlich in der Schneehöhle entdeckt.

Gabi: Du musst es ja wissen. Die dumme Nuss hat doch nur ihr Handy den Abhang runtergeschmissen, und weil das nicht blöd genug war, ist sie gleich hinterhergeflogen.

Sandrine: Halloo?? Ich bin ausgerutscht!

Gabi: Und da musste Kurt dich natürlich retten.

Helmut: Tja, *Gentlemen Prefer Blondes...*

Kurt: Hm, eine interessante These, mein Freund. Würde ich Schwarzhaarige wie zum Beispiel Gabi demnach nicht retten?

Gabi: Quatsch. Wie ich dich einschätze, mein Bester, hast du ein von Haarfarbe und Haarbeschaffenheit völlig unabhängiges Helfersyndrom. Du *musst* einfach alles retten, zur Not auch eine minderbemittelte Minderjährige.

„Ich habe nur eine gerettet, und die *war* blond", hätte Helmut noch hinzufügen können, doch da inzwischen alle durcheinanderschrien und der Schritt zur körperlichen Auseinandersetzung unmittelbar bevorstand, schnappte er sich eine Flasche Mineralwasser, Alkohol war ja aus, ein Glas und eine Handvoll Kekse, warf sich seinen Mantel über und trat hinaus ins Freie. Aus der Nachtschwärze blinkten Millionen von Sternen, die sich zu sagenhaften Lichtkontinenten zusammenballten. Tiefste Stille hing über der Gipfelkette, die sich am Horizont gestochen scharf abzeichnete. Eine einsame Wolke grüßte freundlich, schien aber heute nichts mehr vorzuhaben. Helmut schenkte sich ein, trank einen Schluck, dann, als er aus dem Engstligental, von Frutigen und Rohrbach her, erste Leuchtraketen aufsteigen sah, trank er noch einen Schluck, wünschte sich alles Gute zum Neuen Jahr und beschloss, heute Nacht, am besten jetzt gleich, ins Tal hinabzufahren und die Heimreise anzutreten. Er hatte nicht viel zu packen, in einer Stunde könnte er los und die unerfreuliche Versammlung im Inneren, wo es noch weiter hoch herging, für immer hinter sich lassen. Er blickte noch einmal leicht ergriffen über das winterliche Panorama, kehrte zurück in die Hütte, wurde dort etwas länger aufgehalten als geplant - Erklärungen, die gleichgültig aufgenommen wurden, teilnahmslose Verabschiedungen, die vergebliche Suche nach dem Geschenk, das er von Kurt bekommen hatte, ein teures Aftershave - und als er wieder nach draußen wollte, lag der Neuschnee einen halben Meter hoch, und es sah nicht so aus, als sei das schon alles gewesen.

9

Das *Zalando*-Päckchen lag geöffnet auf dem Küchentisch. Und Britta lachte, lachte, dass es sie schüttelte, sie konnte gar nicht mehr aufhören zu lachen. Natürlich hatte sie nicht im Ernst geglaubt, dass diese Firma, bei der sie, ganz nebenbei, noch nie etwas bestellt hatte, ihr ein weihnachtliches Präsent, dilettantisch verschnürt und ohne Adressenaufkleber, zukommen lassen könnte. Und welcher der in der TV - Werbung immer leicht bescheuert wirkenden Paketboten würde darauf verzichten wollen, von einer jungen Frau mit chaotischer Frisur und aufgerissenen Augen empfangen zu werden, die bei seinem Anblick in einen orgiastischen Schreianfall ausbricht?

Sie war erleichtert gewesen, dass sie dank ihrer Ausrede die zwei liebestollen Pubertierenden vom Sofa weg und aus ihrer Wohnung hinauskomplimentiert hatte. Was sie jetzt brauchte, war Zeit. Zeit, die Ereignisse des Tages Revue passieren zu lassen und vor allem über ihre letzte Äußerung im Treppenhaus nachzudenken. Soll ich denn nicht froh sein, fragte sie sich, dass Flo, die auf Fremde für gewöhnlich eher distanziert, ja sogar abweisend reagiert, sich endlich einmal zugewandt und offen gezeigt hat? Und noch dazu einem männlichen Wesen gegenüber, welches für das in einer männerfreien Blase aufgewachsene Kind wie ein neuer Kontinent wirken musste: bereit zur beherzten Entdeckung? Außerdem musste sie zugeben, etwas neidisch zwar, aber doch auch erfreut, dass „*Herr Ente*" seine Sache echt gut gemacht hatte. Hatte sie nicht selbst, innerlich, aber immerhin, gelacht über die witzigen Sprachspiele und Flo's amüsiertes Nachplappern? Und ihren Tee hatte er getrunken, ohne auf der Stelle zur Tür zu stürzen, und er hatte sich dabei sogar „irgendwie süß" über die Lippen geleckt.

Während Britta solcherart den ersten Teil des Satzes abarbeitete, hatte sie das Päckchen geöffnet. Aus dem Inneren blickten sie die ordentlich zusammengelegten und nach zu viel Weichspüler duftenden Joggingteile so unschuldig und treuherzig an, dass sie anders reagierte, als Helmut es sich in seinen finsteren Fantasien ausgemalt hatte. Im Gegenteil. Britta wischte sich, als sie wieder zu Atem gekommen war, die Tränen weg und strich zärtlich über das hässliche Sweatshirt. „Da seid ihr ja wieder, ihr zwei Ausreißer. Hat es euch bei Herrn Ente nicht gefallen?", kicherte sie und legte die beiden Teile an ihren Platz im Schrank zurück. Flo würde sie am nächsten Morgen mit der Plüschente wecken, ein gigantischer Erfolg, das war vorauszusehen.

Sie goss sich noch eine Tasse von dem kalt gewordenen Tee ein, gab einen kräftigen Schuss Rum dazu, trat ans Fenster und blickte auf die Straße hinunter. Am Straßenrand, dort, wo Zoe ihren Smart abgestellt hatte, wölbte sich ein igluartiger Schneehaufen in die Höhe. Britta verspürte bei diesem Anblick einen leichten Stich, wo genau, das konnte sie auf die Schnelle nicht orten, aber „ein Stich ist ein Stich", das wurde ihr ärgerlich bewusst, und mit leichtem Sarkasmus folgerte sie: „Die Wahl *zu dir oder zu mir* ist anscheinend zu Herrn W.'s Gunsten ausgefallen". Sie wandte sich ab und beschloss, an „das Liebesnest" im zweiten Teil des Satzes keinen Gedanken mehr zu verschwenden. „Ich gönne ihn dir, Zoe, den Wasserfilterer", rief sie mit leicht sich überschlagender Stimme aus. „Und hoffentlich überforderst du ihn nicht, er ist ja schon etwas älter!" Sie verzog dabei spöttisch das Gesicht, schaute dann noch einmal nach Flo und legte sich ins Bett, wo sie, obwohl sie todmüde war, erst in den frühen Morgenstunden einschlief.

Weihnachten überstanden sie zu zweit, mit Plätzchen vom

Bäcker Traublinger. Britta hatte es abgelehnt, das Fest bei ihrer Familie in Franken zu verbringen. Denn Menschenansammlungen, die sich in breitestem Fränkisch stritten, konnte sie definitiv nicht ertragen. Vor allem nicht Onkel Erwin mit seinen ewiggleichen Witzen und zotigen Anspielungen, ob sie denn „endlich emol en richtige Kerl rogelasse" habe, garniert mit einem grimassierenden Augenzwinkern, das Vertraulichkeit signalisieren sollte, wo doch nichts als Geilheit auf seiner und Angewidertsein auf ihrer Seite war.

Dazu seine verhärmte Frau Heidrun, die sich als *höhere Tochter* ausgab, obwohl sie doch nur aus einer Schweinfurter Beamtenfamilie stammte. Die Ausfälle ihres Gatten erduldete sie mit eingefrorenem Gesichtsausdruck und erstaunlich viel Schnaps.

Zu Heidrun und Erwin gehörten Brittas Cousins Manfred und Walter, vierschrötige Gestalten, die ihre idiotische Liebe zum FC Bayern München detailversessen und humorfrei jedem aufdrängten, der nicht bei drei auf den Bäumen war. Netter war da schon Tante Luzie aus Köln, die Halbschwester von Brittas Mutter, eine sprichwörtlich rheinische Frohnatur, in Statur und Appetit geradezu eine Zwillingsschwester von Reiner *Calli* Callmund, der zuliebe man in der Küche immer reichlich Nachschlag bereithalten musste.

Ebenfalls ein Dauergast war Luzies Mann Roland, ein Landtagsabgeordneter, bedauerlicherweise von der FDP, so dass man nie genau wusste, ob er nun „drin oder nicht drin" war. Auf jeden Fall war er immer leicht angeschickert, „meine Berufskrankheit, hehe", wie er raumfüllend heraustrompetete, weshalb er auch zuverlässig im Landtag abgängig war, wenn Bri-tas Vater den neuen Jahrgang der Presse vorstellte, mit Kostprobe, versteht sich, oder wenn im Herbst die *Wochen des jungen Weins* eröffnet wurden.

Britta mochte keinen Weißwein, was in einer fränkischen Winzerfamilie, die ihren Stammbaum bis ins Jahr 1523 urkundlich nachweisen konnte, fast schon ein Sakrileg war. Aber sie mochte natürlich ihren Vater Edmund Güthlein, der mit seiner Frau Fritzi nicht nur Britta, die Älteste, hervorgebracht hatte, sondern, „zum Glück", wie er zu betonen nicht müde wurde, auch zwei Söhne: Eduard, genannt „Edu", den designierten Erben des Weinguts E. Güthlein, sowie Philipp oder „Flip", Brittas Lieblingsbruder und zehn Jahre jünger als sie. Flip war, seit er denken und fühlen konnte, in seine schöne große Schwester verschossen, so dass er sich bisher nicht entscheiden konnte, ob er Sonja, Anni, Meredith oder doch lieber keiner sein Herz schenken sollte, weil er seiner „einzigen und wahren Liebe nicht untreu" werden wollte, wie er ihr, nur halb im Scherz, einmal anvertraut hatte.

Edu hatte schon früh seine Wahl getroffen: Manuela Seifert aus Volkach, die fränkische Weinkönigin von 2009, mit der er zuverlässig die nächste Winzergeneration, Moritz und Melissa, in die Welt gesetzt hatte. Flip hingegen war, wie Britta, dem elterlichen Weingut entflohen, aber in der Nähe geblieben. Nach einer Banklehre in Würzburg und zwei Jahren bei *Standard Chartered* in London war ihm, trotz seines jugendlichen Alters, die Leitung der VR Bank in Kitzingen angetragen worden, für Vater Edi eine auf gut Fränkisch „winn-winn-Siduazion", weil sein Jüngster ihm weiterhin bei den Finanzen helfen konnte und ihn neuerdings auch mit günstigen Krediten versorgte.

Dafür schaute er, „dolerant", wie er behauptete, über Flips unstetes Privatleben hinweg; sogar die eifrig betuschelte Tatsache, dass sein Sohn zum diesjährigen Familientreffen am Christtag einen gewissen Leo mitgebracht hatte, entlockte ihm nur ein leicht verlegenes Grinsen. Schließlich war Leonhard Monier der Sohn eines Großkunden aus dem Raum Frankfurt, zudem ein ausnehmend höflicher, gebildeter junger Mann, der blendend aussah und sogar das verdorrte Herz von Tante Heidrun kurz zum Schlagen gebracht hatte.

Britta war froh, von all den unausweichlichen Streitereien nichts live mitbekommen zu müssen, es reichte, wenn ihre Mutter es ihr am nächsten Tag ausführlich erzählte, teils amüsiert, teils mit Resignation in der Stimme, was neu war, so dass sich Britta schließlich überreden ließ, an Neujahr für zwei Tage nach Iphofen zu fahren.

Mit ihrer Freundin Zoe war offensichtlich nicht mehr zu rechnen, der Smart ruhte noch immer, warm eingepackt, unter seiner weißen Haube. Vielleicht, bohrte sie selbstquälerisch in ihrer emotionalen Gemengelage herum, vielleicht hatte Zoe mit dem seltsamen Helmut ja tatsächlich ihr Glück gefunden und war schon auf dem Weg nach Mexiko, um ihrer Familie stolz die neueste Jagdtrophäe zu präsentieren? Wie Britta allerdings den Verlust von „Ente" ihrem blonden Liebling nahebringen sollte, wusste sie noch nicht. Sie lenkte Flo's Aufmerksamkeit daher auf die „große Reise", die sie bald antreten würden, und hoffte, dass die Kleine die vergangenen zehn Tage einfach aus ihrer Erinnerung streichen würde.

10

Helmut erwachte und spürte eine leichte Verwirrung. Denn er konnte sich zum einen nicht erinnern, eingeschlafen zu sein. Zum anderen war es pechschwarz im Zimmer, woran auch ein Griff zum Knopf der Nachttischlampe nichts änderte. Ein Blick auf das Smartphone sagte ihm - nichts. Ein Blick auf seine Armbanduhr, eine dezente *Breitling*, sagte ihm, dass es 7.52 Uhr war und der Neujahrstag schon längst heraufgezogen sein musste. Allerdings fiel ihm nun wieder ein, warum er nicht, wie eigentlich geplant, bereits in der Nacht abgereist war. Sein Verdacht, die totale Finsternis könnte etwas mit dem nächtlichen Schneefall zu tun haben, wurde zur Gewissheit, als er, nach längerem Umhertasten und schmerzhaften Kontakten mit diversen Möbelstücken, die Tür ins Freie öffnete und vor einer schwarzen Schneewand stand. Sie überragte nicht nur ihn, sondern auch den Türstock, und zu allem Überfluss machte sie soeben Anstalten, sich in den durch das Öffnen der Tür unvorsichtigerweise zur Verfügung gestellten Raum auszubreiten, was Helmut durch beherztes Zuschlagen der Tür gerade noch verhindern konnte.

Im Innern der Hütte waren mittlerweile weitere Gäste mit den Einrichtungsgegenständen in Berührung gekommen, was sich in diversen Schmerzensausdrücken und einem durchdringenden Schrei nach Hilfe artikulierte. Der Hilferuf klang nach Sandrine, wobei dieser lauttechnisch, wie Helmut befand, fast identisch war mit der Verkündung ihrer Orgasmen, deren Zeuge er, weil sein Zimmer an Kurts und Sandrines angrenzte, ebenso unfreiwillig wie gehäuft geworden war.

Ein Feuerzeug flammte im Salon auf, ein zweites Licht folgte, jemand hatte eine Kerze gefunden und sie auf dem Couchtisch platziert. Und wenig später saßen alle, kreuz und quer im Raum verteilt, mit ungläubigen Gesichtern da und warteten auf eine Erklärung.

„Wir sind, äh, eingeschneit", sagte Helmut in die ratlose Stille, „und...", er zögerte, „egal, und euch, liebe Freunde, alles Gute im Neuen Jahr."

„Halt doch einfach mal deine Fresse, du Wichtigtuer", tönte es von rechts, aus der finstersten Ecke. Das musste Bente sein, oder doch Gabi? Helmut wollte sich nicht festlegen, denn Bente, Gabi, Gabi, Bente, sie waren für ihn zu einer begrifflichen Einheit verschmolzen und er war entschlossen, sie nicht mehr zu trennen. Nun hörte er aber Kurt und sah ihn auch, wie er ins Eck blaffte: „Du verbietest hier keinem das Wort, Bente! Es steht dir natürlich frei zu gehen, falls dir unsere Gesellschaft nicht behagt. Ansonsten würde ich vorschlagen, dass ich mich zunächst um die Notbeleuchtung kümmere, dann Frühstück, anschließend Kriegsrat. Und, danke, Helmut, dass du einige elementare Regeln des zivilen Umgangs hochhältst. Dir und allen anderen wünsche auch ich ein gutes Neues Jahr. Prost!"

Wo hatte Kurt den Champagner her? Das fragte sich nicht nur Helmut, als ihr Gastgeber sich nach seiner Ansprache ein Glas schnappte und es bis zum Rand füllte. Am Vorabend, Helmut erinnerte sich dunkel, war es auch deswegen zu jenem erbitterten Streit gekommen, weil, ausgerechnet vor dem Jahreswechsel, sämtliche alkoholischen Getränke ausgegangen waren. Einige hatte man in Form leerer Flaschen unter dem Bett von Mathis gefunden, darunter auch den dreißig Jahre alten *Glenfiddich*, den Gabi eigentlich ihrem Gastgeber als Geschenk zugedacht hatte. Kurt hatte das Glas ebenso rasch geleert, wie er es eingeschenkt hatte, und erhob sich nun, um nach dem Generator zu sehen. Sandrine folgte ihm, da sie sein

Herumgestochere an dem Gerät mit einem Feuerzeug erleuchten wollte. Da sie sich dabei jedoch ständig die Finger verbrannte, dauerte es ziemlich lang, bis das Notlicht endlich aufflammte.

Inzwischen hatten sich die übrigen, erneut in tiefer Finsternis und in womöglich noch tieferem Stillschweigen, in ihren Sesseln vergraben. Selbst die echte Gabi, die eine Woche lang noch den geringsten Anlass gierig ergriffen hatte, um ihn psychologisch zu vergolden, wusste zu dem ersten Großereignis des neuen Jahres nichts Erhellendes zu sagen. Und auch die Lust der falschen Gabi, ihre Liebe zur Natur unter Beweis zu stellen, zum Beispiel durch einen kühnen Sprung in die vor dem Eingang lauernde Schneewand, war offenbar versiegt.

Helmut war eingenickt und bekam weder von der matt begrüßten Lichtwerdung noch von dem frugalen Frühstück etwas mit. Und den von Kurt in martialischem Ton angekündigten „Kriegsrat" hätte Helmut auch noch verschlafen, doch da ihr Gastgeber auf die Expertise der „einzigen ernstzunehmenden Person" in der Runde nicht verzichten wollte, holte man ihn mittels rüder Stöße und unter penetranter Wiederholung einfallsloser Weckrufe aus dem Traum zurück, einem Traum, der wie ein Menetekel vor ihm stand und seine eindringlichen Worte „Wir müssen hier weg, und zwar sofort!" so überzeugend klingen ließ, dass alle das Nötigste zusammenrafften, sich doppelt und dreifach mit wärmenden Materialien umhüllten und, die Hütte ächzte schon bedenklich, sich vor der Eingangstür versammelten. „Helmut und ich voraus, die anderen hinterher!", gab Kurt das Zeichen zum Aufbruch, riss die Tür auf und stürzte sich in die ihm sogleich entgegenbrechende Schneewächte.

Technisch betrachtet war die nun folgende Befreiungsaktion sicher ausbaufähig, doch das gemeinschaftliche Rudern,

Graben, Klettern und Stampfen führte schließlich doch dazu, dass alle dem gefährdeten Domizil entkommen waren, ehe dieses, keine zwei Minuten später, mit einem schweren Seufzer unter der Tonnenlast in sich zusammenbrach.

„Das war knapp!", urteilte Gunter ebenso knapp, jedoch nichts weniger als zutreffend, während Bente erst einmal in Ohnmacht sank und, nach rascher Wiederauferstehung, fortan von ihrer abgöttischen Liebe zur Natur geheilt war.

„Wir folgen am besten dem Straßenverlauf", gab Helmut vor, „da ist der Untergrund wenigstens stabil."

Der Logik dieser Anweisung, umso mehr, da sie von ihrem Lebensretter kam, wollte sich keiner entziehen. Und so kämpften sich Kurt und Helmut an der Spitze durch die Schneemassen wie Moses durch das Rote Meer, wobei den Nachfahren des großen Künders kein Gott die Wogen teilte, sondern sie jeden Meter im Schweiße ihres Angesichts selbst bewältigen mussten. An einer Straßenkehre entdeckte Kurt, dass ihnen vom Tal her, fast schon auf halber Höhe, mehrere Schneepflüge entgegenkamen, was in der engen Rinne zu Tränen der Erleichterung und, trotz Platzmangels, zu ungestümen Umarmungen führte. Doch es sollte bis zum späten Nachmittag dauern, bis sie den verblüfften Pfluglenkern in die Arme sinken konnten, was angesichts der Serpentinen, die ihnen das letzte Quäntchen Energie aus den Körpern gesogen hatte, nicht zu verwundern war.

Die glückliche Rettung wurde allgemein als Sensation angesehen und blieb, zumal keine weiteren Unglücksfälle bekanntgeworden waren, für einige Zeit das Tagesgespräch im gesamten Oberland. Vor allem Helmut musste sich feiern lassen, doch niemandem erzählte er von seinem Traum, der ihm die Dringlichkeit der sofortigen Tat drastisch vor Augen geführt hatte. Denn in diesem Traum, und die Erinnerung daran löste noch Jahre später bei ihm Schweißausbrüche aus, im Traum sah er, wie er langsam in ein Grab hinabgelassen wurde, so tief nach unten, dass er kaum noch ein Stück des blauen Himmels über sich wahrnehmen konnte. Schon hatten die gesichtslosen Arbeiter, die in schweren, schwarzen Mänteln die Grube umstanden, mit ihren klobigen Pranken die Schaufeln wieder zur Hand genommen. Einer war dabei an den Lehmhaufen, der sich am Fußende des Schachts auftürmte, angestoßen, so dass die ersten schweren Brocken schmerzhaft auf Helmut landeten, der demnach, wie er verwundert feststellte, nicht in einem Sarg ruhte, sondern bei lebendigem Leib und ungeschützt in die Tiefe abgesenkt worden war.

Plötzlich trat oben eine Pause ein. Die Arbeiter stellten ihre Schaufeln beiseite. Eine Person - ein Kind? - näherte sich vorsichtig dem Rand des Grabs, sie, er oder es hielt etwas in der Hand - eine Rose? - und begann zu sprechen. Unter äußerster Konzentration vernahm Helmut die fast unhörbaren Worte: „Komm da raus, Helmut! Ich brauche dich doch!" Und mit einer ungelenken Bewegung schleuderte das Kind, Helmut war sich jetzt sicher, das Kind warf etwas nach unten, etwas Gelbes, Weiches, das auf seiner Brust zu liegen kam und ihn frech angrinste – eine Plastikente! „Helmut", verklang der Ruf von oben, und „Helmut, Helmut, wach auf, aufwachen, Helmut!", tönte es ihm schrill ins Ohr. So war er aus dem Traum, dem Alptraum, gerissen worden, von Bente, die ihn rüttelte, von Sandrine, die ihn rief, und von Flo, die ihn brauchte und die ihm, und den anderen, das Leben gerettet hatte.

11

„Flo, beeil dich, wir wollen noch kurz mit Oma spazieren gehen!" Die Angesprochene tat so, als hätte sie nichts gehört. Ruhig und konzentriert schlug sie das Wimmelbuch von Ali Mitgutsch auf, ein Geschenk von Oma Fritzi, Britta hatte es sofort als ihr altes Exemplar wiedererkannt und konnte eine Träne der Rührung nicht unterdrücken. Besonders hatte es Florence die Seite *Bei uns im Park* angetan. Die Bildmitte wurde von einem kleinen See beherrscht, auf dem es jede Menge zu entdecken gab. Fröhliche Kinder plantschten im tiefblauen Wasser, drei Tret- und zwei Ruderboote drehten ihre Kreise, ein bunter Ball schwamm weg vom Ufer und ein kleines Mädchen mit blonden Zöpfen sah ihm weinend hinterher. Ein Hund landete gerade im aufspritzenden Nass, drei braune Enten und eine mit grünem Kopf hoben in Panik ihre Flügel, um sich vor der drohenden Gefahr in Sicherheit zu bringen. Und eine weitere Ente, etwas entfernt von der dramatischen Aktion, hatte sich doch glatt eine halbe Breze geschnappt und schwamm in sichtbarer Eile auf drei dürre Schilfhalme zu, um ihre Beute mit niemandem teilen zu müssen.

„Ente", murmelte Flo zärtlich vor sich hin, und wäre sie schon etwas älter gewesen, so wie Tante Zoe oder Mama, wäre bestimmt die eine oder andere Träne über die Wange gekullert. So aber antwortete sie, als Britta, bereits mit leichtem Unmut in der Stimme, ihre Tochter zum Schneespaziergang abholen wollte, nur mit einem verspielten „Na-hein, Mama!", dem sie, die Mama wollte gerade ungemütlich werden, ein entschiedenes „Nur mit Helmut!" folgen ließ. Pause. Das Kind widmete sich weiter der Wimmelwelt, während die Mutter die Stirn runzelte. „Helmut?", murmelte sie dann, doch mehr zu sich als zu Flo, sie wollte nicht zeigen, wie erschrocken sie war. Ihre Hoffnung, Flo würde die vorweihnachtlichen Episoden vergessen haben, hatte sich gerade in Luft aufgelöst. Außerdem fragte sie sich, woher ihre Tochter den Namen *Helmut* kannte, im Übrigen fehlerfrei ausgesprochen. „Sollte ich darauf nicht stolz sein?", fragte sie sich weiter, wurde aber, ehe sie sich für ja oder nein entscheiden konnte, von Flo unterbrochen: „Wo ist Helmut?" Pause. Dann energisch, mit herausforderndem Blick: „Ich will, dass Helmut kommt!

Da habe ich den Salat, stellte Britta, sprachlich salopp, jedoch inhaltlich korrekt, fest und bedauerte, dass sie nicht schon in der allerersten Pause, die Flo ihr gnädigerweise für eine passende Antwort angeboten hatte, eingeschritten war. Aber was hätte sie sagen können? Helmut ist gerade nicht da? Helmut ist mit Tante Zoe in Mexiko? Oder Helmut ist zum Mond unterwegs? Das hätte Flo's neuen Schwarm nur noch attraktiver gemacht. So ahnte sie, dass ihr hartnäckiges Kind von ihrem „Ich will, dass Helmut kommt" nicht mehr abzubringen war. Sie wollte ihren Helmut! Punkt! Und so war Herr Seethaler erneut in ihr Leben getreten, auch ohne persönlich erscheinen zu müssen. Doch dieses Mal würde er sich nicht so rasch wieder entfernen, das stand zu befürchten.

„Ich frag mal Onkel Philipp, ob er weiß, wo Helmut ist, ja?", stotterte sie und beschimpfte sich sogleich für den Unsinn, der ihr in der Eile eingefallen war. Zum Glück war der kleine Bruder nach dem Mittagessen noch nicht geflohen, so dass sie ihm die ziemlich bescheuerte Frage stellen konnte, ob er zufällig von jenem geheimnisvollen Helmut gehört habe, dessen Namen sie unvorsichtigerweise am ersten Abend preisgegeben hatte.

„Seethaler, sagst du? Hast du den denn schon gegoogelt?" Philipp mit seinen Ratschlägen! Britta blies sich eine Strähne aus dem Gesicht. Als sei seine ältere Schwester mit ihren dreiunddreißig Jahren ein Relikt aus dem Tal der digitalen Ahnungslosen. Natürlich gehörte Bayern, dank der energischen Nicht-Politik der Staatsregierung, zu den Bundesländern, in denen das schnelle Internet noch per Fahrradkurier ausgefahren wurde. Trotzdem war es Britta gelungen, die zu Helmuts Identifizierung nötigen elektronischen Schritte unfallfrei zu bewältigen. Einen Helmut W. Seethaler spuckte die Maschine jedoch nicht aus. Der Dichter hieß Robert, stammte aber aus Österreich. Seethalers im Raum München besaßen eine Bäckerei (Pasing), ein Sonnenstudio (Heimstetten), eine Waffenfabrik (Ottobrunn). Andere Seethalers besaßen nichts, hießen aber auch nicht wie Flo's Märchenheld. Deshalb wandte sich Britta also an ihren Bruder, der, als Globalist, vielleicht über andere Quellen verfügte als ein dummer Algorithmus, dessen Suchqualitäten sogar den Ansprüchen eines nulljährigen Kindes nicht genügten. Sie fixierte Flip mit dem Blick, in dessen Bann auch Helmut geraten war, doch entweder war der Banker unempfindlich geworden gegen die magnetische Wirkung ihrer schwarzen Augen – übrigens ein Unikat unter sämtlichen Güthleins seit fünf Generationen, was bei Vater Edi in den ersten Stunden nach Brittas Geburt leichte Irritationen ausgelöst hatte – oder Philipp hatte schlicht und einfach nicht hergeschaut, weil er bereits auf seinem I-phone herumwischte und tatsächlich innerhalb kürzester Zeit fündig wurde. Ob das am Gerät lag oder doch Brittas Unfähigkeit dokumentierte, wollte sie nicht so genau wissen. Sie war nur erleichtert, als Flip ihr vorlas: „Dr. Helmut W. Seethaler – sieh an, ein Promovierter. Respekt! - Alleinerbe der – na so was – *Waffenfabrik* Alois Seethaler & Co. Im Jahr 2013 an das deutsch-französische Konsortium ARMAgeddon verkauft. Sitz in Strasbourg, Elsaß. Seethaler vertritt die Familie im Aufsichtsrat. Mehr nicht, sorry."

Philipp suchte noch auf einer anderen Seite, fand etwas, das ihm zu unglaubwürdig erschien, weshalb er es bei den genannten Informationen beließ. Für Britta waren diese dürren Fakten aber allemal genug des Schlechten. Sie dankte ihrem Bruder, verabschiedete sich ohne Spaziergang von der Familie, „ja, ich rufe an, wenn ich zu Hause bin", packte ihren blonden Schatz in das Taxi, das sie nach Würzburg zum Zug bringen sollte, und gelobte sich feierlich, während sie sich in die abgewetzten Polster der einzigen Iphöfer Droschke zurücksinken ließ: „Ein Waffenhändler und meine süße Kleine? Nur über meine Leiche!"

12

Die Krähen schreien: Krah und... - *KRAH!*
Hurra, jetzt ist der Winter... - *DA!*
O weh, hurra! Hurra, o... - *WEH!*
Jetzt liegt die ganze Welt voll... - *SCHNEE*
Schneeweiß ist alles fern und... - *NAH*
Wir aber fliegen schwarz... - *???*
        ...schwarz he... - *RUM*
Und schrien wir nicht Krah und... - *KRAH*
Wär alles mäuschenstill und... - *STUMM*

Florence klatschte begeistert in die Hände. Sie hatte alle Reime richtig ergänzt und Britta lobte sie sehr. „Noch mal", wollte Flo eben rufen, so wie sie es zuvor mindestens zehn Mal schon getan hatte. Doch urplötzlich klaffte ihr kleiner Mund auf und die Worte verschwammen in einem Gähnen, das kein Ende zu nehmen schien. Und als der Mund sich mit einem aus tiefster Seele aufgestiegenen Seufzer schloss, schlossen sich auch die Augen, der kleine Körper fiel in sich zusammen, kippte zur Seite, wo ihn Britta behutsam in Empfang nahm und den vom Reimglück geröteten Kopf auf ihre Jacke bettete – Flo schlief.

Draußen flog die verschneite Landschaft vorüber, es dunkelte allmählich, vereinzelt flammten Lichter auf und wurden sofort wieder verschluckt. Ein prosaischer Halt in Nürnberg, dann weiter im ratternden Gleichklang, Ingolstadt links liegen lassend, die Holledau, und Florence rührte sich nicht von der Stelle, kein Atemgeräusch drang durch das Sausen und Brausen, mit dem der ICE namens *Albrecht Dürer* in die Münchner Schotterebene hinabtauchte.

Britta hatte das dünne Büchlein mit dem verheißungsvollen Titel *Was denkt die Maus am Donnerstag?* wieder zur Hand genommen und durchblätterte die Seiten nach weiteren Lieblingsgedichten. *Picka, mein Huhn*, das eine Brille braucht, damit es Würmer und Zehen auseinanderhalten kann; *Briefwechsel zwischen Erna und der Maus*, mit Pipsi, die sich von Erna zehn Gramm Speck pro Nacht wünscht, um nicht Ernas Briefpapier fressen zu müssen; oder *Der Sperling Roderich*, ein Lieblingsgedicht auch von Flo, an dem sie sich nicht satthören konnte. Britta lächelte, als sie daran dachte, wie oft – und immer vergebens – ihr Kind versucht hatte, den Namen des drolligen Katers Schnappldorowitz nachzusprechen. Bis *Schnappl* schaffte sie es immer, sogar ohne Hilfe. „Kater Schnappldorowitz, Schnappldorowitz", flüsterte Britta beschwörend und beugte sich dabei über das beseelt ruhende Kind, das auf einmal die Augen aufriss, „Schnappldorowitz" fehlerfrei und wie aus der Pistole geschossen artikulierte und die Augen wieder schloss, als sei nichts geschehen. Britta wusste nicht, ob sie geträumt hatte oder ob dieser wundersame Augenblick real gewesen war. Sie entschied sich, das Erlebte für wirklich und ihre Tochter für ein Genie zu halten.

Was der Helmut zu diesem *Wunder* wohl sagen würde? HELMUT?!! Wie kam sie denn jetzt auf Helmut? Sofort verflog ihre weihevolle Stimmung. Eine schwarze Wolke schien sich herangeschlichen zu haben, um, kurz vor der Einfahrt in *München Hbf*, den friedvollen Nachmittag noch im Nachhinein zu besudeln. Die schwarze Wolke Helmut! Dieser pechschwarzen Wolke würde sie sofort mit einem letzten Gedicht des famosen Josef Guggenmos zu Leibe rücken:

> Kommen Sie, Herr Wolkenschieber,
> kommen Sie, Herr Wind, geschwind!
> Denn die Wolke dort, die dicke,

schaut so finster, so ergrimmt.

„Hebe dich hinweg und löse dich auf, *Wolke Helmut!*", ergänzte sie noch, um den Adressaten auch möglichst zielgenau zu benennen. Und als Britta mit Flo ins Taxi stieg, das sie nach Hause bringen sollte, erblickte sie aus den Augenwinkeln Helmuts Konterfei auf der Titelseite der *Abendzeitung*. Prompt fing es an zu regnen.

*

Derselbe Regen, nur eine Stunde später, doch erheblich heftiger, prasselte auf den EC 195 von Zürich nach München, der Helmut in seiner Eigenschaft als Held, und nicht mit dem zweifelhaften Ruf eines Waffenhändlers behaftet, in seine Heimat zurücktrug. Außer einigen Schweizer Tageszeitungen, die ihn einhellig als *tollkühnen Lebensretter* feierten, führte er verständlicherweise kaum Gepäck mit sich – das Lunchpaket mit Spezialitäten aus dem Engstligental hatte er allerdings nicht ablehnen können. Was unter den Trümmern der Hütte begraben lag, konnte er ohne Bedauern verschmerzen. Einen kleinen Koffer mit Kleidung und Gegenständen, an denen er hing, zum Beispiel eine Zeichnung für Flo, hatte er am Vorabend des „Großen Schnees" *(Blick)* im Inneren seines Volvos deponiert. Dieser, da aus unzerstörbarem Schwedenstahl gefertigt, sollte eigentlich der weißen Tonnenlast standgehalten haben. Man werde ihm, so die Zusicherung, das Fahrzeug, sobald der Schnee es freigegeben habe, unverzüglich zukommen lassen. Das sei doch „Ehrensache! Für den Helden des Oberlands". Für Helmut also werde man dies „mit der Zuverlässigkeit eines Schweizer Uhrwerks" bewerkstelligen, „und wenn ich persönlich bei Ihnen vorfahre!", hatte ihm Urs Schwentlin, der *BOTV*-Manager, noch nachgerufen.

Der musste sein Versprechen dann doch nicht halten, da der ebenfalls sehr zuverlässige schweizerische Schnee dem schwedischen Gefährt so übel mitgespielt hatte, dass der Blechhaufen gleich nach seiner Wiederentdeckung in die besonders zuverlässige Schweizer Schrottpresse wandern durfte.

Helmut war froh gewesen, dem Trubel der vergangenen Tage entronnen zu sein. All den Pressekonferenzen, Interviews, Fototerminen, aber auch manch penetranter Dankesbezeugung – Bentes leicht bekleidetes Eindringen in seine Hotelsuite war dabei der zweifelhafte Höhepunkt gewesen – die die Gefährten ihres „epochalen Kampfes in der weißen Hölle", wie *Der Schweizer Volkskurier* dichtete, für ihn bereithielten. Während die anderen noch die von RTL 2 spendierte Wellnesswoche im *Oberlandhof* in Adelboden wahrnahmen, natürlich für Exklusivrechte, und sich nur zu gern als „Überlebende einer aussichtslosen Schlacht" (*Bote vom Engstligental*) bestaunen ließen, zog es Helmut wieder dorthin, wo er die eigentliche Heldin ihres „Abenteuers mit Happyend", so, ungewohnt sachlich, die *Bildzeitung*, anzutreffen hoffte: in die Lindenstraße 37, vierter Stock.

Vier Tage nach seiner fast unbemerkt gebliebenen Heimkehr – nur ein BR-Reporter wollte wissen, ob das „Schnee-Erlebnis" ihn zu einem neuen Roman inspiriert habe. Helmut bejahte und verriet auch, „*exklusiv*", den Titel: Das grüne Rauschen – stand der vermeintliche Schriftsteller, angebliche Waffenhändler, mehrfache Lebensretter, Früchteteeverächter und Reimkünstler mit einem überdimensionierten Blumenstrauß und einer großen Tüte, in der allerlei empfohlenes Holzspielzeug in liebevoll umhüllten Päckchen steckte, vor der hellgrauen Fassade von Nummer 37. Er hatte sich einige Zeit in der Nähe herumgetrieben, weil er sicher sein wollte, dass Florence und Britta zu Hause waren. Das Haus verlassen hatten sie jedenfalls nicht, also bestand die Chance, dass er sie antreffen würde. Zoe zumindest würde er vermutlich nicht über den Weg laufen, ihr Kleinwagen stand nicht mehr vor der Tür.

„Nur Mut!", machte sich Helmut Mut, drückte den Klingelknopf, nicht zu lang, um nicht aufdringlich zu wirken, wartete auf das Summgeräusch, das die Öffnung der Tür signalisierte, wartete vergebens, presste seinen Zeigefinger ein zweites Mal, etwas länger, drängender, auf den blankgescheuerten Knopf, hörte ein deutliches Klingelgeräusch, dem aber erneut kein Summen folgte.

Helmut ließ den erwartungsvoll aufgerichteten Strauß sinken, schaute - wehmütig? enttäuscht? resigniert? - zu den unerreichbaren Fenstern im vierten Stock, zögerte noch kurz und entschied sich schweren Herzens zu gehen.

„Helmut!", krähte, jauchzte, jubilierte da eine Stimme vom Weg her, nur wenige Schritte entfernt. Noch ein „Helmut!", mit der Inbrunst eines wie vom Tode Geretteten, und schon flog ein bunt geflecktes Bündel in seine überweit sich öffnenden Arme, die samt Blumen und Tüte das vor Glück zappelnde kleine Wesen hielten, so fest, dass man Schlimmes befürchten musste, zumindest für die Blumen. „Helmut", flüsterte der kleine Mund, der soeben am Ohr des Genannten angekommen war, und zwei winzige Arme umschlossen ihn, als wollten sie ihn nie, nie, nie mehr loslassen.

13

„Häällllmuuuut!" Greller, bohrender und zugleich lieblicher war Helmut nie aus dem Schlaf gerissen worden. Noch klebte der Mund, aus dem der Weckruf tief in die verschlungenen Pfade seines linken Hörorgans gedrungen war, an dessen verwinkelter Innenseite, die soeben von einer sehr nassen Zungenspitze gründlich erkundet wurde. „Schmeckt nicht gut, Helmut!", befand die Stimme, die zur Zimmerlautstärke zurückgefunden hatte.

Helmut, inzwischen seiner Sinne wieder mächtig, glaubte, mit einem „Schmeckt deines denn besser?" das Versäumnis einer gründlicheren Ohrenreinigung wettmachen zu können. Prompt führte seine Frage dazu, dass ihm ein von blondem Haargekräusel überwuchertes Winzohr an die Lippen gepresst wurde. „Und?", lockte sirenenhaft das mittlerweile zu einem Säuseln gedämpfte Stimmchen, dem Helmuts Unentschlossenheit jedoch zu lang dauerte, denn mit einem triumphalen „Viel besser!" erklärte Flo die Kostprobe für beendet. Und um der Überlegenheit ihres Ohrinneren die Krone aufzusetzen, wisperte sie dem Besitzer eines für wenig schmackhaft befundenen Ohrs in dasselbe, dass ihres nach Schokolade schmecke, was er aber der Mama nicht verraten dürfe.

Diese war, von dem bis zu ihrem Schreibtisch vorgedrungenen Schrei alarmiert, zum Kinderzimmer geeilt, wo sie einen etwas zerknitterten Helmut vorfand, dessen linkes Ohr glühte. Ihre Tochter tat inzwischen so, als betrachte sie das feuerrote Objekt ihrer Begierde mit dem Interesse eines Schmetterlingsforschers, der soeben auf ein als ausgestorben geltendes Exemplar der Familie *Thysania agrippina* gestoßen war und es zur Präparierung mit glühenden Nadeln fixiert hatte.

„Entschuldige, Britta, dass wir dich gestört haben. Ich war kurz eingenickt, in Flo's Augen ein unverzeihliches Malheur. Was du mit begreiflicher Verwunderung siehst, ist der zum Glück noch intakte Beleg für die Neudeutung des in meiner Jugend beliebten Sprichworts *Wer nicht hören will, muss fühlen!*"

Bevor er die Ratlosigkeit in Brittas Gesicht auflösen konnte, wurde Helmut durch Flo's strengen Hinweis unterbrochen, dass er bloß nichts verraten solle, er habe es schließlich versprochen, was zwar nicht korrekt war, aber da es von der kleinen Domina mit einem so drohenden Unterton behauptet wurde, blieb Helmut nichts anderes übrig, als hoch und heilig zu versichern, dass er „lieber in der Hölle schmoren" wolle, als dass jemals ein einziges Wort über seine „für immer versiegelten Lippen" kommen werde.

Im Stil des abgefeimtesten Schurken in sich hinein grinsend, nahm Flo diesen Schwur entgegen und wandte sich dann wieder den wirklich wichtigen Dingen des Lebens zu, nämlich ihrem Teddy zu erklären, warum es an der Zeit sei, dass er sich nun schlafen lege, und dass es keine Veranlassung gebe, dagegen zu protestieren. Das Plüschtier krächzte noch zweimal kurz auf, konnte aber das Herz der gestrengen Herrin über seine Bettruhe nicht erweichen. So ließ er sich willenlos auf das Kissen legen und in mehrere Lagen bunter Tücher einwickeln. Eingeschüchtert, vielleicht auch voller Resignation, blickte er mit starren Augen zur Decke, während die Gefährtin seiner ereignisarmen Nächte begann, ihm die Geschichte von *Jim Knopf und Lukas dem Lokomotivführer*, mit großzügigen Handlungslücken, vorzutragen. Dabei schaffte Flo es nicht einmal bis zu Frau Malzahn, vielleicht wollte sie die Nachtruhe des armen Bären auch nicht unnötig beschweren – jedenfalls war sie in kürzester Zeit eingeschlafen.

Helmut schlief ebenfalls, erschöpft von einem Tag, an dem er mit Tüpfelhyänen gesprochen hatte, fast vom Klettergerüst gefallen war, Flo zwei Eisbecher bestellt und drei weitere verweigert hatte, und sie dann auch noch zwei Kilometer auf den Schultern tragen musste, weil ihr angeblich so übel war, dass sie keinen Schritt mehr gehen konnte.

Wieder zu Hause angelangt, hatte er siebzehn Tiere gezeichnet – sie bemalte sie einheitlich mit Gelb – hatte die Gelblinge dann ausgeschnitten und an Flo's Schrank geklebt; hatte dann, seine Kräfte neigten sich schon dem Ende entgegen, das erste Kapitel von *Jim Knopf* einmal vorgelesen, und ein zweites Mal, weil er sich beim ersten nicht an den genauen Wortlaut gehalten hatte. Schließlich hatte er, nicht zu vergessen, ein so köstliches Schokoladenohr kosten dürfen, dass er sich im Schlaf noch die Lippen leckte.

Britta, dieses Mal von der unwirklichen Stille angelockt, sah die Bescherung, küsste ihr Kind, deckte dessen Lieblingsfreund zu, der angekleidet und in merkwürdiger Verrenkung auf dem Sofa kauerte, und zwinkerte auch dem Teddy zu, der unverdrossen die Decke anstarrte, als stünden dort die Lösungen aller Welträtsel geschrieben.

Sie öffnete ein Fenster, um die milde Kühle des Sommerabends hereinzulassen, machte das Licht aus, kuschelte sich in den Sessel und überließ sich ihren Gedanken:

Nicht zu glauben. Ist seit Flo's missglückter Fütterung der Entenfamilie wirklich erst ein halbes Jahr vergangen? Und nun schläft der tapfere Retter, der sich mehrfach für die Prämierung als „Persona-non-grata des Monats" hätte bewerben können, Seite an Seite mit meiner Tochter, beide ähnlich lautstark nach Atem ringend, was nach ihrem strapaziösen Tagespensum nicht zu verwundern ist.

Der heutige Ausflug in den Tierpark ist ja nicht die erste Exkursion gewesen, die dieses seltsame Pärchen gemeinsam überstanden hat.

Noch im Winter, ich hatte mal wieder keine Lust, die große Rodeltour zum Blomberg, von der sie bis auf die Haut durchnässt, jedoch blendend aufgelegt zurückkamen. Der Schlitten hatte leider nicht überlebt, Helmut besorgte rasch Ersatz, besseren, klar! Am ersten warmen Wochenende im März - ich „durfte" mitkommen, danke, danke!! - die Fahrt in Helmuts neuem Mercedes – Flo spricht schon von unserem Auto – zum Wildpark Poing. Das Kind sorgte dort für den Aufreger des Tages, als es unbekümmert ins Wolfsgehege eindrang. Ein Loch im Zaun, winzig, aber für Flo... Nein, ich rege mich jetzt nicht auf! Zum Glück gelangte sie aber auch unversehrt wieder nach draußen, die Wölfe standen nicht so auf Vogelfutter. Ich war, wirklich nur für eine Sekunde, abgelenkt, weil ich glaubte, Helmut zurechtweisen zu müssen. Er hatte Flo zwei Packungen Futter gekauft, eine hatte das gefräßige Kind – kriegt es von mir nicht genug zu essen? – auf den ersten fünfzig Metern im Park vollständig verputzt. Den klebrigen Rest wollte sie dann bei nächstbester Gelegenheit loswerden, und so kamen die Wölfe ins Spiel.

Und dann auch noch Flo's vierter Geburtstag, denkwürdig. Ich hatte alles perfekt geplant, planen kann ich, immerhin: die Freundinnen aus dem Kindergarten einladen, die Mütter dazu, nur Ella, drittbeste Freundin, kam mit Papa Mario im Schlepptau, die Mutter arbeitete als Stewardess und schüttete gerade unsympathischen Fluggästen den Tomatensaft über die Krawatte.

Dann Essen be- und umbestellen, die Listen mit den Unverträglichkeiten der Kinder wurden wöchentlich aktualisiert, Spiele ausdenken, Geschenke besorgen, für die Gäste natürlich, als Give-aways! Dann die hipste location buchen, ein alter Bauwagen im Perlacher Forst, aufwändig dekoriert, naja, nicht ganz geschmackssicher – und Helmut! Ohne ihren Helmut wolle sie nicht feiern, so die Primadonna assoluta. Helmut also: overdressed, mit Fliege!!, beladen mit Süßkram, angeblich alles von Florence geordert, und mit einem Gedicht, in dem unzählige Tiere vorkamen, die Flo ein Ständchen sangen.

Helmut trug es ganz manierlich vor, nein, eigentlich ziemlich gut, die Mütter jedenfalls, allesamt vom Typus Vorstadtweiber, waren hingerissen, man beglückwünschte mich mehr oder weniger verlogen zu meiner „glänzenden Partie", haha – und da sagt doch dieses hinterlistige Biest, das behauptet, meine Tochter zu sein, ganz locker und wie nebenbei: „Das ist mein Papa!"

Nie zuvor war ihr eine solche Ungeheuerlichkeit über die unschuldigen Lippen gekommen, vermutlich wollte sie auch etwas zur allgemeinen Begeisterung über Herrn S. beitragen. „Mein Papa" also. Totenstille. Nur der frisch ernannte „Papa" konnte sich ein Schmunzeln nicht verkneifen. Doch Flo hatte noch einen in der Hinterhand: „Ich weiß", begann sie mit bedeutungsvollem Blick, „dass Helmut nicht mein Papa ist, aber er ist mir lieber als ein Papa, der nie da ist und der Blödmann heißt."

Peng – da hatte sie mir noch einen, nein, zwei, mitgegeben, die Verräterin. Und ihre blauen Augen strahlten mit der Aprilsonne um die Wette und versanken in den, falls dies sprachtechnisch überhaupt möglich ist, sie versanken in den noch strahlenderen Augen ihres angebeteten Helmut. Und ich, Rabenmutter, ach was, Versagerin auf allen Ebenen, durfte dann allein aufräumen. Fast jedenfalls. Helmut, was für ein Name, da denkt man doch immer an Helmut Kohl und ist bedient, „Helmi" half immerhin noch, nachdem er – ER!! – die nunmehr Vierjährige ins Bett gebracht und in den Schlaf gedichtet hatte.

Britta durfte ihrer Empörung leider nicht mehr bis zum unzweifelhaften Tiefpunkt des fraglichen Tages Luft machen, denn sie war ebenfalls, wenn auch unbequem im Sitzen, eingeschlafen. So konnte sie sich nicht mehr über die letzte Demütigung entrüsten, die ihr am Geburtstag ihres Kindes widerfahren war. Nachdem Helmut aus Flo's Zimmer in die Küche zurückgekehrt war, hatte sie ihn noch zu einem *Abschiedsachterl* – „ein brauchbarer Roter", wie sie das Getränk anpries – überredet. Dabei hatte sie ihm, gegen alle Etikette, das *Du* angeboten, das er „Liebend gern" entgegennahm. Er hatte das verheißene Quantum eingehalten, Britta dagegen den Rest der Flasche geleert, was in ihr den Wunsch weckte, dass Helmut nach der Tochter auch deren Mutter ins Bett bringen möge, um dort gegebenenfalls ein wenig zu verweilen, wenn er schon mal da war.

Er verzichtete auf die Offerte, „schweren Herzens", so seine bittersüße Ausrede, verschwand in der Nacht und ließ Britta allein mit den Optionen, ob er am Ende etwa schwul sei oder – grässliche Vorstellung – *„ich zu hässlich für ihn???"*

Zweiter Teil

14

Helmut, also ich, angeblicher Held dieser Geschichte, zumindest neben dem Hund als Erster vom Erzähler einer Erwähnung für würdig befunden, ich wäre an jenem Geburtstagsabend gern bei Britta geblieben. Und auch gleich an unserem ersten Abend wäre ich liebend gern bei Britta geblieben, gefeierter Retter, „einen besseren Einstieg", so meine Überlegung, „den findest du nimmermehr". Gut, ich saß unvorteilhaft gekleidet und schlotternd am schmalen Wannenrand, da macht man keine *bella figura*. Ich zitterte, ja, aber nicht nur, weil mir kalt gewesen wäre. Das natürlich auch, ein Sprung in den angefrorenen See ist schließlich kein allzu großes Vergnügen. Vielmehr zitterte ich, weil mir *heiß* war. Irgendwo im linken Brustkorb saß diese glühende Hitze. Um es prosaisch zu sagen: Ich hatte mich, sobald meine Augen wieder Gelegenheit hatten, die Welt außerhalb des finsteren Sees wahrzunehmen, mit dem ersten algenfreien Blick in diese schöne junge Frau verliebt.

Das klingt jetzt ziemlich kitschig, zugegeben, aber das Leben ist nun mal kein Autorenfilm von 1974, wo jeglicher Kitsch mit Acht und Bann belegt war, und jedes echte Gefühl gleich mit. Mein Gefühl für Britta war jedenfalls real, Kitsch hin, Kitsch her. Dass sie der jungen Chiara Schoras, einer meiner Lieblingsschauspielerinnen, entfernt ähnlichsah, war sicher kein Hindernis, aber auch nicht ausschlaggebend. Mein bibberndes Warten im sich nur langsam erwärmenden Badezimmer war durchdrungen gewesen von verheißungsvollen Empfindungen. Ich spürte, ohne es zu sehen, wie „Chiara" –

ihren richtigen Namen kannte ich da noch nicht – sich mit graziler Anmut durch die Wohnung bewegte; hörte eine klare, melodiöse Stimme, vernahm weiche Konsonanten, in denen ganz leicht das Fränkische mitwehte, nicht so derb wie im Nürnberger Raum, sondern graziös, verspielt; weiter hörte ich kluge, einfühlsame Worte, die das verstörte Kind besänftigten und die in mir eine unbeschreibliche Lust weckten, die Lippen, über die solche Sätze in die Welt treten durften, auf der Stelle zu küssen.

Kurze Zeit darauf verging mir allerdings das Hören, das Sehen und noch so allerlei. Ihr übermütiger Spott, mit dem sie meine Erscheinung als „lächerlich" beurteilte; ihre ungläubige Verwunderung, als ich sie mit einem Wasserfilter gleichsetzte; die kalte Verachtung, mit der sie mich abstrafte, als ich ihr heißes Wasser lobte; schließlich mein absurder Abgang – all das in Summe konnte nichts anderes bedeuten als das frühe Ende einer Beziehung, bevor sie Gelegenheit gefunden hatte zu „erblühen", wie es so schön im Poesiealbendeutsch heißt. Selten war eine scheinbar vom Schicksal gewollte Begegnung so gründlich in den Sand gesetzt worden wie die zwischen Britta und mir.

Dass ich eine zweite Chance bekam, war ausschließlich dem Kind zu verdanken, das ich gerettet hatte und das mir dann im Traum erschien, um mich zu retten.

Britta hatte ja vorübergehend fast nur die Statistenrolle in unserem zauberhaften *Pas de deux* inne, was fraglos den Glauben an ihre weiblichen Verführungskünste erschüttern musste. Der am Abend von Flo's Geburtstag genossene Alkohol ließ ihre Verzweiflung offen zutage treten, zumindest glaubte ich das. Ich handelte meinem Wesen entsprechend und ergriff die Flucht. Alkoholisierte Frauen hatten mich nämlich, seit ich als männliches Wesen für das andere Geschlecht interessant zu werden begann, mit unschöner Regelmäßigkeit heimgesucht und waren nicht selten im Triumph wieder davongerauscht.

Tante Helga zum Beispiel, Papas jüngere Schwester, eine früh gereifte und rasch verwelkte Dorfschönheit, war mir, dem damals Vierzehnjährigen, an die Feinripp-Unterwäsche und all das, was noch unentdeckt darunter lag, gegangen, als die Trauergäste nach Opas Begräbnis ihren geheuchelten Schmerz in Mutters Eierlikör ertränkten.

Mit meiner hässlichen Cousine Gerti verhielt es sich nicht anders, nur dass wir beide in gleichem Maß vom Alkohol befeuert waren, was sowohl zu komischen Verrenkungen als auch zu frustrierenden Ergebnissen führte. Zum Glück musste ich die blutschänderische Tat, da nicht regelkonform vollzogen, am Samstag nicht beichten, und für den Versuch sicherte ich mich mit einem lapidaren „Ich habe in Gedanken Unkeuschheit begangen" gegenüber dem göttlichen Strafgericht ab. Was man halt so beichtete als Sechzehnjähriger.

Und schließlich, um es abzukürzen, verdankte ich einer in ihrem Suff unwiderstehlichen Frau meine erste und bislang einzige Ehe. Eleonore, verarmte Gräfin Báthory aus einer Nebenlinie, zwanzig Jahre älter als ich, hatte den in Paris das Weite wie sein Studienglück suchenden Sohn des deutschen Industriellen Alois Seethaler so lange und ausdauernd an ihre voluminöse ungarische Brust gepresst, bis er ihr, neben dem erstickt vorgetragenen Ja-Wort, auch die Verbindung zum väterlichen Konto offerierte. Erzwungene Hochzeit, denn Lore hatte behauptet, „guter Hoffnung" zu sein, was sich jedoch, wie sich später herausstellte, auf den Zugang zur Festgeldreserve des Waffenmoguls bezog. Hochzeitsreise auf das „Schlösschen" der Báthorys, eine heruntergekommene Remise nahe der Grenze zu Österreich. Rasche Auflösung der

Verbindung von ihrer Seite, als die schwiegerväterlichen Geld-flüsse versiegten. Und seit achtzehn Jahren keine Nachricht von meiner trotz allem hinreißenden, aufregenden und ver-wirrenden Ex-Ehefrau. Allerdings hatte ich damals, nach der Trauung, versäumt, ihren Namen anzunehmen, so dass ich weiterhin als Helmut W. Seethaler statt als *Graf Edmondo Bá-thory* durch eine unglamouröse Lebensgeschichte wandle.

Immerhin war ich durch Lore früh mit der großen Literatur in Berührung gekommen, was mich damals, aus purer Ah-nungslosigkeit, weit weniger beeindruckte als heute, im Nach-hinein. Denn bei einem unserer raren Besuche auf Schloss B. kehrten wir, nach missglückten Versuchen, der ehelichen Gemeinschaft im nüchternen Zustand etwas Positives abzu-gewinnen, im burgenländischen Rechnitz ein, um dank Alko-holzufuhr dem tristen Tagesausflug ein güldenes Krönchen aufzusetzen.

Wir betraten, gebückt, weil die Tür scheinbar nur verzwerg-ten Gästen Einlass gewähren sollte, ein mit der Ödnis der Gegend erfolgreich wetteiferndes Gasthaus. Dieses war von einer Handvoll finster blickender Einheimischer in Beschlag genommen, die den Eindruck machten, als hätten sie sich seit Wochen nicht von der Stelle gerührt. Etwas abseits saß, wie ich überrascht feststellte, eine Dame, fein gekleidet, mit einer waghalsig getürmten Frisur. Beide, Dame wie Frisur, machten den Anschein, als könnten sie durch nichts und niemand aus der Fassung gebracht werden. Vor der Dame stand ein halb geleertes Glas Pfefferminztee. Lore lief geradewegs auf diese Dame zu, ein entzücktes „Elfi!" in den Raum schmetternd, während besagte Elfi ihr mit einem dahingehauchten „El-li" antwortete. Sie umarmten einander so herzlich, als wären sie schon seit Schulzeiten die innigsten Freundinnen.

Ohne die geringste Notwendigkeit zu verspüren, mich mit

der Dame bekannt zu machen, orderte Lore auf Ungarisch – in Österreich? wunderte ich mich – zwei Flaschen Rotwein, die der Wirt beflissen servierte. Er stellte zwei Gläser dazu, von denen keines für mich vorgesehen war, im Gegenteil: Lore verwies mich mit einem strengen Blick des Tischs.

Die Flaschen leerten sich, das raumfüllende Gespräch, meist auf Ungarisch geführt, schien sich stellenweise auch um mich zu drehen, denn ab und zu streifte mich ein Blick von Elfi, mal mitleidig, mal belustigt, dann wieder besorgt und gelegentlich etwas hochnäsig. Der Wirt brachte mir ein Bier, das ich nicht bestellt hatte, außerdem war es alkoholfrei, was mich erneut sehr verwunderte. Getränke ohne Alkohol hatte ich in diesem Teil der Welt für ein Ding der Unmöglichkeit gehalten.

Nach einer knappen Stunde war der Wein getrunken, die Damen küssten einander auf die geröteten Wangen, links, rechts, links, nach französischer Manier. Lores Blick besagte, dass ich schon mal den Wagen holen solle, was ich, zwar ohne Führerschein, doch immerhin auch ohne Alkohol im Blut, wider Erwarten unfallfrei zuwege brachte. Auf dem Nach-hauseweg murmelte Lore etwas wie „sinnlose Recherche" und „maulfaules Pack", was sich auf Elfi, ihre Anwesenheit in der besuchten Gaststätte und auf die illustre Gästeschar zu beziehen schien.

Viel später erfuhr ich, beziehungsweise konnte ich mir zu-sammenreimen, dass „Elfi" eine bekannte Schriftstellerin war, die eigentlich Elfriede hieß und aus der Kleinstadt Mürzzu-schlag in der Steiermark stammte. Sie hatte offenbar in Rech-nitz Stoff für ein geplantes Drama gesammelt, das einen Massenmord thematisierte, der in den letzten Tagen des Zwei-ten Weltkriegs auf dem nahe bei Rechnitz gelegenen Schloss Batthyány stattgefunden hatte. Den Wahrheitsgehalt des damals noch ungeschriebenen Stücks bezifferte Lore vorauseilend auf „höchstens dreißig Prozent". Allerdings hatte sie selbst, wie zu vermuten ist, allen Grund, dass nicht mehr als dreißig Prozent Wahrheit an die Oberfläche sickerten. Denn nicht nur die Batthyánys, sondern auch die Báthorys waren in der Gegend als „erprobte Jäger" bekannt und gefürchtet.

Das aber soll's gewesen sein von Lore und ihrem „Schlösschen" und fürs Erste auch von Frauen, die Alkohol trinken.

15

Flo hatte sich meiner Abneigung gegen Früchtetee geschmeidig angeschlossen. Sie trank leidenschaftlich gern Kakao, der eigentlich Trinkschokolade war, die wir in bunten Tütchen in einem kleinen Teeladen bei Britta ums Eck erstanden. Bei der gemeinsamen Zubereitung fachsimpelten wir über allerlei: Vollmilchschokolade oder dunkle; mit Zutaten wie Zimt, Chili, Ingwer, Orangenschale oder ohne allen Firlefanz; nur Milch oder doch ein Schuss Sahne? Mehr als einen Liter verdrückten wir locker. Flo sicherte sich die tiefbraune Haut, die die Oberfläche unseres Lieblingsgetränks allmählich überzog, dazu gab es Butterkekse zum Auftunken – ein wahres Festmahl, das wir zu jeder Tages- und Jahreszeit zelebrieren konnten.

Pappsatt saßen wir dann am Tisch, wenn Britta spät nach Hause kam und Anstalten machte, dem Kind das Abendbrot zu richten. Dass Flo häufig dankend ablehnte, erklärte sich Britta mit Launen, Wachstumsproblemen oder auch gar nicht, weil sie zu erschöpft war, um sich nach der Arbeit am guten Buch noch mit pädagogischem Kleinkram herumzuschlagen. Außerdem hatten wir die Spuren unserer üppigen Gelage sorgfältig beseitigt, sodass wir Britta keine Gelegenheit boten, sich erzieherisch zu echauffieren. Manchmal überkam mich ein schlechtes Gewissen, dass wir die Mutter so schmählich hintergingen, aber die kleinen Extras gereichten Flo nicht zum Nachteil, sie wuchs und gedieh und liebte ansonsten ihre Mama über alles.

Sie wunderte sich in dieser Zeit jedoch immer wieder einmal, dass in Mamas Wohnung kein Mann lebte, anders als bei den meisten ihrer Kitafreundinnen, wo Männer selbstverständlich ein und aus gingen, die von den Kindern oft auch mit „Papa" angeredet wurden.

So fragte sie mich eines Tages unvermittelt, warum denn ich nicht bei der Mama wohnte, wo ich doch so etwas wie ihr, also Flo's, Papa sei. Ich druckste eine Weile herum, während Flo interessiert verfolgte, wie ich mich aus dieser verzwickten Frauge herauswinden würde.

„Männer, die bei einer Mama wohnen", fing ich an, „werden von der Mama ..., also, die Mama, die mag so einen Mann, und wenn sie ihn mag, darf er bei ihr wohnen."

Pause. Langes Nachdenken, dann eine dreiste Lüge: „Die Mama mag dich!"

„Sagt wer?"

„Die Mama."

„Schwindelst du gerade ein bisschen?"

„Meine Mama mag dich sehr. Sie sagt immer: *Gut, dass wir den Helmut haben.*"

„Was ist daran gut?"

„Weil du ein Auto hast und ich gern mit dir wegfahre."

„Also magst *du* mich?"

„Ja, aber die Mama mag dich auch."

„Soll ich sie mal fragen, ob das auch stimmt?"

„Wohnst du dann bei uns, wenn sie Ja sagt?"

„Sie muss es drei Mal sagen, wie im Märchen."

„Jajaja."

„Aber das hast doch *du* gesagt."

„Das gilt auch, weil die Mama immer sagt, was *ich* sage."

„Gut, aber ich frage sie sicherheitshalber auch noch mal, ja?"

„Mir egal. Liest du mir jetzt was vor?"

Ich las ihr vor, wir zeichneten, spielten und gingen ins

Schwimmbad. Wir fuhren an den Deininger Weiher, wir radelten – sie ärgerte sich, dass sie noch ein Dreirad benutzen musste, das außerdem viel zu klein war – sie lernte ein Omelett zuzubereiten, pulte sich durch einen Berg Garnelen, wir fütterten die Enten und schauten den Hunden beim Pinkeln zu, woraus sie interessante Schlüsse zog.

Die Sonne brannte auf uns herab, und eines Tages wurde Flo krank: zu viel Sonne, zu wenig Schutz, kaum Schatten. Das blondgelockte Köpfchen glühte, kalter Schweiß überzog das bleiche Gesicht. Britta gab mir die Schuld, trotzdem ließ sie es zu, dass wir uns am Krankenbett abwechselten und das Kind mit Liebe und Honigmilch versorgten. Einmal, Flo ging es schon besser, saßen wir gemeinsam in dem kleinen Raum, der noch immer abgedunkelt war. Sonst besprachen wir nur das Nötigste, an diesem Tag jedoch schien Britta etwas auf dem Herzen zu haben. Sie druckste herum. Vielleicht wollte sie mir den weiteren Kontakt zu Flo untersagen? Vielleicht handelte ich zu unbesonnen, zu „gefährlich" für das Wohlergehen ihres Kindes? Nein, es war schlimmer. Sie war mit ihrem Job im Verlag nicht mehr zufrieden, schaute sich nach Alternativen um und hatte schon eine Stelle in Berlin, „vielleicht sogar zwei", in Aussicht.

Berlin, hm. Und was dort? „Suhrkamp oder Kinderbücher", meinte sie und klang etwas unsicher. Was ich davon hielte, fragte sie zögernd. „Nichts", wollte ich sagen, tat es aber nicht. Im Gegenteil. Ich bestärkte sie, lobte sie für ihren Mut, sagte, sie dürfe ihre Fähigkeiten nicht verkümmern lassen, und Flo würde mich sicher bald vergessen haben. Dann schwieg ich lieber, weil mir die Stimme zu versagen drohte. Britta schaute auch nicht besonders glücklich drein. Im Zimmer hätte man jetzt eine fallende Nadel hören können, als sich aus der Tiefe des Bettenbergs ein Stimmchen meldete:

„Helmut nicht vergessen. Nie vergessen."

Dann wieder Stille. Nur das leise Atemgeräusch des schlafenden Kindes, und zwei Sätze, die übergroß im Raum standen.

Flo wurde wieder gesund, und als der Herbst kam, war Britta noch immer in ihrem kleinen Verlag, und ich noch immer nicht bei ihr eingezogen. Stattdessen blieb Flo, mit Brittas skeptischem Einverständnis, öfter einmal über Nacht bei mir. Sie richtete sich in meinem alten Kinderzimmer ein und setzte auf das Bett einen zweiten Bären, an dem sie ihre erzieherische Strenge walten ließ.

Und genauso unvorbereitet wie ihre Frage nach den bei einer Mama wohnenden Männern, traf mich eine weitere Frage, als wir eines Abends gemütlich beisammen saßen. Ob denn die Mama nicht auch bei uns wohnen könne, denn: „Zu dritt ist es doch auch schön."

„Noch schöner als zu zweit?", meinte ich.

„Ja, weil ich nicht will, dass die Mama allein ist. Sie ist dann traurig."

„Vielleicht will sie ja nicht bei *mir* wohnen?"

„Doch. Schon. Sie will dich aber nicht heiraten."

„Warum will sie das nicht?"

„Weil *ich* dich heirate. Aber erst, wenn ich in die Schule komme."

„Na, dann haben wir ja noch ein bisschen Zeit."

„Ja, aber nicht mehr lange."

Dieses verführerisch dahinplätschernde Leben hätte, wenn es nach uns gegangen wäre, ewig so weitergehen können. Der Herbst, der vom bräsigen Sommer auf die Wartebank verbannte, unruhige Geselle, hatte sich doch noch breitschlagen lassen, seine Winde freizugeben, nur musste alles schneller gehen als sonst. Die Blätter wechselten ihre Färbung gleichsam im Minutentakt und bevor alle Selfies vor rotem Ahornblatt geschossen werden konnten, lag der zerknitterte Blätterwald leblos am Asphalt, von wo er mittels ganzer Batterien von Laubbläsern kurzzeitig zu einem kuriosen Totentanz wieder aufgewirbelt wurde, ehe er bis zum nächsten Herbst verschwand.

Britta wurde in ihren berufsspezifischen Blätterwald gejagt: Die Frankfurter Buchmesse gab sich die Ehre. Florence, beziehungsweise *Fiora*, wie sie seit Neuestem gerufen werden wollte – sie hatte einen Floh aus der Kita mit nach Hause gebracht und fand, dass dieses lästige Geschöpf sich schlecht mit ihrem angeblichen Kosenamen vertrug – *Fiora* also zog für ein paar Tage ganz zu mir, ein Ereignis, das sie mit drei Taschen, davon allein zwei für ihre sämtlichen Lebensgefährten aus der Großfamilie *Steiff*, gebührend würdigte. Britta ermahnte ihre Tochter noch, sie möge doch „dem guten Helmut" (eine ironiebegabte Frau, wie beglückend!) nicht auf den Wecker gehen, was das kleine Biest wohl absichtlich missverstand, denn sie wies die Mutter detailliert darauf hin, dass sie mit mir keinesfalls auf den *Wecker* gehe, weil, „der Wecker im Helmutbett", erklärte sie mit empörtem Blick zu mir, „der tickt immer so laut". Und auch aufs Klo würde sie nicht mit mir gehen, nur „zum Abputzen, manchmal". Britta erbleichte angesichts der so arglos dahingeworfenen Gefahren, der sie ihre Kleine plötzlich ausgeliefert sah, doch das Taxi zum Flughafen wartete und mehr als einen Blick, der irgendwo zwischen Sorge und Strenge angesiedelt war, konnte sie mir nicht mehr zuwerfen. Das Taxi brauste davon. Fiora würfelte. *Mensch ärgere dich nicht*, unser Lieblingsspiel, konnte beginnen.

16

Britta wollte drei Tage, also zwei Nächte, in Frankfurt bleiben. Mittags sowie am Abend skypte sie mit ihrer Tochter, am letzten Morgen, bevor sie wieder in den Flieger nach München steigen sollte, auch mit mir. Ihr sei von ihrem Chef ein verlockendes Angebot gemacht worden, nämlich ab übermorgen „etwa vierzehn Tage in Frankreich" zu verbringen, um die Übersetzung eines Romans vorzubereiten. Den wollte der Verlag im Frühjahr herausbringen. Ich wunderte mich zwar, dass ein knappes halbes Jahr für die Übersetzung reichen sollte, sagte aber nichts, sondern nur, dass ich Florence für eine so lange Zeit keinesfalls bei mir behalten werde, sie brauche ihre Mutter.

„Aber ich kann sie nicht mit nach Frankreich nehmen, Helmut! Ich hätte kaum Zeit für sie und zu meinen Eltern würde sie sich niemals schicken lassen."

Ich tat so, als überlegte ich – währenddessen rief Britta zwei oder drei Mal mit wachsender Verzweiflung „Helmut! So sag doch was!" – bevor ich antwortete:

„Florence muss bei dir sein, das ist nicht verhandelbar. Eine so lange Trennung wäre für sie nicht zu verkraften. Und wenn du Rabenmutter glaubst, den Auftrag nicht ablehnen zu können, dann..."

„Dann? Helmut, du machst mich wahnsinnig!!"

„Dann, liebe Britta, dann..."

„DANN!???"

„Dann komme ich halt mit euch nach Frankreich."

Britta war sprachlos, Florence naturgemäß begeistert, und da ihre Taschen praktischerweise schon gepackt waren, mussten nur noch Britta und ich unsere Koffer rasch mit ein paar hineingeworfenen Kleidungsstücken füllen, um am Montagmorgen, pünktlich um acht, ins Auto zu steigen, das uns während der Zeit in Frankreich treu zur Seite stehen sollte. Denn ohne *ihren* Mercedes wollte Flo – „Helmut!?", wurde ich zurechtgewiesen – wollte *Fiora* die Fahrt ins Ungewisse nicht antreten. Ob ich denn schon einmal „in diesem Franzreich" gewesen sei, fragte sie mich, nahm mein „Hmm" aber nicht zur Kenntnis, da gerade eine ihrer Kitafreundinnen – Luisa, portugiesische Eltern, ein quirliges kleines Geschöpf – die Straße überqueren wollte. Fiora ließ das Seitenfenster herunter und schrie ihrer Freundin zu: „Wir fahren nach Franzreich!", was wir dann auch wirklich und zunächst ohne besondere Vorkommnisse taten.

Natürlich freute ich mich, endlich wieder einmal ins Land meiner jugendlichen Sehnsüchte zu kommen. Denn ich hatte Frankreich ja keineswegs nur deshalb in Erinnerung, weil es schuld war an einer im Nichts endenden Ehe, sondern ich war dieser ersten platonischen Liebe noch viele weitere Jahre verbunden geblieben. Das Studium in Paris hatte ich nach dem Eleonoren-Debakel nicht wieder aufgenommen, sondern war in den wärmeren Süden übergewechselt und in Perpignan gelandet. An der *Université Via Domitia* lernte ich auch noch Katalanisch, das machte man dort einfach so. Das Literaturstudium schloss ich mit *excellence* ab, was meine Eltern, die wenig von mir hielten, als Falschmeldung abtaten. An der Uni erhielt ich, ich konnte mein Glück kaum fassen, einen ordentlich dotierten Lehrauftrag – und zwar zum Allerweltsthema *Entwicklungen in der neueren deutschen und französischen Literatur.*
Es waren damals, ich war siebenundzwanzig, jüngere Autoren wie Michel Houellebecq in Frankreich oder Christian

Kracht, Sibylle Berg und nicht zuletzt die von mir verehrte Alexa Henning von Lange in Deutschland in Mode. Das waren zwar völlig unterschiedliche Richtungen, in denen sich aber typische Wesenszüge beider Länder artikulierten.

Porno gegen Pop überschrieb ich, ziemlich plakativ, das Seminar, man (oder eher *frau*) rannte mir die Bude ein, rasch auch im Wortsinn, ich verband gleichsam das Private mit dem Beruflichen. (Heute würde man das vielleicht *work-life-balance* nennen, aber damit natürlich etwas anderes meinen.)

Und um mein Glück vollkommen zu machen, stieg mein jüngerer Bruder Gernot ins väterliche Imperium ein, so dass ich glaubte, dass dieser Kelch für immer an mir vorübergezogen sei. Ich lebte, wie es zwar völlig idiotisch, aber immer wieder gerne heißt, wie *Gott in Frankreich*, wozu nicht unwesentlich ein Kochkurs im Périgord beitrug, dem ich es verdankte, dass ich heute ein gescheites Omelett zuwege bringe, und nicht nur das.

Dass sich unter den sieben Teilnehmern auch ein schon älterer Schotte namens Martin Walker befand, nicht unbedingt talentiert, aber ein netter, trinkfester Bursche, wäre keiner besonderen Erwähnung wert, wenn Martin nicht Jahre später mit seinen Krimis über den Dorfgendarmen *Bruno* ungeahnte Erfolge gefeiert hätte. So hatte ich also schon mit zwei mehr oder weniger bedeutenden Schriftstellern zu tun gehabt, ohne dass mir das etwas gebracht hätte.

„HUNGER!!!", trompetete es plötzlich in mein noch immer lärmempfindliches linkes Ohr, was mich aus meinen Erinnerungen riss und schlagartig mit der Gegenwart konfrontierte. Jemand hatte Hunger, ich sei, hörte ich auf dem rechten Ohr, schon an drei Raststätten vorbeigefahren, ob ich überhaupt mitgekriegt hätte, dass ich nicht allein in meinem Wagen säße, und ob es nicht auch an der Zeit sei, ein Lager für die Nacht aufzuschlagen?

„Eigentlich wollte ich durchfahren", gab ich frech zur Antwort, ließ mich aber breitschlagen, kurz vor Lyon ein am Weg gelegenes Motel anzusteuern, in dem „zufällig" noch zwei bescheidene Zimmer frei waren – ich hatte unter Brittas Namen reserviert, so dass die Patronin auf unser Erscheinen nicht allzu überrascht reagierte.

Britta, als Reiseleiterin, übernahm das Geschäftliche – sie sprach, wie nicht anders zu erwarten, ein hübsches Französisch – während ich die Koffer in den ersten Stock trug und *Fiora* mir gnädig mitteilte, was sie zum Abendessen zu sich nehmen werde: Omelette, Kakao, zwei *éclairs* sowie eine Fischsuppe, in dieser Reihenfolge. Und, fügte sie hinzu, morgen solle ich doch bitte etwas schneller fahren, die Mama wolle nicht eine ganze Woche auf den Straßen Frankreichs vertrödeln. „Das hat sie gesagt, echt!", gab sich Fiora entrüstet, „aber von mir aus kannst du so langsam fahren, wie du willst, Helmut! Es gibt nämlich so viel Spannendes zu sehen."

Ich liebte das Kind für diese Worte und wünschte ihm eine gute Nacht.

17

„Gute Nacht, mein Schatz. Nein, ich bleibe hier, bei dir. Unser guter Helmut schläft sicher schon, er muss morgen fit sein. Kuss und...?" – „Schluss!"

Liebes Tagebuch, würde ich am liebsten schreiben, aber ich habe es in der Eile vergessen mitzunehmen. *Merde.* Flo – ich weigere mich, sie *Fiora* zu nennen, Helmut tut ihr natürlich den Gefallen, da stehe ich, na klar, wieder mal als „Rabenmutter" da, so hat er mich schließlich genannt, auch wenn er es abstreitet. Flo wollte unbedingt früh am Morgen losfahren, kein Wunder, dass ich die Hälfte vergessen habe. Nicht mal ein Wörterbuch hab ich dabei, aber es geht noch ganz gut, ist zwar nur Schulfranzösisch, aber immerhin hatte ich Leistungskurs und im Abi 13 Punkte, bei der Rossmann eine echte Sensation damals.

Bis jetzt lief's eigentlich ziemlich *easy*, Helmut quatscht nicht am Steuer, sehr erfreulich. Eigentlich redet er nie sehr viel, zumindest mit mir. Wir kennen uns fast ein Jahr und ich weiß wenig bis nichts von ihm. Aber will ich denn mehr von ihm wissen? Ja, schon, ach, ich weiß nicht. Er kann ziemlich nett sein, er *ist* ziemlich nett und Flo liebt ihn, das kann ich schon verstehen. So ein Vater wäre Paul nie geworden. Na so was, Paul? Drängst du dich wieder mal in meine Gedanken? Husch, husch, weg mit dir. Dabei bin ich sogar noch mit ihm verheiratet, das glaubt mir echt keiner. Aber ich kann mich ja schlecht von einem scheiden lassen, der sich nicht mehr blicken lässt. Und alle Briefe an ihn, über Memmingen, gehen wieder zurück, Adressat nicht bekannt, dass ich nicht lache! Außerdem hab ich keine Zeit, mich auch noch mit dieser Paul-Baustelle herumzuschlagen. Die zwei Wochen hier, mit dem Autor, wie heißt er doch gleich, Jean-Luc Mestrière, nie gehört, aber der Chef sieht etwas in ihm. Die vierzehn Tage sind meine Chance, endlich auch mal was Eigenes auf die Beine zu stellen. Damit hat sich wohl der Wechsel nach Berlin erledigt, fürs Erste jedenfalls, ich hätte natürlich aus München weggemusst, aber hält mich denn da etwas? Hm…, Helmut? Was ist mit Helmut und mir? Seit er mich an Flo's Geburtstag hat abblitzen lassen, sieht er in mir wohl nur noch die beschickerte Mutter seiner großen Flamme. *Darauf einen Dujardin*, hätte man früher als Problemlösung propagiert, aber hier, *en France*, täte es ein Armagnac zur Not auch.

So, das genügt als Selbstgeißelung! Wo liegt denn dieses Kaff eigentlich? Ich wollte ja nachschauen, aber dann ging alles holterdiepolter. Wo ist die Mappe mit den Infos? Hoffentlich nicht im Auto, ich hätte keine Lust, Helmut zu wecken. Ah, da ist sie. Sarlat. Hm, nie gehört. Größere Stadt in der Nähe? Périgueux, na, immerhin. Kenne ich zwar auch nicht, hört sich aber nach was an. Hoffentlich weiß Helmut, wie man da hinkommt. Er fährt irgendwie einfach drauflos, kein Navi, keine Karte. Ich hab ihm ja auch nur gesagt: „Wir müssen nach…", wie gleich wieder? Sarlat. „…nach Sarlat." Er: „Alles klar", das glaube, wer will, der tut immer so, als könne ihn nichts aus der Ruhe bringen. Na, so muss man vielleicht sein, als Geschäftsmann, obwohl, der hat seinen Laden doch verkauft, oder? Was macht der eigentlich, außer Flo in der Gegend spazieren zu fahren? Egal, was geht mich das an? Nichts. Aber hatte ich mir nicht mal geschworen, dass ich *mein* Kind niemals diesem Waffenhändler überlassen würde? *Nur über meine Leiche*, meine Worte. Und nun lasse ich mich selbst von ihm durch die Gegend kutschieren, ja, es gefällt mir sogar. Es gefällt mir sogar sehr. Aber jetzt Schluss, bevor ich noch romantisch werde. In fünf Stunden will Helmut weiterfahren.

Flo liegt schon wieder quer, egal, irgendwie quetsche ich mich dazu. Gute Nacht, meine Süße, *nous sommes en France!* Und das bedeutet: zu weiche Betten, es knarzt und quietscht, sobald man sich mal umzudrehen wagt. Hier kann ich bestimmt nicht schlafen, obwohl, die Autobahn als musikalische Einschlafhilfe, statt Schäfchen zähl ich halt Aut...

*

Ich könnte schwören, dass ich kein Auge zugetan habe, aber es ist hell und eben war es noch dunkel. Ich bin ausgeschlafen und habe Hunger.

„Flo! Flo? Flo????"

„Ich heiße *Flore*, Mama. Flore ist Fiora in Frankreich, hat Helmut gesagt. Und dass nach mir ein Kaffee in einer großen Stadt genannt ist."

„*Benannt*, um genau zu sein, und Helmut meint sicher, dass ein *Café*, wie bei uns das *Café Isabella*, so heißt, wie du jetzt heißen willst, mein kleines Gscheidhaferl. Gehen wir zum Frühstück?"

„Ich hab schon Schokolade in Milch gekriegt und ein Mondding, das ich nicht aussprechen kann. *Krosa*, oder so. Helmut wartet im Esszimmer, er will dich nicht wecken, hat er gesagt, du hast so geschnarcht."

„!!!"

„Echt, Mama, aber Helmut hat gesagt, es ist süß. Ich hab schon alles gepackt."

Helmut fand mein Schnarchen süß. So weit ist es schon gekommen. Und mein unverschämtes Wunderkind hat schon ein „Mondding" gegessen und will *Flore* heißen. Im *Café de Flore* habe ich auf unserer LK-Fahrt vor sechzehn Jahren Julien geküsst, aus Rouen war der, fünfundzwanzig, ein alter Mann im Vergleich zu mir, ich war siebzehn, und ungeküsst, die eiserne Jungfrau aus Iphofen. Am nächsten Tag hat er Susanne geküsst, da hab ich mir geschworen, in mein Bett kommt nie ein Franzose, naja, es war nicht wahnsinnig schwer, diesen Schwur *nicht* zu brechen. Ah, unser Chauffeur! Ich werde ihn mal auf Französisch begrüßen.

„*Bonjour, Ellmüt! Bien dormi?*"

„*Bonjour, Madame Güthlein-Weber. On part?*"

„Wie bitte? Du willst schon los? Ich werde mir doch das berühmte französische *petit déjeuner* nicht entgehen lassen, so viel Zeit muss sein."

Leider sieht das Zeug in der Vitrine ziemlich eklig aus, und Monddinger gibt es auch keine mehr. Dann halt ohne Frühstück, okay, ich komm ja schon.

Liebes fiktives Tagebuch, zwei Stunden später. Wir schlängeln uns durch das *Massif Central*, ein herrliches Frühstück im Auto liegt hinter mir. Helmut war, während ich angeblich geschnarcht habe, mit Flo in ein Nachbardorf gefahren und hatte Gebäck, Kaffee und sonst noch allerlei besorgt. Der wird mir langsam unheimlich, aber Flo hat sich diebisch gefreut, als ich, ja, gut, ziemlich muffig ins Auto gestiegen bin und mich fast auf das Frühstücksgedeck draufgesetzt hätte. Peinlich. Jetzt hören wir CDs, französische, Helmut summt mit, und draußen ist es so schön, dass einem das Herz übergeht. Zuerst war ich nicht *very amused*, als Helmut von der Autobahn runtergefahren ist. Es sei eine Abkürzung und „landschaftlich reizvoll" - die Untertreibung des Jahres! Es ist..., jetzt mal weghören, Tagebuch, und alle anderen auch, ...ein Traum! Das Kind *Flore* drückt sich die Nase an der Scheibe platt, und ich, ich drücke mit!

18

Wäre ich nicht längst in dich verliebt, Britta, so hättest du mir heute schon ein halbes Dutzend Gründe geliefert, dies auf der Stelle nachzuholen. Wie deine Stimmung von einer Sekunde zur anderen wechselt, das muss man einfach lieben. Und sogar die originellen Geräusche, die du im Schlaf von dir gegeben hast..., eigentlich ein *no go*, dein Zimmer zu betreten, aber Flo meinte, wir sollten „der Mama Bescheid sagen", dass wir zum Einkaufen fahren, nur deshalb war ich in dem Zimmer, ehrlich. Aber niemand schnarcht so bezaubernd wie du, ich schwöre! Wir haben dann einen Zettel hinterlassen, aber du hast geschlafen, als gäbe es kein Morgen. Bei geöffnetem Fenster! Und draußen tobte der Verkehr.

Das *Massif Central* ist wirklich hübsch, dazu so gut wie nichts los auf den Straßen, und die *Tour de France*, die sich gern in solchen Ecken wie hier herumtreibt, hat sich längst schon wieder verzogen. Die abgelegenen Dörfer, mitsamt ihren gigantischen romanischen Abteien, dürfen wieder im Dornröschenschlaf versinken.

Will eigentlich keine von den Damen aufs Klo? Nein, sie saugen die Schönheit der *douce France* in sich auf, da bleibt keine Zeit für profane körperliche Bedürfnisse. Mir soll es recht sein, ich glaube, Pierre hat sich für heute Abend schon was ausgedacht. Da ist es gut, wenn wir einigermaßen pünktlich da sind.

Nanu, Aurillac, 50 Kilometer? So weit sind wir schon! Aurillac. Kein schöner Ort. Keine schöne Erinnerung. Der Anfang vom Ende, oder *Adieu, ma belle France*. Dass ich heute ausgerechnet die Route über Aurillac genommen habe..., na, egal. Das Unterbewusste schlägt halt immer zu, wenn man nicht auf der Hut ist. Dabei kann Aurillac natürlich nichts dafür, dass mit dem Namen der Stadt die unumkehrbare Zerstörung meines Lebensplans verknüpft ist, sofern man mein damaliges In-den-Tag-hinein-leben als „Plan" bezeichnen kann. Dass *Aurillac* nicht nur mein Leben veränderte, sondern in letzter Konsequenz auch das Ende der mächtigen Firma Seethaler bedeuten würde, war jedoch nicht abzusehen. Ein spontaner Wochenendausflug kurz vor Semesterende, drei, vier Freunde aus Perpignan, Pierre war mit dabei, und Malika. Malika, ein wunder Punkt in meiner ansonsten „ruhmreichen" Vergangenheit, haha. Wir wollten zum *Puy de Dôme*, abends nach Clermont zum Essen, ein neues Lokal war uns empfohlen worden, alles ganz harmlos, scheinbar ungetrübt. Auf dem Weg hatten wir noch einen Abstecher zur Kirche Ste-Foy in Conques gemacht, ergreifend schön und praktisch touristenfrei.

Kurzer Stopp an einer Tankstelle in Aurillac, tanken, Stadtplan von Clermont kaufen, Vorfreude. Da läutet das Handy, der Nokia-Klingelton, der hat sich mir eingebrannt. Die Festnetznummer von zu Hause auf dem Display, Mutters Stimme, merkwürdig gebrochen, fast unverständlich. Papa und Gernot, brachte sie mühsam hervor, immer wieder von Weinen unterbrochen, die beiden seien im Firmenflugzeug unterwegs gewesen, über den Alpen, auf dem Weg nach Venedig. Schönes Wetter. Und aus unbekannter Ursache abgestürzt, im Sellamassiv.

Ironie des Schicksals, dachte ich sofort, oder, dramatischer: *Die Heimkehr der Seethalers*. Anton und Josef Seethaler, mein Ururgroßvater und sein Bruder, arme Bauern aus dem benachbarten Grödnertal, hatten sich, wann genau? Mitte des 19. Jahrhunderts müsste es gewesen sein, sie hatten sich zuerst nach Innsbruck aufgemacht, dort wollte man sie nicht haben.

Typisch Nordtiroler halt. Also ging's weiter nach München. Eigentlich wollten sie nur weg von den Hungersnöten in Südtirol, aber da war ja noch ihr Traum: Das klingt wie schlecht erfunden, doch diese zwei Bauern wollten Waffen bauen, neue Waffen entwickeln. Zunächst nur Jagdwaffen, gut, die kannten sie von zu Hause, vom Wildern. Aber Karl, der Sohn vom Anton, mein Urgroßvater, der hat die kleine Schmiede in einem Kaff vor München dann übernommen und sie in großem Stil ausgebaut. Militärisches Gerät, das war damals der Durchbruch. Er hat die Kaiserreiche beliefert, Habsburger, Hohenzollern, und hat deren gigantische Kriegsmaschinerien bestückt. Ein Seethaler, man glaubt es nicht.

So ging es dann weiter: vom Vater zum Sohn, immer weiter, bis der 1974 geborene Helmut W. die Bühne betrat. Helmut vermutlich wegen „Der mit dem hellen Mut" oder weil die Mutter den „schneidigen" Helmut Schmidt verehrte, trotz seiner „sozialistischen Rotfärbung". Und W. für Wotan, Woglinde, Windhund, Weichei... mir war jede Version verhasst.

Ich, Helmut W. also, verweigerte nicht nur schnöde die „heilige Pflicht", als Erstgeborener den Waffenkonzern *Seethaler & Söhne* aus einer glorreichen Vergangenheit in eine grandiose Zukunft zu führen, sondern brach mit allem, was mit dieser Familie verbunden war: gesellschaftliche Elite, unermesslicher Reichtum, ein Name „wie Donnerhall", das hörte man bei uns besonders gerne, Verbindungen zu den einflussreichsten Kreisen, Ehrenbezeugungen noch und nöcher, vom Eisernen Kreuz bis zum Bundesverdienstkreuz am Bande.

Ich dagegen wollte nur lesen, Filme schauen, Gras rauchen, herumhängen, die Haare wachsen lassen, obwohl das schon wieder völlig uncool war, Anfang der Neunziger. Ich wollte ein Leben führen, wie es seit Mitte des 19. Jahrhunderts kein einziges Mitglied der Familie Seethaler mehr geführt hatte:

nutzlos, ziellos, ehrgeizlos – und waffenlos. Natürlich verweigerte ich aktiv den Wehrdienst, der mir, als Erbe des Waffenmoguls, ohnehin erspart geblieben wäre, ich wollte jedoch ein Zeichen setzen, das aber niemanden interessierte, jedenfalls keinen außerhalb meiner Familie.

Nach zahllosen solcher „Zeichen", die ich „setzte", konnte es nicht ausbleiben, dass ich, als das berühmte „Maß voll" war (danke, Mutter!), mit dem landesüblichen „Du bist nicht unser Sohn" vom Hof gejagt wurde, mit Schimpf und Schande, jedoch ohne Geld, was mir aber gerade recht war.

Denn ich wollte deren „Blutgeld" nicht und kellnerte lieber in Paris, und später in Perpignan, um ein „Leben aus eigener Bestimmung" – so ein reichlich pathetischer Tagebucheintrag von irgendwann – zu führen. An der kleinen Tankstelle in Aurillac holte mich die Vergangenheit wieder ein. Ich war der einzige verbliebene Erbe, kein verschollener Großonkel, kein totgeglaubter Cousin aus dritter Linie, niemand half mir in und aus der Not. Ich nahm den erstbesten Flieger in Clermont, Malikas verhangener Blick aus dunklen Augen verfolgte mich. Sie hatte auf ein Wort, eine Zusicherung gehofft, ich blieb stumm. Ihr Blick war wie eine letzte Erinnerung an meine heile kleine Welt.

Die monströsen Trauerfeierlichkeiten nahm ich wie in Trance wahr, mir schien, als müsste ich nur aufwachen und der Alptraum würde sich in Wohlgefallen auflösen. Aber plötzlich saß ich ganz real an einem überdimensionalen Schreibtisch, mit Hirschleder bezogen, das Tier von Vater natürlich waidgerecht erlegt, also erbarmungslos abgeknallt. Ich hatte siebenhundert Mitarbeiter und einen Millionenauftrag für den neuen Granatwerfer an der Backe. Der hieß, wie auch anders, *Donnerhall*.

„Helmut?"

„*Oui, ma chère?*" Upps, meine Standardfloskel für Malika! „Entschuldige, Britta, ich war in Gedanken."

„Wohl nicht an mich?"

„Zugegeben, du kamst ausnahmsweise mal nicht vor."

„Eine Beleidigung, garniert mit einer Schmeichelei. Helmut, Helmut, ein Schelm, wer Arges dabei denkt."

„Arges zu denken ist dir wesensmäßig verwehrt, liebe Britta."

„Lass uns lieber eine Runde streiten, Helmut. Denn das hört sich langsam an, als verstünden wir uns *zu* gut."

„Einverstanden. Worüber willst du streiten? Über Kindererziehung? Über mein verwegenes Eindringen in dein Schlafgemach? Oder dass ich seit drei Stunden keine Rastpause eingelegt habe?"

„Alles zu seiner Zeit. Eine Pause wäre allerdings nicht schlecht, aber eigentlich wollte ich dich nur was fragen."

„Falls du mich einer kompetenten Antwort für fähig erachtest, dann bitte."

„Jetzt sei doch nicht gleich eingeschnappt. Ich wollte dich nur fragen, ob du von dem Autor, den ich besuchen muss, schon was gelesen hast. Oder wenigstens seinen Namen kennst. Jean-Luc Mestrière."

„Neununddreißig, aus einem Kaff im Périgord. Studium in Bordeaux und Québec, Philosophie für Lehramt. Kurze, erfolglose Karriere am *Lycée Henri IV* in Paris. Mit zweiunddreißig Entdeckung seines Talents als Autor, bisher ein Roman, vom Publikum geschätzt, von der Kritik zwiespältig aufgenommen."

„Schon gut. Das klingt ja fast, als hättest du es auswendig gelernt. So könnte das auch bei Wikipedia stehen. Oder hast *du* das vielleicht sogar dort veröffentlicht?"

„Um mich bei dir beliebt zu machen? Das fehlte noch.“

„Jetzt mal im Ernst. Kennst du diesen Roman, *Les prairies de l'oubli*? „Die Ebenen des Vergessens“ hat die Übersetzerin vorgeschlagen.“

„Abgesehen davon, dass *prairie* Wiese heißt, ergibt das im Deutschen genauso wenig Sinn wie *en français*.“

„Wieso? Das hört sich doch gut an.“

„Ja, aber nur, wenn man eine Vorliebe für Titel hat, denen jede Verbindung zum Inhalt fehlt.“

„Heute nennt man halt ein Buch nicht mehr *Die Blechtrommel*, nur weil eine Blechtrommel drin vorkommt. Aber das kann jemand in deinem Alter wahrscheinlich nicht nachvollziehen.“

„Pech gehabt, *ma chère*, denn als *Die Blechtrommel* geschrieben wurde, war ich erst minus fünfzehn Jahre alt.“

„Entschuldige, blöde Bemerkung. Aber was ich eigentlich fragen wollte: Hast du das Buch gelesen?“

„Zufälligerweise ja.“

„Und?“

„Nichts *Und*.“

„Jetzt zick nicht rum! Helmut!!“

„Willst du etwa mit meinen laienhaften Ansichten dem Autor gegenübertreten? Du könntest doch den Roman selbst erst einmal lesen. Du sprichst gut Französisch, und *so* schwer ist der Inhalt auch nicht zu verstehen.“

„Dann müssen wir einen Buchladen finden, ich hab dummerweise mein Exemplar vergessen, in der ganzen Hektik. Im nächsten größeren Ort? Dort machen wir auch gleich eine Pause, einverstanden?“

„*Bien sûr, ma chérie.*“

„Werd bloß nicht übermütig, *Freundchen!*“

19

Der nächste größere Ort war Aurillac. Es musste so kommen. Ein Laden war schnell gefunden, das Buch vorrätig, die Rast ein Erfolg, weil Flore eine Walnusstorte bekam und Britta einen Nusslikör. Ich bekam Kopfschmerzen, aber nur leichte. Ich drängte zum Aufbruch, niemand widersprach, im Fond vergnügte man sich mit weiteren Leckereien, der dunkle Schatten der Stadt verzog sich wieder. Malika blieb. Ihr wütender Blick, als ich mich aus ihrem Leben davonstahl. Als hätte ich die Wahl gehabt, damals in Aurillac. „Du musst sofort nach Hause kommen!", hatte Mutter noch ins Telefon gebellt, bevor sie auflegte; ein bittender Ton stand ihr nicht zur Verfügung.

Niemals hatte ich mich als *Seethaler* gefühlt, als Mitglied der ominösen Waffenfirma, am liebsten wäre ich auch den Namen losgeworden, aber dank meiner Unentschlossenheit, die groteske Ehe mit Gräfin Báthory zur Namensänderung zu nutzen, blieb Seethaler an mir kleben. Die Franzosen wandelten ihn gnädig in *Sétalère* um, auch mit *Elmüüt* konnte ich leben.

Aber damals, im Juni 2007 in Aurillac, meldete sich das verschüttete Seethaler-Gen, Mutter hatte mir die Fakten erbarmungslos ins Ohr gehämmert: „Du bist der Erbe! Du übernimmst die Firma!"

Ich gehorchte, flog nach München, schrieb Malika einen Brief, dass ich wiederkommen würde, kam nicht wieder. Sie schickte mir, ein halbes Jahr später, eine Heiratsanzeige, mit Foto. Neben ihr stand, mit leicht dümmlichem Grinsen, Jacques Loris, ein halbwegs begabter Fußballer aus Bordeaux. Den hatte sie unter dramatischen Umständen verlassen, um mit mir zu leben. Ich war weg, er sah, typisch Sportler, seine

Chance, nutzte sie; das war's. Meine Liebe war nicht groß genug gewesen, oder vielleicht war sie es, ich aber hatte es vermasselt.

„Helmut!"
„*Oui, ma chère?*" (Upps, schon wieder.)
„Was heißt das?"
„Ja, meine Liebe."
„Bin ich deine Liebe?"
„Wer sonst als du?"
„Die Mama vielleicht?"
„Vielleicht. Vielleicht auch nicht."
„Wann sind wir da?"
„Vielleicht in einer Stunde?"
„Vielleicht auch nicht?"
„Du sagst es, *ma petite*."
„Was heißt das?"
„Meine Kleine."
„Ich bin aber schon gewachsen."
„Ich weiß. Und du wirst ja auch noch größer."
„Größer als du?"
„Hoffentlich nicht."

„Helmut."
„Ja?"
„Wie sieht es dort aus, wo wir hinfahren?"
„Ein schönes Haus, wie ein kleines Schloss. Drumherum Wiesen, in denen die Katzen Mäuse fangen, Bäume mit Nüssen dran, ein kleiner Wald, wo man Pilze findet. Und neben der Straße fließt ein Fluss."
„Kann ich mit den Katzen spielen?"
„Wenn du nett zu ihnen bist?"

„Bin ich. Und baden?"

„Wenn es nicht zu kalt ist."

„Wohnt jemand in dem Haus?"

„Ja. Wir."

„Ganz allein?"

„Die Katzen wohnen im Hof, in der Scheune nisten Vögel, und ab und zu schaut ein Reh vorbei."

„Ein echtes Reh? Helmut, ist das gelogen?"

„Würde ich dich jemals anlügen?"

„Hmm."

„Ja, Flo, er würde...!"

Ach, Britta ist auch schon wach?

„Helmut *würde* dich anlügen. Wir wohnen in einem Hotel, man schaut auf andere, hässliche Häuser, die Zimmer sind auch hässlich, und draußen steht kein Reh, sondern der Autoverkehr."

„Stimmt das, Helmut? Und Mama, ich heiße nicht Flo, ich heiße *Flore*. Helmut?!"

„Ja, Flore, es stimmt, und nein, es stimmt nicht."

„Helmut, erzähl dem Kind namens *Flore* keinen Quatsch."

„Mama hat recht. Ihr Chef hat ein Zimmer im Hotel bestellt, wo es aber nicht sehr hübsch ist. Ich habe also Harald angerufen, dass er das Zimmer wieder abbestellen soll. Das hat er getan, weil wir doch lieber in einem Haus wohnen, oder?"

„Klar! Mit Katzen und Reh."

„Helmut!!!"

„Schrei nicht so, Mama. Immer fängst du an zu schreien, wenn Helmut nicht macht, was du willst. Ich wohne lieber in einem Haus!"

„Aber er hat den Harald angerufen, ohne mich zu fragen!"

„Du warst ja in Franzfurt oder wie das heißt. Wir dürfen

dich nicht anrufen, hast du gesagt."

„Ja, aber..., Helmut, sag doch auch mal was!"

„Entschuldige, Britta."

„Vorhin hast du noch „*chérie*" angefügt."

„Tja, vorhin war vorhin, und jetzt ist jetzt. Aber es tut mir leid, es sollte eine Überraschung werden. Ich schätze, die ist gründlich missglückt."

„Hoffentlich ist es nicht zu weit von Sarlat entfernt."

„Im Nachbarort, mit Blick auf eine Burg."

„Super, Helmut! Eine Burg! Mit Gespenst und Rittern und einem Turm?"

„Ganz genau, *ma grande*."

„Was heißt das?"

„Meine Große."

„Viel besser. *Magrand. Magrand.* Ja, ich bin groß!"

*

Ich hasse es. Ich hasse mich. So eine wunderbare Fahrt und ich muss allen die Stimmung vermiesen mit meiner blöden Rechthaberei. Und ich hasse Helmut, weil er immer alles richtig macht und ich alles falsch. Und wie kommt der an so ein Haus? Nur weil er reich ist, wird ihm doch nicht ganz *Frankreich* den roten Teppich ausrollen! Ein Haus! Ich hab ja nicht alles mitgekriegt, irgendwie war ich eingeschlafen, wahrscheinlich der Nusslikör, puuh, ziemlich stark, das Zeug. Und wie soll ich von dort zu dem Schriftsteller hinkommen? Vermutlich mit dem Rad, während Helmut mit seiner „Großen" beim Frühstück sitzt, das sie schon um sechs mit *unserem* Mercedes besorgt haben, natürlich ohne mich. Jaja, heul nur, *Chantal.* Selbstmitleid macht dich auch nicht attraktiver. Was sagt Flo? Wo wir sind? Sind wir schon da? Das Ortsschild,

Sarlat. So hübsch hier! Das Hotel soll ja in einem Industriegebiet liegen, sicher nicht sehr hübsch. Und da fließt ja ein Fluss. Ob man da baden kann?

*

Ach, Britta! Quäle dich nicht so. Alles ist gut und es wird bestimmt schön, wir drei zusammen. Und Flo wird glücklich sein, ein Pony ist auch noch auf dem Hof, das habe ich vorsichtshalber nicht erzählt. Sie soll es selbst herausfinden, das macht ja auch mehr Spaß. Pierre wird schon da sein, vielleicht hat er einen kleinen Imbiss hergerichtet, vielleicht auch mehr. Er ist ein guter Koch, aber er hat halt wenig Zeit. Wie wohl die Weinernte ausgefallen ist? Er hat vor zwei Jahren das erste Mal gelesen und war begeistert. Ah, hier ist es. Nett, die kleine Auffahrt zum Hof, die ist neu. Auf die Katzen achten! Na bitte, Pierre steht auch schon in der Tür, als hätte er nur auf uns gewartet. Sogar ein bisschen abgenommen hat er, steht ihm aber gut.

„*Voilà*, die Damen. Wir sind da. Der Herr, der auf uns zu kommt, heißt Pierre. Ihm gehört das Häuschen.“

20

„Häuschen". Typisch Helmut. Eine Villa. Ein kleines Schloss. Wie die berühmten *châteaux* in der Gegend um Bordeaux. Sanft steigt der Hang an, hinter dem Anwesen ein kleiner Weinberg, der ist schon abgeerntet. Und Walnussbäume, für den Nusslikör, klar. Aha, Flo ist bei den Katzen, und Helmut begrüßt den stämmigen Mann namens Pierre, aber was sie reden, ich verstehe kein Wort. Klingt irgendwie nach Spanisch, jetzt kommen sie, vielleicht kann Pierre ja kein Französisch, obwohl, wenn einer Pierre heißt... So ein Quatsch, Britta! Naja, Landei bleibt Landei. Helmut kann ja sicher Französisch, er hat auch angeblich den Roman über „die Wiese" gelesen, der Klugscheißer.

„*Bonjour, Madame, Mademoiselle. Bienvenues au Périgord. Mon petit château est à votre disposition.*"

Oh, das ist nett, sein kleines Schloss, ja, da hat er recht. Der ist ein ganz Netter, mit dem macht es bestimmt Spaß, Französisch zu sprechen. Ja, natürlich gefällt es mir, ich bin hingerissen. Und das riecht hier so gut. Als hätte da schon jemand gekocht für uns? Nein, das Gepäck können wir später holen, erst mal rein in die gute Stube, wie Papa sagen würde.

*

Flo schläft. Es gefällt ihr, sie ist glücklich und war mir auch nicht böse, als ich sie ab und zu *Flo* genannt habe. Die Katzen lieben sie schon heiß, da können wir noch eine Weile auf das Reh verzichten. Wie schön das Zimmer ist, das ganze Haus. Zurückhaltend, nichts Protziges, schlichte Holzmöbel, aber edel. Dezente Farben, hell, viel Glas, alles neu eingebaut, einfach schön. Wie der ganze Abend mit Pierre. Helmut und er kennen sich fast zwanzig Jahre, der eine wird Waffenhändler und der andere Bürgermeister, Abgeordneter. Merkwürdige Lebenswege. Und sie scheinen sich sehr zu mögen. Helmut wirkt irgendwie viel natürlicher, menschlicher. Obwohl, als Unmensch habe ich ihn bisher noch nie erlebt, das ist ungerecht. Aber mit mir ist er, wie soll ich sagen, befangen, rutscht schnell ins Ironische. Der französische Helmut gefällt mir noch besser... stopp, Britta! Wieder mal der Wein! Also, wie muss es heißen? *Der* Helmut gefällt mir *nicht schlecht!*

Flo liebt ihn jedenfalls, französisch, deutsch, da kennt sie keinen Unterschied. Und das ist gut so. Wie er sich noch an den Herd gestellt hat, Pierre war schon nach Hause gefahren, um Crêpes für seine „Große" zu machen! Fast wären mir die Tränen gekommen, zum Glück habe ich mir selber noch drei oder vier reingestopft, als hätte ich vorher nichts gekriegt, da blieb keine Zeit für Rührung. Das Lammragout von Pierre davor, ein Traum. Mit Nüssen und Trüffeln, der Wahnsinn. Der geht einfach mal so in den Wald, kommt mit drei, vier Trüffeln zurück und hobelt die bis zum letzten Rest auf das Ragout. Bei uns wären wir da schon mit hundert Euro dabei gewesen, pro Portion natürlich. Ein schöner Abend, ja, der Wein, der war auch so gut, beim Cognac musste ich mich leider zurückhalten, ich will ja die *Vergessene Wiese* noch lesen, damit ich mich morgen nicht blamiere, wenn wir Monsieur Mestrière treffen. Hoffentlich kommt Louise pünktlich, so ganz ohne Dolmetscherin will ich dem Dichter nicht gegenübertreten. Und wenn Harald mit den Probeübersetzungen von Louise einverstanden ist, können wir sie gleich als Übersetzerin behalten, das wäre die einfachste Lösung. Auch wenn Helmut an ihrer Titelidee sofort etwas zu meckern hatte. *Vergessene Wiese* gefällt mir eigentlich ganz gut, hihi, na, vielleicht hatte ich doch ein Glas zu viel. Egal, wo setze ich mich hin? Platz genug für vier wäre ja. Hier, mit Blick auf die Burg. *Bon.* Monsieur Mestrière, jetzt zu Ihren *Prairies*, zum Glück sind es nur 150 Seiten.

*

Unverschämt! Dieser Lärm, mitten in der Nacht! Oh, es ist ja schon wieder hell, und jemand klopft an die Tür? Nein, nicht herein!

„Ach, du bist es, mein Schatz!"

„Guten Morgen, *maman.* Das heißt Mami, wusstest du das? Kann Helmut dein Frühstück hereinbringen?"

„Frühstück? Wie spät ist es denn?"

„Halb zehn. Wir sind schon fertig und ich hab ein Pony gefunden. Es heißt Chantal. Darf ich reiten?"

„*Chantal?* Sachen gibt's! Aber lass mich erst mal wach werden, Süße. Das Pony läuft dir nicht davon. Und her mit dem Frühstück, ich bin hungrig wie ein französischer Wolf. Danke, Helmut, das sieht ja lecker aus."

„Wir mussten gar nicht zum Einkaufen, Mami, war alles schon da. Pierre war kurz hier und ist wieder weg. Er gibt dir drei, wie heißt das, Helmut?"

„*Bises.*"

„Drei Bies. Was sind Bies?"

„Küsse, mein Schatz."

„Pierre küsst dich? Der kennt dich doch gar nicht."

„Das machen in Frankreich auch Leute, die sich nicht gut kennen. Wenn sie sich mögen, küssen sie sich auf die Wangen, so."

„Kein richtiger Kuss?"

„Nein, nur so ein bisschen berühren."

„Ach so. Hast du Helmut auch schon Bies gegeben, Mama?"

„Wo denkst du hin!"

„Ich schon, aber richtig, mit Schmatz und Spucke."

„Ah ja? Ihr küsst euch?"

„Nein, nicht richtig. Nur als wir unsere Ohren probiert haben. Meins hat nach Schokolade geschmeckt. Aber das wollte ich gar nicht verraten."

„Ich glaube, ich muss erst einmal frühstücken, bevor ich mir solche Ohrengeschichten anhören kann. Willst du auch noch was?"

„Nein, ich gehe die Katzen füttern. Handbies, Mami."

„Ich liebe dich auch."

*

Halb zehn. Da bleiben zum Glück noch drei Stunden bis zum Treffen mit Mestrière. Ich hab's nicht zu Ende lesen können, hat sich ziemlich gezogen, die *Wiese*. Wenn jetzt nicht ein Wahnsinnsschluss kommt, weiß ich nicht, was der Harald darin sieht. Okay, das pornografische Motiv zieht sich durch die gesamte Handlung, eigentlich *ist* es die ganze Handlung. Davon kann älteren Herren schon mal schwummrig werden. Aber sonst? Philosophisches Geraune, wie die Franzosen es gern mal absondern, wenn sie den dünnen Inhalt überdecken wollen. Auch Houellebecq ist ja nicht frei von solchen Tricks. Wobei der natürlich in einer anderen Liga spielt.

Mmmhhh, die Croissants sind aber gut! Wie selbstgebacken. Alles ist gut. Wie konnte ich Helmut bloß für das *leckere* Frühstück danken! Der muss mich ja für sprachlich unterbelichtet halten. *Läääcker!* Eine Kochshowfloskel, mit der man die miese Qualität des hilflos Dahingepfuschten bemänteln will. Sozusagen die gastrosophische Allzweckwaffe für Leute ohne Geschmack. Herr Mestrière, Sie haben da aber ein *leckeres* Buch geschrieben. Ich habe es geradezu verschlungen, um meinen Geschmacksnerven die Berührung mit Ihrem Machwerk nicht zumuten zu müssen. Ja, das wäre ein Einstieg, der mir seine ewige Feindschaft einbrächte.

So, genug fantasiert! Duschen, aufbrezeln und „*aux armes, citoyenne!*" Monsieur Jean-Luc, ich komme!

21

Kein Jean-Luc, keine *Wiese*. Der Dichter ist unpässlich. Was fangen wir jetzt mit dem Tag an? Das Wetter ist gut. Mal fragen, ob Helmut eine Idee hat.

„Helmut?"

„Ja, Britta, ich *habe* eine Idee."

„Wie hast du..., wie konntest du...? Und welche?"

„Ans Meer."

„Ans Meer? Welches Meer?"

„Fragst du das im Ernst? Knapp zweitausend Kilometer Frankreich liegen am Meer. Von hier aus ist es zu dem einen Meer näher, zum anderen weiter. Du darfst wählen."

„Dann fahren wir zu dem einen. Und welches ist das? Helmut, bitte, ich bin eine geografische Null!"

„Na gut, seufz! *Atlantik*. Schon mal gehört?"

„Atlantik? Du machst dich über mich lustig, oder? Mittelmeer hätte ich noch akzeptiert, ist mir gerade eingefallen, aber..., obwohl, jetzt, wo du es sagst. Ist das das gleiche Meer wie in der Bretagne?"

„Ja, es ist das gleiche Meer wie in der Bretagne. Oder ist es vielleicht sogar dasselbe, Frau Lektorin?"

„Verarschen kann ich mich selbst, du, du..."

„Ich, ich? – sprich dich ruhig aus, Britta."

„Ja, such dir selber was aus. Idiot, Sadist, Ekel. Ekel Helmut."

„Okay. Ich nehme alle vier. Willst du deinem Kind die frohe Botschaft überbringen? Ich hol dann schon mal den Wagen. Badesachen nicht vergessen!"

"*Oui, mon capitaine!*"

Schon brausen wir durch die besonnten Lande. Das Kind wollte zuerst nicht, Chantal könne nicht allein zu Hause bleiben. Aber als sie *Meer* hörte, war es um ihre Tierliebe geschehen. Meer schlägt Chantal, ein hübscher Satz, den wir in Mestrières dünnem Bändchen noch unterbringen könnten, Platz genug wäre ja. Helmut hat mir erklärt, welchen Orten wir unsere geschätzte Aufwartung machen: Hourtin-Plage, Lacanau-Océan, Arcachon. Atlantische Sirenenklänge. Und auf dem Rückweg einen Abstecher zu einem *château*. Hoffentlich gibt's keine langweilige Schlossführung. Na, mein blauäugiger Kapitän wird schon wissen, was er tut.

„Helmut. Ist das Meer groß?"

Gut, dass Flo nicht *mich* gefragt hat. Womöglich hätte ich mich wieder gründlich blamiert. Welches Meer? Wie peinlich ist *das* denn? Das weiß eigentlich jedes Kind und Flo sicher auch gleich.
„Ja, Flore. Ziemlich groß."
„Größer als unser See?"
„Ja. Auf jeden Fall tiefer. Und man kann das andere Ufer nicht sehen."
„Weil Nebel ist?"
„Auch bei Sonnenschein nicht."
„Mami, wie heißt das Meer?"
„Das heißt *Atlantik*, mein Kind."
„Du bist so klug, Mami. Ich will später mal sein wie du."
„Ich hoffe, *besser*, mein Schatz."

Immerhin hat sie schon mal einen Mann, der sie liebt. Jetzt singt Helmut wieder. Das macht er echt gut. Was kann der eigentlich nicht? Mein Kind und er, zwei Genies, da haben sich die Richtigen gefunden. Und mich schleppen sie mit durch ihr aufregendes Leben, wie ein altes Sofa, das sie nicht wegschmeißen wollen. Aus purer Sentimentalität. Ich möchte jetzt ein bisschen weinen. Weil alles so traurig und so schön ist.

Hmm. Warum fahren wir um Bordeaux herum? Gäbe es da nicht auch Herrliches zu entdecken? Oder zu kaufen? Schon sind wir wieder in der französischen Pampa. Dass da ein Meer kommen soll, glaubt einem keiner. Schnurgerade Straßen, viel Wald. Die Dörfchen auf dem Weg von erhabener Hässlichkeit. Ein Hinweisschild würde die Stimmung heben: Meer 2 km, zum Beispiel, oder von mir aus *la mer* 2 km. Jetzt wird's auch noch hügelig. Ich frag mal...

„Die Hügel sind Ausläufer der Dünen, in die wir gleich eintauchen. Falls du dich fragst...“

Langsam wird er mir echt unheimlich. Oder sieht man mir an, was ich sagen will? Hat der vielleicht das zweite Gesicht? Gruselig. Was der sonst alles noch in mir lesen könnte, wie in einem offenen Buch! Wenn wir da sind, gibt es hoffentlich einen klitzekleinen Imbiss. Mein Magen ist seit gestern Abend unnatürlich geweitet, da muss wieder was rein! Da muss wieder was rein!! Na, Helmut? Wo bleibt dein parapsychologischer Beitrag?

„Zuerst das Meer, dann die Meeresfrüchte. Ist das so in Ordnung?“

„Jaaaa, Helmut! Zuerst das Meer, dann die Meeresfrüchte!“

Musste das vorlaute Kind sich wieder vordrängen! Aber ich hätte es nicht besser formulieren können. Doch das muss ich offensichtlich gar nicht, denn ich denke ja wohl laut. Oh, das ist schön! Da sind sie ja, die Dünen. Richtig hoch! Und ein süßes Dörfchen! Britta! Werd bloß nicht infantil! Ich mach mal das Fenster auf, die gute Luft, der Wahnsinn!

„Wir sind da. Ihr könnt schon mal vor zur Absperrung gehen. Aber nicht runterfallen!"

Aha, Helmut gibt den besorgten Fremdenführer. Und was meint er mit „runterfallen"? Hey, das ist das *Meer*, Meereshöhe null Meter!

„Mami. Da ist es ganz tief! Schau mal!"
„Keinen Schritt weiter, Flo! Ich bin gleich bei dir! Halt dich fest!"

Das geht ja echt tief runter, mindestens zwanzig Meter. Und natürlich nur ein Pseudogeländer, typisch Franzosen.

„Und wo ist das Meer, Helmut? Ich sehe nur Sand!"
„Und wo ist der Sand zu Ende?"
„Dort, wo der Schnee liegt."
„Das hast du gut erkannt. Aber der *Schnee* ist der Schaum, den die Wellen machen. Wie in der Badewanne, wenn du ganz schnell das Wasser umrührst."
„Können wir dorthin?"
„Klar. „Hier, den schmalen Weg runter. Und halt dich gut an der Mama fest."

*

Die nächsten zwei Stunden: Ein Mann mit Hund. Drei Hunde ohne Mann oder Frau. Möwen. Und wir. Sonst war niemand an diesem unendlich langen und unfassbar breiten

Strand. Muschelschalen, polierte Steine, angeschwemmtes Holz. Und feinster Sand, fast weiß. Das Wasser, es war Ebbe, hielt sich weit draußen auf. Aber nicht weit genug für uns! Es zeigte jedoch Erbarmen und kam uns auf halbem Weg entgegen. Wildes Gekräusel, milchig die Sonne, es ging ein leichter Wind.

„Wer kommt mit ins Wasser?", hatte Helmut gefragt und sich die Kleider vom Leib gerissen. Ich fürchtete schon, dass ich Flo die Augen zuhalten müsste, aber er trug die Badehose bereits am Körper, ziemlich schlau, unser *Helmi*. Und nur mit diesem dünnen Fetzchen angetan, stürzte er sich in die Fluten.

„Ich will mit", krähte Flo ihm hinterher, und flugs war er wieder da, nahm sie auf den Arm – sie war nackt, aber wen störte das? – und tauchte vorsichtig mit ihr in das spiegelnde Nass. Die Wellen zogen sich zurück, er ließ das Kind sacht nach unten gleiten. Die Flut brauste wieder heran, er hob das jauchzende Kind in die Höhe, die letzten Spritzer schlugen über ihren Köpfen zusammen.

„Mami, ich bin nass und es schmeckt nach Salz! Komm rein!", schrie Flo mit sich überschlagender Stimme. Sollte ich, nur weil sie nass war, auch nass werden? Außerdem hielt mich keiner auf dem Arm, vermutlich, weil ich nicht nackt war, und natürlich hatte ich meinen Badeanzug vergessen.

„Ich schau euch lieber zu!", rief ich, eine ziemlich lahme Ausrede, und nass wurde ich dann sowieso, als ich das bibbernde und blau angelaufene Kind abtrocknete und wärmte. Helmut schwamm ein paar Meter hinaus und ein, zwei Kraulzüge später war sein Kopf nur noch ein kleiner Punkt am Horizont. Er winkte uns zu, als wollte er sich verabschieden, um mal eben bis New York durchzuschwimmen, „aber zum Abendessen bin ich da". Als ich nichts mehr von ihm sah, hätte ich am liebsten geschrien, weil vor meinem inneren Auge ein Bild auftauchte, das ich völlig verdrängt hatte: Ein Mann springt in einen Ententeich und ist verschwunden. Damals war Helmut zum Glück wieder aufgetaucht, und auch dieses Mal dauerte es nicht länger als eine halbe Minute, für mich gefühlt eine halbe Stunde, bis eine mächtige Woge ihn an Land spülte und er fast auf unserer Decke gestrandet wäre.

„Das ist das Meer, kleine Meerjungfrau!", grinste er Flo an, die sich begeistert auf ihn stürzte und ihn inbrünstig festhielt. Nun war sie wieder nass, aber wen störte das? Handtücher hatte ich genügend dabei, die würden zur Not auch für den athletischen Körper unseres Atlantikschwimmers reichen, sogar für den winzigen Teil, der bedeckt war.

„Und nun die Meeresfrüchte!", erinnerte ich Helmut an den zweiten Teil seines Plans. Gesagt, getan!

Keine Viertelstunde später saßen wir tatsächlich in einem Restaurant, fast hätte ich gedacht, in einem *entzückenden* Restaurant, blickten abwechselnd auf das Meer, das langsam grau wurde, und auf eine den ganzen Tisch einnehmende Platte, die sich schlicht und einfach *Meeresfrüchteplatte* nannte, wie auch sonst? Aber Worte sind nur armselige Krücken, unfähig, die Vielfalt, die Pracht und den Geschmack der „Früchtchen", die hier vor uns aufgetürmt lagen, zu beschreiben. Wir aßen, als wäre dies unsere Henkersmahlzeit, ließen noch Platz für ein paar Crêpes, der Henker konnte warten, für mich schließlich einen Cognac, für Helmut und seine Meerjungfrau einen Kräutertee.

Es war dunkel geworden und wir beschlossen – das heißt, Helmut schlug vor, wir stimmten zu – dass wir langsam nach Hause zurückgondeln würden, denn wir waren müde und satt und prall gefüllt mit betörenden Erlebnissen. Auch die nimmersatte Flo schien sich nur noch nach einem warmen Bett zu sehnen. Ich sehnte mich auch danach, aber vorgewärmt sollte es sein, bitte, bitte...!

Morgen soll es zu dem Treffen mit Monsieur Mestrière kommen, er hat eine SMS geschickt. Ich könnte darauf verzichten, denn da sind ja noch Lacanau-Océan, Arcachon, das verträumte Schlösschen, alle drei warten auf unseren Besuch. Aber die Pflicht ruft und ich werde ihrem Ruf folgen. Punkt! Morgen, zwischen eins und zwei, hat der Herr Dichter signalisiert,im *Café de la République* am Markt. Helmut will mich hinbringen, ach, Helmut...!

22

„Nicht doch lieber einen Tee, Britta?"

„Nein! Ich brauche einen Cognac. Lass die Flasche gleich da. Und jetzt raus, ich will in die Wanne. Oder nein, warte. Setz dich da hinter den Vorhang. Ich muss das einfach gleich loswerden. Ah, herrlich! Nein, nicht der Cognac, das Wasser!

Also. Du lässt mich vor dem Café in Sarlat raus, Louise, die Dolmetscherin, ist schon da, wir begrüßen uns, sie ist etwas älter, um die fünfzig, aus Bergerac, hat in Gießen und Marburg studiert. Wir setzen uns ans Fenster, es ist halb zwei. Wir bestellen schon mal, der Dichter muss ja gleich kommen. Das Café ist ziemlich plüschig eingerichtet, wirkt ein bisschen wie aus der Zeit gefallen, aber die Leute sind nett. Und der *apéritif*, zu dem wir um zwei überwechseln, ist gut, vom Dichter noch keine Spur. Ich rufe ihn an, Sprachbox. Um halb drei kriegen wir Hunger, ein Salat mit Käse und Nüssen, der hätte für drei gereicht, aber der Dichter verspätet sich, so müssen wir den Salat allein essen, dazu eine kleine Karaffe Weißwein. Der ist etwas sauer, aber wir würgen ihn hinunter. Sauer sind wir dann selber, denn es ist drei und die Box nuschelt noch immer Unverständliches.

Kurz vor halb vier schlurft ein verschlafener Typ herein, ich denke, der obligatorische Penner, der seinen Gratiskaffee kriegt und sich wieder verzieht. Aber er kommt direkt auf unseren Tisch zu, setzt sich, ohne Begrüßung, nuschelt Louise irgendwas zu, beginnt, sich eine Zigarette zu drehen, ohne mich bisher auch nur zur Kenntnis genommen zu haben.

Ich will mich ihm vorstellen, er sagt zu Louise, *die da* solle schweigen, er habe Kopfweh und brauche erst mal einen Pastis. Louise wirft mir einen Blick zu, zwischen *wie peinlich* und *der nervt*, nun gut, ich schweige. Sein Pastis kommt, die Bedienung, ein hübsches Mädchen, blond, mit Zöpfen, errötet, der Dichter hat ihr wohl irgendeine Anzüglichkeit zugenuschelt. Da bin ich natürlich schon auf 180, aber ich halte mich zurück, dies ist schließlich ein geschäftlicher Termin und kein Feminismus-Seminar. Demonstrativ lege ich seinen Roman auf das Tischchen, leider in eine kleine Weinpfütze, worauf er mich anraunzt und mir finstere Blicke zuwirft. Hurra, denke ich, er nimmt Kontakt auf! Ich reinige also das dünne Büchlein fein säuberlich mit der Stoffserviette, wische auch den Tisch ab, lege die *Vergessene Wiese* wieder hin und warte auf eine Geste der Dankbarkeit. Oder wenigstens auf eine anerkennende Reaktion. Ich warte vergebens, er zündet sich seine Zigarette an – im Lokal herrscht Rauchverbot – bläst mir den Rauch ins Gesicht und fragt mich, wie viel Geld ihm unser Verlag für die Rechte biete, er habe noch andere Interessenten und sei nicht auf so einen „Popelverlag" angewiesen. Louise musste das übersetzen, es war ihr sichtlich unangenehm. Er sei also nicht auf so einen Popelverlag angewiesen, wiederholte er genüsslich, überhaupt bezweifle er, ob das deutsche Publikum für ein Werk wie seines schon „reif" sei, er sagte tatsächlich *reif*, ich fass es nicht. Bist du noch da, Helmut?"

„Natürlich. Darf ich mir auch einen Cognac nehmen?"

„Na, na, Helmut, eine nackte, alkoholisierte Frau, du bei ihr im Bad, ein fadenscheiniger Vorhang zwischen uns. Willst du dir etwa Mut antrinken?"

„Eher das Gegenteil. Aber erzähl schon weiter."

„Ich sage ihm also, in meinem besten Französisch, dass der

Verlag sich die und die Fixsumme und eine prozentuale Beteiligung in der und der Höhe vorstelle, er unterbricht mich und fordert Louise auf zu übersetzen, und was das für ein Französisch sei, das könne sich ja kein Mensch anhören. Louise wiederholt also meine Worte, er schüttelt den Kopf, als werde er mit Ungeheuerlichkeiten konfrontiert, die ihm als einem weltbekannten GROSSDICHTER nicht zumutbar seien. Ich kenne diese Art von kindischem Gebaren natürlich schon von unseren deutschen Autoren, sage, auf Deutsch, wenn er nicht interessiert sei, dann könne ich ja gehen, ich hätte durchaus noch Besseres zu tun, außerdem seien auch wir nicht auf so einen „Popeldichter" wie ihn angewiesen, davon gebe es bei uns genug.

Ich erhebe mich, während Louise im Schnellfeuertempo übersetzt. Ich gehe zur Tür, da springt er auf, erwischt mich am Ärmel, setzt seine freundlichste Miene auf, wobei er etliche schlechte Zähne offenlegt, entschuldigt sich mit salbungsvollsten Worten, von denen ich nur die Hälfte verstehe, drängt mich zurück zum Tisch und spricht von Missverständnissen, zu denen es bei einer so mittelmäßigen Übersetzerin zwangsläufig kommen müsse. Er heuchelt größtes Interesse für mein Angebot, ich möge es ihm noch einmal *en détail* und gerne auch an einem gemütlicheren Ort vortragen...Noch einen Schluck Cognac, Helmut?"

„Nein, danke, du willst doch nicht, dass ich übermütig werde? Und dieser „gemütlichere Ort" war wo?"

„Höre ich da eine Spur von Eifersucht heraus? Keine Angst, mein *Lieber*. Wir wechselten nur in ein Weinlokal, er versuchte mehrmals, Louise loszuwerden, ich bestand jedoch auf ihrer Anwesenheit, weil die Gefahr von sprachlichen Missverständnissen ja sonst noch viel größer sei. Kurz – er erklärte sich bereit, die endgültigen Vertragsverhandlungen, falls man dieses Stadium jemals erreiche, mit einer „höher gestellten, männlichen Persönlichkeit" aufzunehmen, bevorzugt mit dem kompetenten Verlagsdirektor, der ein so tiefes Verständnis für seinen Roman an den Tag gelegt habe, auch wolle er einen Mann als Übersetzer, da eine Frau nicht in der Lage sei, die „tiefenpsychologischen Dimensionen" seines Werks zu erfassen. Ich stimmte im Wesentlichen zu, warum sollte ich jetzt schon das feministische Fass aufmachen, da bleibt noch Zeit genug, dachte ich, sagte ihm aber, dass wir, Louise und ich, in den nächsten Tagen eine erste Übersetzung anfertigen würden und er uns als „kompetenter Partner" zur Seite stehen möge, gegen Aufwandsentschädigung, das verstünde sich ja von selbst. Schließlich komme es bei der Übersetzung eines so „tiefen" literarischen Werks ja immer wieder auch zu interpretatorischen Missverständnissen, die es mit dem Dichter zusammen auszuräumen oder von vornherein zu vermeiden gelte, *n'est-ce pas?*

Er ist überrascht, so kluge Dinge hat er von einer Frau nicht erwartet, von einer deutschen gleich zweimal nicht. Er will sogar, als ich ihm das nahelege, seinen Text noch einmal durchgehen, aber nur, wenn ich ihm für weitere Gespräche wie dieses gerade eben zur Verfügung stehe, gerne auch in Verbindung mit einem kleinen Abendessen, er kenne da das eine oder andere vorzügliche Restaurant. Beim Abschied jagt eine *bise* die nächste, er will mich sogar auf den Mund küssen, was ich gerade noch verhindern kann, wir springen in ein Taxi, das mich hierher und Louise nach Bergerac bringt. Uff, ein banales Ende einer denkwürdigen Begegnung mit einem französischen Großdichter.

So, Helmut, ich will aus dem Wasser raus, bevor ich ersticke.

Dürfte ich bitten?"

„Klar. Willst du noch eine Kleinigkeit essen?"

„Ich lass mich überraschen."

Ich überraschte Britta mit einer *tarte Tatin aux oignons rouges*, eine Art Zwiebelkuchen. Sie war hingerissen, ich hin- und hergerissen, weil sie mich mit einem flauschigen Bademantel überraschte, der manches bedeckte und viel freiließ. Sie aß mit großem Appetit, ich würgte ein paar Bissen hinunter. Ich ließ beim Abräumen das Besteck fallen, sie den Bademantel. Und bevor wir klären konnten, ob zu ihr oder zu mir, fielen wir schon übereinander her, klammerten uns wie Schiffbrüchige aneinander und blieben, ganz ohne beziehungsreiche Nebenbedeutung, auf dem Teppich, der, ein Gabbeh aus Indien und vor dem Esstisch gelegen, mir in seiner bunten Figuren- und Farbenpracht in alle Ewigkeit vor Augen stehen wird.

Wir blieben lange auf dem Teppich, der Mond beschien uns eine Weile, zog dann weiter, als er genug gesehen hatte. Ein paar Sterne schauten vorbei und blinkten freundlich. Die Morgendämmerung dämmerte herauf, wie ihr Name schon verrät, in der Ferne krähte ein einsamer Hahn. Und erst als von oben ein fragendes „Mami!" durch das Haus schallte, ließen wir voneinander ab. Denn das Geheimnis unserer Nacht wollten wir noch nicht mit der Welt teilen, und sei diese auch erst vier Jahre alt und uns beiden durchaus gewogen.

23

Die beiden Liebenden waren an diesem makellosen Morgen zunächst einmal damit beschäftigt, das ungeduldige Kind mit dem gewohnten Rundumservice zu beglücken, die verräterischen Spuren der nächtlichen Teppichbelagerung zu beseitigen – das gute Stück war merkwürdigerweise bis unter das Sofa gewandert – und vor allem zu vermeiden, einander ständig ungläubig bis glühend verliebt in die Augen zu starren. Jene allgemeine Verwirrung konnte ich, der ursprüngliche Erzähler dieser Geschichte, ausnutzen, um wieder das Heft des Geschehens in die Hand zu nehmen.

Sicher, in der Zeit meiner unfreiwilligen Abwesenheit war manch Hübsches zutage getreten, das ich auch nicht besser hätte vortragen können. Aber ich denke, dass nun, da die beiden füreinander Bestimmten endlich zueinandergefunden haben... – hier stocke ich schon, denn natürlich sollte ein *vorerst* hinzugefügt werden, also *vorerst* zueinandergefunden haben, die Geschichte ist ja noch nicht zu Ende, und , wie man weiß, kann bis zum Ende so mancherlei passieren...!

Doch ich schweife ab. Jedenfalls denke nicht nur ich, sondern es ist allgemein bekannt, dass auch ein Unwetter manchmal aus heiterem Himmel losbricht, was zweifellos zunächst eine meteorologische Erfahrung ist, aber auch eine Metapher für die weiteren Ereignisse sein kann.

Tag eins nach *der* Nacht, der ersehnten, nicht für möglich gehaltenen, Sinne, Herz und Verstand in Aufruhr versetzenden Nacht. Der Tag – für die Protagonisten, dank ihrer Müdigkeit, wie in Watte gepackt, von Florence alias Flo, Fiora oder Flore als seltsam erlebt, gleichwohl fehlten ihr die Worte dafür, was an Seltsamem sie da umwaberte. Sie wunderte sich, dass Britta und Helmut nicht stritten, dass die Mama sie so oft küsste, noch häufiger, als sie es sonst schon tat. Über Helmut musste sie sich nicht wundern, er war immer nett zur Mama, und zu ihr sowieso, Helmut war also nicht das Problem. Aber die Mama blieb im Zimmer, als Helmut eben von draußen hereinkam und sich ein Glas Wasser einschenkte. Sonst hatte sie immer so getan, als müsste sie auf der Stelle etwas wegräumen oder suchen oder dringend ein Wort in einem dicken Buch nachschauen, wenn Helmut und sie in einem Raum waren. Heute begrüßte sie Helmut und lachte dabei, und sie half ihm auch, das Frühstücksgeschirr wegzuräumen. Sie nahm es ihm sogar aus der Hand, fast wäre ein Glas runtergefallen, aber beide fingen es im letzten Moment auf und hielten es mit vier Händen gut fest. Dabei lachten sie wieder und schauten sich *irgendwie* an. Aber da Florence doch lieber mit den Katzen spielen wollte und später das Pony mit Äpfeln füttern, verdrängte sie diese sonderbaren Eindrücke, umso mehr, als Frédéric, ein etwa sechzehnjähriger Junge aus dem Dorf, der täglich kam, um das Pony zu versorgen und auszureiten, schon bei Chantal stand und ihr gerade den Sattel überwarf. Flo flitzte zu ihm, fragte, ob sie mitreiten dürfe, was Frédéric offenbar verstand, denn er antwortete, dass sie dazu einen Helm brauche, wobei er auf seinen Kopf deutete, dann natürlich gerne.

Sie flitzte zurück ins Haus, sah, dass die Mama Helmut gerade küsste, konnte sich jedoch um solche Dinge nicht auch noch kümmern, denn ein Helm musste her und ob Helmut ihr einen geben könne. Helmut konnte, wie durch ein Wunder hatte er einen mitgenommen, oder vielleicht fuhr er ihn ständig im Kofferraum spazieren, jedenfalls passte der Helm haargenau und so saß Flo kurz darauf, behelmt und stolz wie

Oskar, auf Chantal. Frédéric saß hinter ihr, die Zügel locker in der Hand, und los ging's. Gemächlich zunächst, im Schritt, dann in leichtem Trab. Flo's unter dem Helm hervorlugende Haare tanzten im Rhythmus der Bewegung, sie jauchzte und griff in die schmutzig-weiße Mähne des Ponys, um sich festzuhalten, was durchaus keine schlechte Idee war.

Britta wäre normalerweise schon längst eingeschritten oder hätte wenigstens ein paar besorgte Worte hinterhergeschickt, doch da Helmut seine Arme um sie gelegt hatte, fand sie, dass alles gut sei. Ein vierjähriges Kind im Atlantischen Ozean, ein vierjähriges Kind auf einem Pferd in Frankreich, das Natürlichste von der Welt!

Nach dem Ausritt, der in vielfältig verschlungenen Schleifen bis zum Waldrand ausgedehnt wurde - Flo hoffte insgeheim, dort das verheißene Reh zu entdecken, und lenkte Frédéric gestenreich in die gewünschte Richtung - musste das Pferd, das die Doppellast geduldig ertragen hatte, abgetrocknet, gefüttert und getränkt werden. Außerdem wurde frisches Stroh für die Box herbeigeschafft, auch ein paar Streicheleinheiten für das wackere Tier durften nicht fehlen.

Flo leistete ihren Beitrag im Stil einer zukünftigen Führungskraft, indem sie Frédéric detaillierte Anweisungen gab, denen der Junge mit staunenswertem Eifer nachkam. Auch den ausführlichen Bericht von dem Ausflug ans Meer nahm er begeistert zur Kenntnis, vermutlich ohne ein einziges Wort verstanden zu haben.

Helmut war dann hinzugetreten, er fragte Frédéric ein wenig aus, was er denn so vorhabe im Leben, ob er noch zur Schule gehe oder schon eine Ausbildung begonnen habe, solche Sachen halt, die Erwachsene wichtig finden.

Flo, die Helmut mit zweifelndem Blick zugehört hatte,

mischte sich energisch ein: „Helmut" sagte sie, „du musst Deutsch reden, sonst versteht der Fredrick dich nicht!"

„Ich glaube, *mein* Deutsch versteht er nicht, nur *deins*", meinte Helmut und grinste Flo an.

Flo war einerseits stolz, dass sie etwas besser konnte als Helmut, fragte zur Sicherheit aber noch einmal bei Frédéric nach, der freudig nickend *oui, oui!* antwortete, jedenfalls war Florence zufriedengestellt und gestattete Helmut mit generöser Gebärde, dass er die Befragung auf Französisch fortsetzen könne. Er erfuhr, und teilte es Flo sogleich mit, dass der junge Mann im nächsten Jahr ein Praktikum auf einem Gestüt in der Camargue absolvieren wolle, aber noch keine Zeit gehabt hatte, sich dort vorzustellen. Ob er Lust, und natürlich Zeit, habe, mit ihnen in den nächsten Tagen einen Ausflug dorthin zu machen, fragte ihn Helmut, und als der Junge wiederum *oui, oui!* geantwortet hatte, noch freudiger womöglich als beim ersten Mal, gab es für seine neue Freundin kein Halten mehr. Sie warf sich ihm in die Arme und schrie begeistert:

„Ein Pferdeausflug! Ja! Mit vielen Pferden!" Und nach einer kurzen Pause sagte sie: „Nehmen wir Chantal auch mit, Helmut?"

„Wo?", gab er zu bedenken, „im Kofferraum? Oder etwa neben dir, im Ponysitz?"

Eine längere Pause trat ein. Und eine Stirn legte sich in Falten, dann: „Ach so, du meinst, wir haben keinen Platz für sie?"

„Ich hätte es nicht besser erklären können, *ma grande!*"

Entzückt „Ja, ich bin *Magrand*" vor sich hin trällernd, hüpfte der kleine Springfrosch zurück zum Wohnhaus, wo Britta eben aus der Eingangstür getreten war und zum Mittagessen rufen wollte. Sie hatte die Haare mit einem Tuch hochgebunden, was ihr einen verwegenen Anstrich verlieh, und ihre geröteten Wangen ließen vermuten, dass sie die schöne Anstrengung unternommen hatte, ein kleines Festmenü zu „zaubern", wie es immer, so dümmlich wie unzutreffend, in den einschlägigen Fachorganen für *Lecker essen* hieß.

Denn Britta hatte sich mehrmals an den ungewohnten Flammen des Gasherds die Finger verbrannt, oder doch beinahe, und auch ihre üppige Haarpracht wäre bei einer ungestümen Bewegung fast ein Opfer der heute besonders feurig lodernden französischen Glut geworden.

Die Köchin wurde allseits gelobt und mit diversen Zärtlichkeiten bedacht, offenen wie heimlich ausgetauschten, man war sich noch nicht einig, wann die Welt bereit sei für die frohe Botschaft. Britta wollte sich schon mit Migräne oder einer Magenverstimmung – das ungewohnte Essen, der ausführlich genossene Nusslikör – vor ihrem ersten Arbeitstermin drücken, doch das Pflichtgefühl ließ sich erneut nicht so leicht abwimmeln.

So nahm sie schweren Herzens Abschied, „aber nur für eine Stunde, oder höchstens zwei", von dem Ort, der ihr Leben, wie sie glaubte, vom Kopf wieder auf die Füße gestellt hatte. Was konnte ihr eine bereits jetzt verhasste, weil mit allerlei Widrigkeiten verbundene und letztlich sinnlose Begegnung mit einem schlechten Schriftsteller bieten? Vor allem im Vergleich zu der Aussicht auf..., ja, auf was eigentlich? Eine weitere Nacht auf dem Teppich? Eine banale Wiederholung würde den magischen Moment vielleicht ruinieren, der nur ein einziges Mal so und nicht anders hatte passieren können. „Zu mir" würde unnötig Flo's Eifersucht provozieren, „*mein* Helmut" hatte es ja nicht umsonst zum geflügelten Wort gebracht, an dem alle fremden Ansprüche abprallten, und seien es die der eigenen Mutter.

Und „zu dir" war nur ein Zimmer weiter als „zu mir", da könnten sie Flo gleich einladen, es sich auf dem Sofa gemütlich zu machen und erste Eindrücke vom wunderlichen Gebaren der Erwachsenen zu gewinnen, vermutlich mit schwerwiegenden psychischen Spätfolgen. Vielleicht würde Flo ihre Mutter hassen, die ihr den Geliebten wegnahm? Oder Helmut hassen, der sie so schmählich betrog? Oder sie würde ihre ganze Liebe dem Pony schenken, auf ihm davonreiten, dem Sonnenuntergang entgegen und auf Nimmerwiedersehen?

„So ein Quatsch!", rief Britta sich wieder zur Ordnung, „ich fahre jetzt. Seid brav, ihr zwei, ich liebe... dich, mein Liebling!"

„Ich dich auch!", flötete Flo. Helmut dachte dasselbe und schaute dem Taxi hinterher, das sich „ein wenig unwillig", wie er es interpretierte, in Richtung Sarlat entfernte.

24

Brittas erster Arbeitstag entwickelte sich zu einem Reinfall. Louise hatte eine SMS geschickt, sie sei leider verhindert, eine heftige Migräneattacke. Der Dichter erschien erst gar nicht, weder pünktlich noch verspätet. Brittas Handy behauptete, die gewählte Rufnummer existiere nicht.

Britta klapperte daraufhin alle Lokalitäten ab, die nach seinem Geschmack hätten sein können: schummrig, leicht abgewetzt, nur von Einheimischen frequentiert – weiterhin keine Spur von Mestrière. Nach einem Gespräch mit Harald, der auf täglicher Kontaktaufnahme mit dem schwierigen Künstler bestand, ließ sie sich von einem nervösen Taxifahrer zur von Harald genannten Adresse bringen. Diese existierte zwar, sie beherbergte aber das örtliche Bestattungsinstitut. Einen Monsieur Mestrière kannte man dort nicht, „noch nicht", wie der blasse, pickelübersäte Angestellte mit bedeutungsvollem Augenaufschlag ergänzte. Dabei grinste er schräg, als sei ihm ein besonders geistreiches *Bonmot* gelungen.

„Sehr witzig", antwortete Britta auf Deutsch, dabei süßlich lächelnd, und ließ den verdatterten Jüngling stehen. Der Taxifahrer hatte sich inzwischen aus dem Staub gemacht, so dass Britta die nachmittägliche Tristesse der französischen Provinz zu Fuß und damit intensiver als gewünscht genießen durfte. Außer zwei mageren Hunden, einer grauen Katze, die sie mit aufgerissenen Augen anglotzte, und einer Kolonie von arbeitsamen Gartenzwergen in unaufgeräumten Vorgärten begegnete sie niemandem. Sarlat schien um diese Zeit völlig unbewohnt zu sein.

Sie hätte jetzt enttäuscht sein müssen, vielleicht sogar entrüstet, schließlich war ein wichtiger Geschäftstermin geplatzt, sie konnte somit ihre berufliche Kompetenz nicht unter Beweis stellen, um sich bei Harald für höhere Aufgaben zu empfehlen.

Doch das Gegenteil traf zu – sie war geradezu erleichtert, denn sie hielt die *Vergessene Wiese* noch immer für schlechte Literatur, und jede Anstrengung, das Geschreibsel für ihre verwöhnte deutsche Leserschaft aufzuhübschen, erschien ihr verlorene Liebesmüh. Bevor sie jedoch zu ihren beiden Liebsten zurückkehrte, die nichts *mehr* wünschten, als mit ihr zusammen zu sein – bei Helmut hatte sie noch leise Zweifel, aber das würde sich schon geben – wollte Britta sich noch einen Pastis gönnen, vielleicht auch zwei, s i e hatte heute schließlich schon etwas geleistet und, wie sie sich nur halb belustigt erinnerte, fast ihre prächtigen Haare geopfert. Zufällig ging sie eben am Bistrot *De la Gloire* vorbei, sie trat ein, blickte über die freien Tische hinweg – und ihr vorauseilend angeschaltetes Lächeln erstarrte. In einem schummrigen Eck, natürlich auf abgewetzten Stühlen, saßen, als einzige Gäste, zwei ihr nicht unbekannte Personen, Schwitzehändchen haltend und in ein gackerndes Gespräch vertieft: der Dichter sowie die wundersam vom Tode auferstandene Louise. Die beiden hatten Brittas Erscheinen nicht bemerkt, auch sonst wollte keiner den neuen Gast zur Kenntnis nehmen oder gar bedienen.

„Oh, es tut mir unendlich leid, dass ich mich verspätet habe", unterbrach Britta das alberne Gegacker und stürzte händeringend in das schummrige Eck. „Aber danke, dass ihr auf mich gewartet habt", sagte sie, zog sich vom Nachbartisch einen Stuhl heran und ließ sich theatralisch auf ihn fallen. Dann setzte sie ein schuldbewusstes Gesicht auf und sagte: „Ich hätte euch ja gerne eine Nachricht zukommen lassen, aber, *excusez-moi*, meine Schuld, ich habe mein Smartphone zu

Hause liegen lassen, also in B..., wie heißt er doch gleich, der Nachbarort? Dort in unserer Villa liegt mein Handy, tut mir leid."

„Britta, wie schön, Sie zu sehen. Wir hatten uns schon die größten Sorgen gemacht, nicht wahr, Jean-Luc?", erwiderte Louise mit künstlichem Lächeln, das ihr aber, kaum dass sie es angeknipst hatte, wieder entglitt.

„Jaja, die größten Sorgen", beeilte sich der Angesprochene zu versichern, erlitt dabei aber einen mittleren Hustenanfall, der erst durch einen rasch herbeigerufenen doppelten Cognac zu besänftigen war. Ehe Britta ihrerseits eine Bestellung aufgeben konnte, war der dienstbare Geist wieder hinter einem dicken roten Vorhang verschwunden.

Starker Auftritt, dachte Britta angesichts des noch immer vor sich hin röchelnden eingebildeten Kranken, meine gloriose Idee, die beiden aus der Fassung zu bringen, ist damit im Eimer. Sie beschloss daher, erst einmal stillschweigend zur Tagesordnung überzugehen. Sie zog Mestrières Büchlein aus ihrer Tasche, legte es demonstrativ in die Mitte des wackligen Tischchens, bemühte sich um einen leicht naiven Gesichtsausdruck und wartete auf Reaktionen. Mestrière verabschiedete sich vorerst, etwas Undefinierbares nuschelnd, auf die Toilette, während Louise mit einem winzigen Löffel ganze Wagenladungen Zucker in ihrem fast leeren Teeglas verrührte und dabei so intensiv auf die klebrige Masse starrte, als müsste sie jedem einzelnen Zuckerkorn zur gelungenen Auflösung gratulieren.

Britta betrachtete Louises Verlegenheit mit sadistischem Vergnügen. Das sichtbare linke Ohr der Dolmetscherin hatte inzwischen die bordeauxrote Färbung des Vorhangs angenommen, auch schienen sich ihre Augen mit Tränen gefüllt zu haben, von denen einige den Weg in die Zuckerpampe fanden, ohne jedoch an deren Konsistenz etwas zu ändern.

Britta hielt Louise teilnahmsvoll ein Taschentuch hin, das aber verschmäht wurde. Den Dichter schien auf der Toilette ein besonders zeitaufwendiges Geschäft festzuhalten, vielleicht hatte er sich auch schon durch die Hintertür davongemacht und Louise mit diesem *teutonischen Trampel* alleingelassen.

Britta wollte gerade, um das Schweigen zu brechen, nachfragen, wie weit Louise und Jean-Luc mit ihrer Arbeit am Text gekommen seien, ob es bereits Ideen gebe, an welchen Stellen man Veränderungen vornehmen könne, und so weiter, als es plötzlich aus Louise herausbrach: „Ihnen, Britta, fehlt es an jeglichem Respekt für ein epochales Kunstwerk, das den brillantesten Kreationen der an Schätzen nicht armen Literaturgeschichte dieses Landes absolut ebenbürtig ist. Und zu meiner größten Empörung musste ich gestern mit ansehen, mit welcher Herablassung Sie, eine dahergelaufene, mittelmäßige Angestellte eines ebenso mittelmäßigen Verlags, dem genialen *maître* Mestrière entgegengetreten sind. Nur dessen schier übermenschlicher Beherrschung war es doch zu verdanken, dass er Sie nicht zur Schnecke gemacht und zum Teufel gejagt hat, sondern sich stundenlang mit Geduld und Gelassenheit Ihre jämmerlichen und sprachlich defizitären Ergüsse angehört hat. Und nicht zuletzt…"

Louise schnäuzte sich geräuschvoll in eine gebrauchte Papierserviette, weil sie den Faden verloren hatte, und setzte noch einmal an:

„… äh, nicht zuletzt…"

„Was verlangen Sie?", unterbrach Britta, die ein boshaftes Grinsen nicht mehr unterdrücken konnte.

„Wie bitte? Aber das ist doch…!"

„Welche Extras? Eine Woche Schloss Elmau? Oder reicht einmal Eintritt für den Spa-Bereich im *Bayerischen Hof* in München? Mit drei Extraduschen. Nötig hätte er es ja, der *arme Poet*."

„Das können Sie vergessen, Sie..., Sie..."

„Ja? Mal seh'n, ob Sie auch hier das aktuelle Vokabular draufhaben: Schlampe? Schlunze? Wanderpokal? *Bitch*?"

„Danke für die Nachhilfe, kenne ich alle."

„Na gut, dann halt keine Extras. Sie glauben doch nicht im Ernst, dass Ihr „Verehrer" – du meine Güte, diese Null, dass Sie sich nicht schämen, Louise! – dass der *maître* bei einem anderen Verlag unterkommen könnte. Jahrelang hat sich bei uns kein Schwein für seinen Schweinkram interessiert. Und nur, weil mein Chef den Verstand verloren hat, oder zumindest seine ästhetische Zurechnungsfähigkeit, muss ich doch nicht vor Ihnen im Staub herumkriechen und..."

„Elmau wär' okay. Aber mit Komplettprogramm."

„Sie meinen die Thaimassagen *spezial*?"

„Ihr Chef wird es schon verstehen."

„Ich schicke Ihnen eine SMS. Und übersetzen können Sie, was und wie Sie wollen. Besser wird der Mist eh nicht."

„Ich erwarte Ihre Nachricht. *Bonne soirée*."

„Erholen Sie sich gut. Von Ihrem Migräneanfall... und von dem Zuckerschock", ergänzte Britta süffisant und deutete auf den bräunlichen Klumpen in Louises Glas.

Beschwingt verließ sie darauf das Lokal. Bedenken, dass sie vielleicht etwas voreilig die Kontrolle über den Text aus der Hand gegeben hatte, wischte sie beiseite. Sollte doch Harald selbst entscheiden, ob ihm die Übersetzung gefiel oder nicht. Mehr als *eine* Auflage würde das „Kunstwerk" ohnehin nicht erleben. Und für zwei Wochen Urlaub hatten sich die beiden unerquicklichen Termine mit dem Dichter allemal gelohnt.

Sie jedenfalls würde die freien Tage mit den aufregenden neuen Perspektiven genießen – es musste ja nicht immer der Teppich sein.

Es war dunkel geworden. Britta hielt nach einem Taxi Ausschau. Außer dem nervösen Fahrer vom Nachmittag hatte offensichtlich noch immer keiner Dienst. Er erkannte sie nicht einmal wieder, immerhin wusste er, wo Beynac-Cazenac lag, und nach einer knappen Viertelstunde waren sie vor dem Eingang zur Villa angekommen. Britta stieg aus. Chantal schnaubte leise im Stall. Die Mondsichel stand neugierig über den dunklen Baumwipfeln. Im schwachen Licht konnte Britta zwei Rehe erkennen, die aus dem Schatten des Waldes herausgetreten waren. Aus dem Inneren der Villa waren Stimmen zu vernehmen. War Pierre zurückgekommen? Nein, es klang eher nach einer Frau, eine erregte Stimme, nun sogar wütend. Wo war Florence? Hoffentlich war ihr nichts passiert. Britta trat ein. Rechts, auf dem Sofa, kauerte ihr Kind. Es hatte ein Kissen vor der Brust und hielt es fest umklammert.

„Mami, wir haben Besuch!", schluchzte Flo.

Brittas Blick wanderte nach links. Helmut stand vor dem Kamin, er wirkte irgendwie geschrumpft, eine tiefe Fassungslosigkeit hatte sich über sein Gesicht gelegt. Neben ihm war eine schöne Frau, etwas jünger als Britta. Die Frau drehte sich halb zu ihr um und schaute sie aus dunklen Augen ruhig und abschätzend an.

„Das ist Madame Loris, sie wollte gerade…", begann Helmut, wurde jedoch schroff unterbrochen.

„Ich bin Malika. Ich bin eine ehemalige Studentin von *Monsieur Seethaler…* und ich bin seine Geliebte."

Dritter Teil

25

Das Leben – ein Spiel. Manchmal ein unverständliches, ein grausames Spiel. Eine neue Spielfigur hatte das fragile Gleichgewicht auf dem Spielbrett erschüttert. Und zwei Worte reichten aus, um die ganze Welt zum Einsturz zu bringen.

Britta hatte die Worte gehört – *je suis son amante*, seine Geliebte – hatte gedacht *Was bin dann ich?*, wusste keine Antwort darauf, fühlte sich mit einem Mal überflüssig, benutzt, verletzt. Wollte nicht mehr benutzt, nicht mehr verletzt werden, wollte weg von dem Ort, der ihr die eine Verletzung zu viel zugefügt und ein zerbrechliches Glück zerstört hatte. Sie blieb stumm, fragte nicht nach, beachtete nicht, dass Helmut zu ihr sprach, hörte nicht, was er sagte, hätte nichts von dem geglaubt, was er vorzubringen versuchte. Sie packte ihren Koffer, raffte das Nötigste für Flo zusammen, das ging schnell. Ihr Taxifahrer reagierte prompt, als sie ihn zurückrief, stand mit laufendem Motor bereit, während sie ihre Tochter nach draußen drängte. Türen schlugen zu, das Auto setzte sich mit quietschenden Reifen in Bewegung, ja, sie hatten es eilig. „Nach Bordeaux" hatte Britta noch rufen können, bevor sie in einem Weinkrampf zusammenbrach.

*

Florence, das glückliche Kind – *mein* Helmut, *meine* Chantal, *mein* Frédéric – war, nach einem Tag, der Merkwürdiges, Aufregendes und Verheißungsvolles für sie bereitgehalten hatte, rechtschaffen müde auf dem Sofa eingeschlafen. Die Lieb-

125

lingsente lag sicher in ihren Armen. Durch ein hartes Klopf-geräusch wurde sie wach, draußen war es dunkel. Helmut hatte die Tür geöffnet und eine Frau, ganz in Schwarz geklei-det, war hereingerauscht – wie ein Unglücksrabe, hatte Flo, noch halb vom Traum umfangen, gedacht. Helmut und die Frau hatten dann viel und schnell gesprochen, sie konnte nichts von dem verstehen, traute sich aber auch nicht zu fra-gen. Die Frau schaute mehrmals böse zu ihr herüber und wenn sie wirklich ein Unglücksrabe war, würde sie bestimmt bald mit dem Schnabel nach ihr hacken oder ihre schwarzen Krallen gegen sie richten. Flo hielt sich deshalb ein Kissen vor den Bauch, darin würden Schnabel und Krallen versinken und konnten ihr nicht wehtun. Die böse Frau trug nicht nur einen schwarzen Mantel und schwarze Handschuhe, sondern hatte auch lange schwarze Haare und dunkle Augen. Helmut hatte bestimmt auch Angst vor der Frau, er sah ganz traurig aus. Aber Flo traute sich nicht, ihm zu helfen, die Frau wäre vielleicht noch böser geworden. Zum Glück kam eben die Mama zurück, Flo hatte ein Autogeräusch gehört, jetzt würde alles gut. Aber die Frau sagte etwas zur Mama, die ging nach oben und Helmut hinterher. Sie kamen nicht wieder und ich war allein mit der Frau und meine Hose war nass. Dann kam die Mama doch zurück, sie schubste mich nach draußen, wir stiegen in ein Auto, aber Helmut fuhr nicht mit, er lief nur ein paar Schritte hinterher. Und die Mama weinte, und ich weinte auch, irgendwann waren wir da, aber ich wusste nicht, wo. Bei mir war nur meine Helmut-Ente.

*

Ein Blumenstrauß thronte auf dem großen Holztisch im Sa-lon, ach was, ein Bukett, beziehungsweise ein *bouquet riche*, wie man in Frankreich sagt. Helmut hatte sich für den Abend einiges vorgenommen, da konnte ein Blumenstrauß nicht schaden. Ob sie Lust hätten, zu dritt zusammen in seinem Haus zu wohnen, natürlich auch in einem anderen, neuen, wenn ihnen das lieber wäre; etwas in dieser Richtung wollte er fragen. Und ob Flo, vielmehr Florence, er würde ihren vollen Namen nennen, es handelte sich schließlich um eine ernste Angelegenheit, ob Florence sich darüber freuen würde, dass er, Helmut, jetzt auch die Mama ganz liebhatte? An der passenden Formulierung müsste er noch feilen, vielleicht fielen ihm spontan die richtigen Worte ein.

Er hatte Flo eigentlich schon vor Brittas Rückkehr auf das Gespräch vorbereiten wollen, ein paar harmlose Fragen, ob sie nicht finde, dass es der Mama gerade besonders gut gehe, zum Beispiel. Doch der ganze Tag voller Jubel und Trubel hatte seinen Tribut gefordert, das Kind schlief, *selig*, so könnte man es nennen, ja, Flo schlief selig. Doch als von draußen vier harte, durch Mark und Bein gehende Schläge zu hören waren, wachte das Kind auf, starrte mit weit aufgerissenen Augen zur Tür und blieb wie gelähmt so sitzen. Der Schrecken verließ sie nicht wieder, er blieb dort, wo er war, unerbittlich stecken.

Helmut hatte sich noch gewundert, dass Britta klopfte, sie wusste doch, dass die Tür immer offen war. Umso mehr freute er sich, dass sie endlich kam, die „ein, zwei Stunden", die die erste Sitzung dauern sollte, waren längst verstrichen - vielleicht ein Zeichen, dass sie gut vorangekommen waren?

Er öffnete. Aus dem Abenddunkel löste sich etwas noch Dunkleres, flatterte, ihn zur Seite stoßend, an ihm vorbei und pflanzte sich wie eine antike Statue mitten im Zimmer auf. Helmut wusste sofort, wen er da hereingelassen hatte. Der unverwechselbare Duft nach Zimt, Lakritz und Minze zog ihn tief hinein in die Vergangenheit. Hin zu sorglosen, übermütigen, aber auch finsteren und bedrohlichen Szenarien aus seinem früheren Leben: Malika war zurück.

Wie eine Rachegöttin, wie die „Furie des Entsetzens" war sie in seine heile Welt hereingebrochen. Sie bemerkte, dass Helmut nicht allein war, und warf dem Kind, das sie zu stören schien, zornige Blicke zu. Das unvermittelt einsetzende Streitgespräch war ein Kampf, der von ihr bis aufs Messer geführt wurde und nur ein einziges Ziel kannte: Helmut zu zermalmen, zu vernichten, auszulöschen. Helmut hatte, als er damals so feig wegblieb, ihre Liebe verraten, und damit auch sie zerstört. Nun sollte ihm das Gleiche geschehen.

Britta erledigte sie *en passant* gleich mit. Sie hatte, als die rothaarige Frau plötzlich in der Tür stand, mit einem Blick erkannt, dass die keine ebenbürtige Gegnerin sein würde. Die Liebe dieser Frau war noch jung und frisch, sie würde wie ein Strohhalm knicken.

*

Die zwei, die nicht dazu gehörten, die Frau und ihr Kind, sie waren verschwunden. Helmut hatte sich vergeblich bemüht, die Frau zurückzuhalten, ein lächerlicher Versuch. Nun saß er auf einem Stuhl. Stille war eingekehrt. Nur das Holz im Kamin knackte leise. Malika wusste, dass es nichts mehr zu sagen gab. Aber in ihr wollte sich kein Gefühl des Triumphs ausbreiten. Nicht einmal Zufriedenheit. Nichts. Solange sie an Rache denken konnte und auf Rache hoffte, solange hatte die verschmähte Liebe in ihrem Herzen das Feuer am Glimmen gehalten. Nun war es erloschen und sie spürte die Leere wie bitteren Aschegeschmack auf der Zunge. Helmut regte sich, erhob sich schwerfällig, richtete sich auf und sah ihr in die

Augen. Dann ging ein Ruck durch ihn und er sagte ruhig:

„Ich habe nicht *dich* geliebt, Malika, nur meine Liebe, meine *vermeintliche* Liebe zu dir. Das war nicht genug, aber ich war zu feige, dir das zu sagen, damals, in Aurillac. Und später hatte ich auch nicht den Mut dazu. Jetzt hattest du deinen großen Auftritt, sehr eindrucksvoll. Du hast eine Beziehung zerstört, also sind wir quitt. Meine Liebe zu der Frau, die mich eben verlassen hat, kannst du jedoch nicht zerstören. Das habe ich dir voraus, Malika. Du hast die Liebe durch Hass ersetzt. Das wird dir bei mir nicht gelingen. Und jetzt geh! Es tut mir unendlich leid, dass ich dich verletzt habe. Aber du widerst mich an, weil du in deiner eitlen Maßlosigkeit auch noch die Seele eines Kindes beschädigen musstest. Geh!"

Malika wusste, dass Helmut recht hatte. Sie war erschöpft, ausgelaugt. Sie hätte gerne etwas gegessen, ein Glas Wein getrunken. Dabei hätte sie von ihren beiden Kindern erzählen können, dem sechsjährigen Yves und der dreijährigen Suzette. Das fremde Mädchen war etwa gleich alt gewesen, es sah ihrer Tochter sogar ein wenig ähnlich. Die Kinder lebten bei dem Fußballer, ihrem „Papa", wenn der auch nicht ihr leiblicher Vater war. Von Loris hatte sie sich getrennt, er war schon immer nur eine Notlösung gewesen, oder noch nicht einmal das.

Sie hätte auch gerne in dem schönen Haus übernachtet, mit Helmut. Pierre hatte ihr stolz erzählt, dass der Umbau endlich abgeschlossen war und Helmut, „mit einer jungen Frau!", als erster Gast eintreffen würde. Sie war Pierre zufällig über den Weg gelaufen, in Bordeaux, das war vor drei Tagen gewesen. Sie hatte noch im Scherz gesagt, dass sie Helmut dann vielleicht überraschen könnte, „mal seh'n, ob er sich noch an mich erinnert?" Pierre hatte auch gelacht und ihr ein Kompliment gemacht. Keiner, hatte er gesagt, keiner, der sie kennen gelernt habe, werde sie je vergessen.

Helmut hatte sie nicht vergessen. Jetzt wird er es. Malika wandte sich zum Gehen, Helmut drehte ihr den Rücken zu. Sie zögerte. So viel Verachtung? Das letzte Wort, die letzte Geste der Demütigung, beides sollte ihm gehören? Nein. Helmut würde sie nicht vergessen, sollte sie nie vergessen.

Wie in Trance ergriff sie den schweren Eisenhaken, der am Kamin lehnte. Sie holte aus, der Schwung riss ihr das Gerät fast aus den Händen, doch sie traf genau dort, wo sie treffen wollte. Ein merkwürdiges Geräusch war das, trocken, ohne Hall. Helmut sank auf den Teppich, er gab keinen Laut von sich. War er tot? Sie würde es früh genug erfahren. Jetzt konnte sie gehen, ohne dass einer sie wegschickte. Hinaus in die schwarze Nacht, die sie beschützen würde.

26

Eine durchwachte Nacht auf dem Flughafen. Flo und Britta waren übermüdet, zugleich aufgewühlt, gereizt. Hungrig und durstig dazu. Die erste Maschine nach München war für 7.30 Uhr angekündigt, pünktlich hob sie ab. Flo schlief an Brittas Schulter und wachte auch nach der Landung nicht auf. Eine dünne Schneedecke, ungewöhnlich für Ende Oktober, lag auf den Wiesen und Feldern, das erste Weiß glitzerte und funkelte in der fahlen Sonne des Vormittags. Das Taxi hielt vor der Haustür, der Fahrer half Britta, die Koffer zum Lift zu bringen. Flo schlief.

Die Wohnung war kalt, ungemütlich. Es roch irgendwie komisch, stellte Britta fest. Waren sie tatsächlich nur fünf Tage weg gewesen? Als sie losfuhren, schien die Sonne, die warmen Herbsttage wollten kein Ende nehmen. Britta war zu müde, um sich über das, was sie gestern erlebt hatte, Gedanken zu machen, geschweige denn darüber, wie es nun weitergehen sollte. Als sie am späten Nachmittag aufwachte, war ihr zumindest eines bewusst: Sie hatte ihren Auftrag, die Übersetzung des Romans zu betreuen, in den Sand gesetzt und musste dies noch heute beichten. Hoffentlich hatte Harald einen guten Tag.

Harald hatte keinen guten Tag. Er fütterte sein Handy fünf Minuten lang überwiegend mit Beleidigungen, zum Schluss fügte er mit frostiger Stimme noch an: „Du bist gefeuert! Fristlos!"

Das hatte Britta nicht erwartet. Wie auch? Sie hatte doch immer als „Haralds Liebling" gegolten, und viele im Verlag hatten diese Zuneigung argwöhnisch beäugt. Na, dachte sie trotzig, dann kann ich ja guten Gewissens nach Berlin gehen, am besten zu Suhrkamp. Sie würde gleich drei Fliegen mit einer Klappe schlagen: neuer Job, besser bezahlt, und Helmut endlich aus ihrem Leben streichen. Er war vermutlich schon auf dem Weg hierher, um sie zu beknien: dass alles ein großes Missverständnis sei, er liebe nur sie, so etwas in der Art. Aber nicht mit ihr! Er hatte seine ach so liebenswürdige Maske fallen lassen, und die übliche hässliche Fratze aller Männer war dahinter zum Vorschein gekommen. Wie hatte sie sich nur so täuschen lassen können!

„Aber nun zu Wichtigerem", rief sie sich zur Ordnung. Ein Anruf in Berlin war der nächste Schritt, eins nach dem anderen. Britta suchte die Nummer der Agentin, die sie vor gut einem Monat kontaktiert hatte. Ob die angebotene Stelle noch frei sei, fragte sie. Ja? Dann wolle sie nun zusagen. Nein, bloß keine Bedenkzeit mehr, die Zusage sei bindend. Die Vertragsunterlagen kämen per Mailanhang? Sehr gut. Dann auf gute Zusammenarbeit und einen schönen Tag. Danke, hier liege Schnee, ja, im Oktober, die Alpen, die Berge, genau. Ebenfalls alles Gute, *ciao*.

Na, das ging ja besser als befürchtet, dachte Britta und war erleichtert. Nun aber musste sie endlich nachschauen, was ihre Kleine machte.

*

Frédéric hoffte, dass es nicht zu spät war. Er wollte dem Monsieur aus *Allemagne*, der so freundlich zu ihm gewesen war, sagen, dass er am nächsten Tag nicht in die Camargue mitfahren könne. Chantal hatte am Abend leichtes Fieber bekommen, deshalb würde er lieber bei ihr bleiben. Monsieur..., er hatte sich den Namen nicht merken können, hatte ihm heute Mittag seine Nummer gegeben, aber jetzt war das Handy ausgeschaltet. So wollte der Junge noch rasch mit dem Moped zur Villa fahren. Auf der Straße kam ihm eine Frau entgegen, die nicht von hier war. Irgendwoher kannte er sie, es fiel ihm aber nicht ein. Gleich war er da. Er sah von weitem, dass Licht brannte. Frédéric war erleichtert, denn er würde jemand antreffen, immerhin war es schon kurz vor zehn. Das Mädchen war wohl nicht mehr wach, schade. Wenn die Kleine mit ihm sprach, war er glücklich. Es gab nicht viele, die mit ihm sprachen. Die meisten machten sich lustig über ihn, aber das Mädchen nicht. Wie sie hieß, hatte er nicht ganz verstanden, Laurence oder so ähnlich.

Vorsichtshalber schaute er durchs Fenster ins Innere, er wollte nicht wieder sehen müssen, was der Mann und die Frau machten, wie am Abend zuvor. Es war ihm unangenehm gewesen und er hatte heute Vormittag befürchtet, dass der Mann sich vielleicht etwas denken könnte, weil Frédéric so verlegen war. Aber er war ja im Dunkeln geblieben, die beiden konnten ihn nicht gesehen haben. Heute war niemand da, doch der Tisch war gedeckt, drei Teller, unberührt, eine ungeöffnete Flasche Rotwein, und auf dem Herd stand die große Kasserolle, die Pierre für die besonderen Gelegenheiten vorgesehen hatte.

„Ist jemand da?", rief er, um sich anzukündigen, aber als niemand antwortete, trat er ein, schaute sich um und fuhr vor Schreck zusammen. Hinter dem Tisch, auf dem Teppich, lag ein zusammengekrümmter Körper, der sich nicht bewegte. Dann sah er das Blut, am Kopf. Der Teppich hatte es fast aufgesaugt, es glänzte aber noch. Der Feuerhaken lag neben der Person. Von der Frau und dem blonden Mädchen keine Spur. Ihm wurde schwer ums Herz, die Kleine hatte es ihm angetan. Wenn ihr nur nichts passiert ist!, dachte er. Die Person auf dem Teppich, war sie tot? Das musste er überprüfen, sosehr es

133

ihn grauste. Nein, sie atmete noch und Frédéric erkannte, dass
es der nette Mann war, der vor ihm lag. Er musste rasch handeln, das wusste er, und vor allem richtig. Er griff zum Smartphone, es war das seines Bruders, das er sich für heute hatte
ausleihen dürfen. Er tippte Pierres Nummer ein, der meldete
sich sofort, und Frédéric berichtete, was er entdeckt hatte.

*

Britta sah, dass Flo noch schlief. Eine Strähne war dem
Kind über die Stirn gefallen, kalter Schweiß überzog in winzigen Perlen das Gesicht. Dessen Sorgenfalten erzählten von
schweren Träumen. Britta war etwas beunruhigt, tröstete sich
aber mit einem geflügelten Wort ihrer Mutter, wonach Schlaf
die beste Medizin sei.

Der chaotische Aufbruch gestern war sicher nicht spurlos
an Flo vorübergegangen, das ahnte Britta. Sie konnte sich
nicht mehr genau erinnern, aber hatte ihr Kind seit dem
verzweifelten Ruf nach Helmut, als sich das Taxi in Bewegung
setzte, wirklich kein Wort mehr gesagt? Das konnte nicht sein,
ihr kleines Plappermäulchen ließ doch sonst kaum eine Minute verstreichen, ohne der Welt alles Mögliche mitzuteilen.
Während der Fahrt war Britta selbst nicht ansprechbar gewesen, aber die lange, ungemütliche Nacht im Flughafengebäude
– hatte es da wirklich keine Klage gegeben, keine Bitte, keine
Frage, wie lange man noch warten müsse, nichts, kein Ton?
Sogar die völlig durchnässte Hose hatte Flo nicht erwähnt,
Britta spürte es zufällig, als sie das Kind aus dem Auto hob
und auf dem Arm zum Eingang trug. Sie hatte Flo noch Vor-
würfe gemacht, so ein großes Mädchen und in die Hose
machen, aber das große Mädchen hatte sich stumm die nassen
Sachen ausziehen lassen, trockene an, hatte mit glasigen Au-

gen ins Leere gestarrt, stundenlang, bis das Flugzeug endlich startbereit war und das Kind in den Schlaf sinken konnte.

Britta trocknete das zerfurchte Gesicht mit einem Tuch, küsste Flo auf die Stirn und setzte sich auf einen Stuhl, der neben dem Bett stand. Sie würde den unruhigen Schlaf ihrer Tochter bewachen, würde bei ihr sein, wenn sie aufwachte und von ihren Ängsten erzählen wollte.

*

Pierre war eben von einem Wahlkampfauftritt gekommen. Er hatte seine Standardrede gehalten: die Migration verteufelt, gegen „die da oben" gewettert, zu denen er zwar auch gehörte, trotzdem den Zusammenhalt beschworen. Dann hatte er noch ein, zwei Gläser mit den Honoratioren der Kleinstadt getrunken, man schätze sich glücklich, so die einhellige Meinung, den Herrn Abgeordneten wieder einmal bei sich gehabt zu haben, so authentisch, so aufbauend, bla bla bla. Er war im Hotel eingetroffen, als ihn Frédérics Anruf erreichte. Auf dessen wirre Schilderung hin, Pierre musste mehrmals nachfragen, hatte er einen Freund kontaktiert, den Chef des *Centre Hospitalier Universitaire* in Bordeaux. Der hatte die sofortige Entsendung eines Rettungshubschraubers veranlasst, vorsorglich ein OP-Team zusammengestellt, und nun wartete er auf die Rückkehr des Heli. Pierre wusste, dass alles getan würde, um Helmut zu retten. Falls es noch Rettung gab. Er selbst war zu müde, um mit dem eigenen Wagen nach Beynac zu fahren. Seinem Chauffeur hatte er bis zum nächsten Morgen freigegeben, also nahm er sich ein Taxi, in drei Stunden konnte er bei der Villa sein. Aus dem Taxi wollte er die örtliche Polizei benachrichtigen, zur Sicherheit ließ er noch zwei Kommissare aus Périgueux anrücken, ein Verbrechen war ja nicht auszuschließen.

Die Villa lag still und friedlich. Drei Autos standen im Hof, darunter Helmuts roter Mercedes. Pierre hatte Frédéric eine SMS geschickt, er könne, nachdem die Polizei eingetroffen war, um den Tatort zu sichern, nach Hause fahren und sich schlafen legen. Doch der Junge hatte auf ihn gewartet, er habe nach der Frau und dem Kind gesucht, berichtete er mit brechender Stimme, aber niemanden gefunden. Dann habe er auf den Mann aufgepasst, der habe noch geatmet. Jetzt sei die Polizei drinnen. Pierre lobte ihn, dass er alles richtig gemacht habe. Vielleicht habe er sogar dem deutschen Monsieur das Leben gerettet habe. Dann schaute er, ob er schon ins Haus hineindurfte, aber man bat ihn, sich noch ein paar Minuten zu gedulden, die letzten Spuren seien noch zu sichern. Der Helikopter habe bereits vor über zwei Stunden abgehoben, die Sanitäter seien sich nicht sicher gewesen, ob der Schwerverletzte den Flug überleben werde. Ob er, Pierre, vielleicht eine Idee habe, wer die Tat begangen haben könnte? Das fragten ihn die Kommissare, nachdem sie die Untersuchung des Tatorts beendet hatten. Ein Unfall sei ausgeschlossen, meinten sie. Pierre fiel nur Britta ein, sagte aber nichts zu den beiden Beamten. Nein, er hatte keine Idee, gab er zur Antwort, aber vielleicht sei es ja ein Landstreicher gewesen, der Licht gesehen hatte? Früher oder später, das wusste er, würde er von Britta erzählen müssen, aber so eine bezaubernde Frau, nein, ausgeschlossen, so unrealistisch es schien, aber eher war an einen Unfall zu denken, als dass Britta eine so ungeheuerliche Tat zuzutrauen wäre.

27

In der Nacht wachte Flo zweimal kurz auf. Einmal fuhr sie hoch, rief verzweifelt „Helmut!" in das matt beleuchtete Zimmer, starrte mit weit geöffneten Augen an die Wand gegenüber und sank mit einem leisen Wimmern zurück auf das Kissen. Beim zweiten Mal richtete sie sich auf, flüsterte nur „Klo", rührte sich aber nicht, so dass Britta sie aufnahm, zur Toilette trug, wartete, bis Flo fertig war, und sie wieder zurück ins Bett brachte, wo das Kind sofort einschlief. Auch Britta hatte der über sie hereinbrechenden Müdigkeit nichts mehr entgegenzusetzen. Sie legte sich vorsichtig neben ihre Tochter und wachte erst wieder auf, als sie energische Stöße im Rücken spürte. Jeder Stoß war begleitet von einem leisen, aber deutlich vernehmbaren „Weg!"

„Was ist denn, Süße? Warum stößt du mich?", fragte sie.

„Weg! Weg! Weg!", tönte es von hinten, nun etwas lauter und in rascherer Folge.

„Au, du tust mir weh, Florence! Und warum soll ich denn weg? Ich bin es doch, die Mami!"

„Keine Mami. Mami ist weg."

„Ich bin doch da, schau, hier bin ich", rief Britta mit leichter Ungeduld in der Stimme und drehte sich zu Flo um, dass die ihr ins Gesicht sehen konnte.

„Nicht meine Mami. Die Mami ist weggegangen", schrie das Kind und zog sich die Decke über den Kopf.

„Jetzt lass den Quatsch, Flo. Ich hab keine Lust auf deine Spielchen, ich mach uns Frühstück. Für dich Kakao?"

Als keine Antwort, noch nicht einmal eine Reaktion kam, stand Britta auf, schob den Vorhang am Fenster zur Seite, warf noch einen Blick auf den kleinen Hügel unter der Decke, murmelte etwas Unverständliches und ließ ihre Tochter allein. Sie wird sich schon wieder einkriegen, dachte sie, außerdem liebt sie doch ihr Frühstück, auch wenn ich ihr keine *Monddinger* bieten kann

In der Küche war es kalt. Britta drehte die Heizung auf und suchte ebenso lustlos wie planlos nach Lebensmitteln, aus denen sich ein halbwegs genießbares Frühstück erstellen ließ. Der Kakao, musste sie feststellen, war aufgebraucht. Der Rest Milch, den sie im Kühlschrank vergessen hatte, war geronnen. Sie schüttete ihn weg. H-Milch fand sich keine unter den Vorräten, dafür ein paar trockene Kekse. Einige Scheiben Brot hatte sie eingefroren. Was das für ein Frühstück werden sollte, war ihr schleierhaft. Damit würde sie Flo nicht für die Rückkehr in den grauen Alltag begeistern. Und auch mit dem Dreigestirn Helmut, Chantal und Frédéric konnte sie nicht dienen. Dank diesen dreien war ihr Kind in ein ländliches Paradies eingetaucht. Sie selbst, dachte sie mit leichter Verbitterung, hatte ihre *quality time* ja mit dem verschrobenen Dichter und der intriganten Dolmetscherin verplempern müssen. Ach nein, fiel ihr ein, der Ausflug ans Meer! Und die Nacht mit Helmut, die hatte es ja auch gegeben. Wie sie die bewerten sollte, wusste sie nicht. Doch eines hatte die Erinnerung an das Périgord bewirkt: Ihre bis dahin neutrale Laune hatte sich dramatisch verschlechtert. Und um sich noch subtiler zu quälen, malte sie sich aus, wie das Frühstück aussah, das Helmut gerade eben – es war kurz vor neun – seiner *Geliebten* kredenzte, wie liebevoll er der Frau in Schwarz den *café au lait* zubereitete, Küsschen hier, Küsschen da, echt widerlich. Und das glückliche Paar würde natürlich über diese komische Verlagstante ablästern: deren sprachlose Überraschung, als Malikas Worte in ihr Gehirn vorgedrungen waren, der melodramatische Abgang, ja, da gab es sicher viel zu lachen. Apropos, im

138

Verlagswesen war sie im Augenblick nicht mehr tätig, sie war ja entlassen worden.

„Da schau ich doch gleich mal nach, ob mein neuer Vertrag schon eingetroffen ist", sprach sie halblaut vor sich hin und wischte dabei fahrig über das Handydisplay. Ja, eine Mail von Annette, der Agentin, von heute Morgen. Aber ohne Anhang? Komisch. Egal, was schreibt sie denn? *Sehr geehrte Frau... müssen wir Ihnen mitteilen... von einer Anstellung absehen... schwerwiegende Gründe... nach Rücksprache mit Dr. Friedwald... viel Glück für die weitere...*

Britta legte das Gerät ungläubig, wie in Trance auf den Tisch. Am liebsten hätte sie es an die Wand geschmettert, aber dazu fehlte ihr die Kraft. Ihr Körper fühlte sich an, als hätte man alle lebensfähigen Teile aus ihm herausgerissen. Sie zitterte, sie war wütend, gab Helmut alle Schuld, verfluchte diesen Dr. Friedwald und die Agentin. Sie wünschte sich, die Zeit zurückdrehen zu können, am besten ein Jahr zurück; oder vielleicht war sie ja in einem Alptraum gefangen und müsste jetzt nur aufwachen, und dann wäre alles wieder gut? Sie kniff sich in den Arm, so fest sie konnte. „Au", schrie sie sich an, also wach war sie. Und das Handy zeigte immer noch, dass man mit Bedauern auf ihre Dienste verzichtete, hochachtungsvoll...

„Nach Rücksprache mit Dr. Friedwald!", las sie laut und mit angewiderter Stimme. Das ist doch Harald, fiel ihr plötzlich ein. Der also hat mir das auch noch kaputt gemacht, das fiese Schwein! Ihm allein hatte sie diese doppelte Kündigung zu verdanken. War ihre fristlose Entlassung eigentlich rechtens? Sie würde das noch prüfen lassen, Einspruch einlegen, „mich kriegt ihr nicht klein, ihr..." Sie wollte eigentlich noch einmal „Schweine" ergänzen, weil „Männer sind Schweine", ein geflügeltes Wort aus ihrer Jugend, aber das war ja sowas von retro, damit konnte man das Unrecht, das ihr widerfahren war, nur bagatellisieren. „Männer sind *Männer!*", deklarierte sie entschlossen als abstoßendste Eigenschaft, von Paul über Helmut zu Harald, irgendwann treten sie heraus aus ihrer Deckung und...

Das Handy schrillte. Eine unterdrückte Nummer. Darauf hatte sie keine Lust. Sie würde jetzt zur Tankstelle gehen, einkaufen. Helmut könnte ja auf Flo aufpassen.

„Britta, du dummes Huhn!", beschimpfte sie sich, ließ den Kopf auf die Tischplatte fallen und wusste nicht, was sie tun sollte. Das Handy meldete sich ein zweites Mal, wieder anonym.

„Ja!", schrie sie das Gerät an, „warum verbergen Sie Ihre Nummer, wer sind Sie und was wollen Sie?"

„Melzer, Kripo München. Frau Britta Güthlein-Weber?"

„Ja?"

„Dürften wir, meine Kollegin und ich, Sie kurz aufsuchen? Wir stehen schon vor Ihrem Haus. Es dauert auch nicht lange, ein paar Minuten, für eine kurze Befragung."

„Heute ist Sonntag!?" Die Kripo? Das konnte nur ein Irrtum sein. Aber wenn es bloß eine „Befragung" war? Britta gab zögernd nach: „Na gut, wenn Sie mich dann in Ruhe frühstücken lassen..."

„Natürlich. Bitte machen Sie auf."

Britta drückte den Knopf für die Haustür. Als sie den Lift surren hörte, öffnete sie die Wohnungstür. Die Polizisten waren in Zivil und brachten mit ihren Schuhen Schneematsch ins Innere. Das schien sie nicht zu stören, also führte Britta die beiden in die Küche, da ließ sich der Dreck am leichtesten aufwischen.

„Frau Güthlein-Weber. Kennen Sie einen Herrn Helmut

Seethaler?", fragte der Beamte, der sich als Melzer vorgestellt hatte. Sie hieß Bartl oder Hartl, das hatte Britta bei ihrem flüchtigen Blick auf den Ausweis nicht genau erkennen können.

„Ja, leider", antwortete Britta, und es klang schnippischer und schärfer, als sie es beabsichtigt hatte. „Hat er etwas angestellt?"

„Das wissen wir nicht", antwortete die Frau, eine etwas verhuscht wirkende Brünette, die offensichtlich für die soziale Komponente zuständig war. „Wir sind im Auftrag der französischen *Police judiciaire* hier, also der Kriminalpolizei. Die will einige Auskünfte über einen..." Sie zögerte und schaute ihren Kollegen an.

„Einen Vorfall, der sich vorgestern in einem Dorf in Frankreich, im Südwesten, abgespielt hat", ergänzte Melzer, der leicht genervt den Satz seiner Kollegin zu Ende führte. „Waren Sie vorgestern in Frankreich?"

„Ja, war ich", sagte Britta entschlossen. Leugnen hätte eh nichts gebracht, warum sollte sie es dann nicht zugeben? „Ich war beruflich dort, meine Tochter war mit dabei. Und ja, weil Sie das sowieso fragen werden, ich war in Begleitung dieses Herrn Seethaler."

„In welcher Beziehung stehen Sie zu Herrn Seethaler?", ließ sich Frau Bartl oder Hartl wieder vernehmen.

„Am liebsten in keiner. Er ist der Freund meiner Tochter, also eine Art väterlicher Freund", gab Britta zurück, die sich zusammenriss. Sie wollte sich keinesfalls aufregen oder gar provozieren lassen.

„Schildern Sie uns bitte die Situation, in der Sie Herrn Seethaler zum letzten Mal gesehen haben."

„Muss ich das wirklich?"

„Die französischen Kollegen wünschen darüber informiert

zu werden. Andernfalls müssten Sie zur Befragung nach Périgueux oder Bordeaux kommen, falls Ihnen das lieber ist."

„Nein, nein. Nur das nicht!", entfuhr es Britta, die sich sogleich ärgerte, weil das ja fast wie ein Schuldeingeständnis klang. Schuld woran eigentlich? Egal, das würde sie hoffentlich noch erfahren.

„Nun gut", begann sie. „Das letzte Mal, Freitag, also vorgestern. Ich kam so gegen halb zehn aus Sarlat, dem Nachbarort, zurück. Ein Arbeitstreffen. Ich freute mich auf den Abend mit meiner Tochter - sie ist drei, nein, vier, Entschuldigung, ich bin noch nicht ganz ausgeschlafen - und auch auf Hel..., auf Herrn Seethaler freute ich mich. Er hatte schon das Abendessen vorbereitet, jedenfalls hatte er das vor. Ein Taxi brachte mich zum Haus, in dem wir wohnten. Als ich ausstieg, hörte ich ein erregtes Gespräch, das aus dem Inneren kam. Ich hatte Angst um meine Tochter und ging rasch hinein. Eine Frau stand mitten im Raum. Sie sagte zu mir, dass sie die Geliebte von Herrn Seethaler sei. Darauf ging ich nach oben, packte und verließ mit meiner Tochter das Haus. Mit dem Taxi fuhren wir nach Bordeaux, zum Flughafen, und..."

Britta schwieg. Die nüchterne Wiedergabe trieb ihr die Tränen in die Augen.

„*Sie* hatten also keinen Streit mit Herrn Seethaler?", wollte nun wieder die Brünette wissen.

„Streit? Ich habe kein einziges Wort gesagt."

„Warum sind Sie dann einfach weggefahren? Es konnte Ihnen doch gleichgültig sein, dass Herr Seethaler eine Geliebte hat, wenn er nur der Freund Ihrer *Tochter* war?", bohrte Melzer nach.

„Natürlich war es mir egal. Das heißt..., aber was geht das Sie an?"

„Eigentlich geht es uns nichts an, da haben Sie recht", schaltete sich wieder Frau B. oder H. mit einfühlsamer Stimme ein, „aber um die Situation zu verstehen, wäre die französische Polizei für möglichst präzise Angaben dankbar."

„Wieso also diese überstürzt wirkende Abfahrt?" Melzer konnte es nicht lassen. Und Britta wollte die beiden nur noch loswerden.

„Ja! Ist ja gut! Es war mir nicht gleichgültig. Ich war, wie soll ich sagen, ich hatte mich, irgendwie, in Herrn Seethaler verliebt. Und dann steht plötzlich diese fremde Frau da, behauptet, *sie* sei seine Geliebte, ich weiß nicht, das hat mich..., ich war einfach so enttäuscht und fühlte mich irgendwie betrogen, genau, betrogen, und auch ausgenutzt. Und vorgeführt."

Melzer beugte sich nach vorne. Er witterte eine Schwäche und würde nun für Klarheit sorgen: „Und dann wollten Sie sich an ihm rächen, nicht wahr?"

„Rächen? Quatsch. Wie denn? Aber...", Britta strafte Melzer mit Verachtung und wandte sich an die Kommissarin, „aber, dass ich einfach abgehauen bin, das macht mich jetzt, also, eigentlich bin ich sauer auf mich, verstehen Sie mich?"

„Das müssen wir nicht verstehen, Frau Güthlein-Weber", schaltete sich Melzer wieder ein. „Für uns ist nur eine einzige Information wichtig: Als Sie Herrn Seethaler verlassen haben, mit Ihrer Tochter, da war er gesund und munter. Ist das korrekt?"

„Ja, natürlich. Er ist uns sogar bis zum Taxi nachgerannt und wollte es noch aufhalten. Hat ihn etwa das Taxi angefahren? Oh nein, das hab ich nicht mitgekriegt, ist ihm etwas passiert?"

„Ja, Frau Güthlein-Weber. Ihm ist etwas passiert. Herr Seethaler wurde, wie uns die französischen Kollegen mitgeteilt haben, im Erdgeschoß, neben dem Kamin, niedergeschlagen aufgefunden. Er schwebt in höchster Lebensgefahr."

28

„Noch ist nicht abzusehen, ob und wie Monsieur Seethaler die OP überstanden hat, Pierre. Noch ist er nicht über den Berg. Wir müssen abwarten."

Der Klinikchef bedauerte, dass er keine bessere Botschaft für den Herrn Abgeordneten hatte. Immerhin erfuhr Pierre etwas über Art und Schwere der Verletzung, die Schädeldecke war betroffen, der Blutverlust kam hinzu und ob die implantierte Platte vom Körper angenommen oder abgestoßen würde, das werde man erst in ein paar Tagen wissen. Man habe Herrn Seethaler in ein künstliches Koma versetzt.

Pierre dankte seinem Freund Clément. Natürlich wusste er, dass künstliches Koma gewissermaßen medizinische Routine war, trotzdem hörte sich *Koma* immer irgendwie nach Endstadium an.

Er wollte Helmut, sooft es ging, besuchen, aber wen sollte er benachrichtigen? Familienangehörige besaß sein Freund keine mehr und von Britta wusste er nur den Vornamen. Aber da fiel ihm ein, dass die junge Frau sich doch in Sarlat mit Mestrière, dem schrägen Dichter, treffen wollte? Über den würde er vielleicht herausfinden, wie er sie erreichen konnte. Außerdem müsste er die Kommissare, die vermutlich noch im Dunkeln tappten, endlich von Brittas Anwesenheit in Kenntnis setzen. Er hoffte sehr, dass die schöne Frau nicht in diese scheußliche Geschichte verwickelt war.

*

Britta war wie gelähmt, als Melzer und seine Kollegin sich verabschiedet hatten. Sie hatte ihnen die Nummer des Taxis ausgehändigt, aber man werde vielleicht noch einmal auf sie zukommen, hatte er gesagt, die Frau hatte geschwiegen. Werde ich etwa verdächtigt? Britta konnte es nicht vorstellen. Immerhin hatte sie den Taxifahrer als Zeugen, den würden sie hoffentlich finden, die schlauen Franzosen. Oh nein, fiel ihr siedend heiß ein, die wichtigste Information hatte sie den beiden Beamten ja verschwiegen, die hatten auch nicht nachgefragt, seltsam. Wie war doch gleich der Name dieser Frau gewesen? Ganz in schwarz war sie gekleidet.

Flo hatte sie mit zitternder Stimme angekündigt: „Mami, wir haben Besuch!" Genau, und der Besuch hieß *Malika*, natürlich, Malika. Ein Name, der ihr aus dem ersten Französischlehrbuch, aus der siebten Klasse, so vertraut war. Dieses Mädchen Malika im Buch war immer ihre Lieblingsfigur gewesen, über mehrere Bände hinweg. Und Helmut hatte, sie erinnerte sich dunkel, noch irgendeinen Nachnamen genannt, keine Ahnung, aber vielleicht würde Malika ja reichen? Sie musste Frau Hartl oder Bartl gleich davon in Kenntnis setzen. Aber vermutlich kannte Pierre die Frau und wusste auch den Nachnamen, wenn es sich doch um die Geliebte von Helmut handelte. Aber wie sollte sie mit Pierre in Kontakt treten, sein Familienname war nie genannt worden. Halt, er war doch Bürgermeister von Sarlat, und Abgeordneter, klar, das würde sie im Netz finden.

Britta hatte das Handy schon in der Hand, als ein Satz, den sie zwar gehört, aber nicht bewusst wahrgenommen hatte, wie eine Leuchtschrift vor ihrem inneren Auge aufschien: Helmut, der in ihrer selbstquälerischen Fantasie gerade dabei war, seiner Geliebten den Kaffee zu servieren, sollte niedergeschlagen worden sein und sogar in Lebensgefahr schweben? Wie passte das eine mit dem anderen zusammen und, vor allem, wie war ihre Wut auf Helmut mit der jäh aufschießenden Sorge um ihn in Einklang zu bringen, wo er sie doch, wie sie gerade zu Protokoll gegeben hatte, angeblich verletzt und erniedrigt hatte?

Und wenn er nun sterben musste, nur weil sie etwas in den falschen Hals gekriegt hatte? Weil sie nicht *ihm* geglaubt hatte, nicht seinen Beteuerungen, jetzt erinnerte sie sich bruchstückhaft daran, was er gesagt hatte, sondern einem dahingeworfenen Satz einer ihr völlig fremden Person? Ja, Helmut hatte auf sie eingeredet, dass diese Frau nicht die Wahrheit sage, dass er sie zwar kenne, aber nicht liebe, dass er Britta liebe, und das nicht erst seit der Nacht auf dem Teppich. „Aber dein idiotischer Sturschädel hat auf Durchzug geschaltet", schrie sie sich an. Sie hatte dem Mann, den sie liebte – „oh Gott, was denke ich denn da? Ja, du dumme Gans, du liebst ihn, *du liebst ihn!* Punkt!" – ihm hatte sie weniger geglaubt als einer Frau, die sie noch nie zuvor gesehen hatte. Die musste Helmut niedergeschlagen haben, wer sonst?

„Und ich bin schuld, wenn er stirbt!", schluchzte sie und wusste nicht wohin mit ihrem Hass auf sich.

Sie spürte, dass ihr Handy vibrierte. Beim Eintreffen der Kripobeamten hatte sie es auf stumm geschaltet. Britta meldete sich, eine verzerrte Stimme redete auf Französisch hektisch auf sie ein, sie fragte, ob das Pierre sei, die Stimme bejahte. Britta sagte, sie würde ihn gleich zurückrufen, ihre Tochter sei eben aufgewacht und in Tränen aufgelöst.

Flo stand wie ein Gespenst in der Tür. Sie ließ sich ein Glas Saft geben, trank es aus, sprach kein Wort, die Tränen flossen weiter, dann drehte sie sich um und verschwand in ihrem Zimmer. Britta war in großer Sorge, entschied aber mit schlechtem Gewissen, dass sie sich erst nach dem Gespräch mit Pierre um das Kind kümmern würde. Sie erreichte ihn sofort und er berichtete ihr, was er wusste und erfahren hatte. Britta schilderte kurz den Besuch der Polizei, erzählte von dieser Malika und dem verhängnisvollen Satz *Je suis son amante*, fragte, ob er eine Malika kannte, er tat es nicht, fragte weiter, ob sie Helmut besuchen könne, und verabredete sich mit Pierre für nächsten Mittwoch, sie werde die Frühmaschine nach Bordeaux nehmen. Solle sie auch ihre Tochter mitbringen? Ja, sagte Pierre, „ja, Britta, unbedingt!"

Flo schlief nicht. Aber sie erkannte auch nicht ihre Mutter, als diese eintrat. Ihr Blick schien in die Ferne zu gehen und von dort nicht mehr zurückzufinden. Sie umklammerte mit der rechten Hand ihre Ente, während die Linke sich in die Bettdecke verkrallt hatte. Monoton wiederholte sie „Ente, Ente". Sie flüsterte das Wort mehr, ihre Stimme klang kratzig.

Als Britta sich auf das Bett setzen wollte, merkte sie, dass das Laken durchnässt war und Flo vor Kälte zitterte. Sofort ließ sie ein Bad ein, hob das Kind vorsichtig aus dem Bett und befreite es von dem klammen Schlafanzug. Flo ließ alles mit sich geschehen, hielt aber die Ente weiterhin fest und krächzte ihr „Ente, Ente", bis sie in das warme Wasser glitt und ihr Körper zur Gänze untertauchte. Fassungslos sah Britta das Köpfchen verschwinden und riss, nach einer Sekunde des schrecklichen Erinnerns, mit einem Schrei das kleine Wesen in Panik nach oben. Prustend und hustend tauchte das Kind wieder auf, es rief jetzt klagend „Ente!", dann „Helmut!", um anschließend in eine Art Schockstarre zu verfallen, aus der es auch Brittas verzweifelte Fragen nicht herausreißen konnten.

So legte die Mutter sich in ihr großes Bett, kuschelte Flo dicht zu sich in den Arm und wiegte das Kind in den Schlaf, über den sie nun wachen würde, und hoffentlich ohne wieder einzuschlafen.

29

Die Villa ruhte einsam am Waldrand. Sie war, wie die ganze Region, von einem blässlichen Schneefilm überzogen. Ein seltenes Ereignis, seit gut zwanzig Jahren hatte man hier, im Südwesten, keinen Schnee mehr gesehen, und im Oktober sogar seit 1894 nicht mehr. Pierre stand am Fenster und schaute in den Hof. Helmuts Mercedes trug ebenfalls weiß, er leuchtete unwirklich in die aufziehende Nacht hinein. Pierre hatte, nachdem die Polizei den Tatort freigegeben hatte, das Haus wieder notdürftig hergerichtet. Den blutgetränkten Teppich würde er entsorgen lassen, den verkohlten Schmortopf hatte er weggeschmissen und die liegen gebliebenen Gepäckstücke in eine Kammer gestellt. Britta und die Kleine hatten einiges zurückgelassen, das würde Brittas Aussage, sie seien in großer Eile abgereist, stützen. Blieb noch das Motiv. Pierre wandte sich um, schaltete das Licht an und schenkte sich ein Glas Cognac ein.

Für eine Flucht spräche, falls Britta selbst den verhängnisvollen Schlag gegen Helmut geführt hatte. War sie wirklich so abgebrüht, die Tat dann indirekt einer anderen Person in die Schuhe zu schieben, die sie ja eigentlich nicht kennen konnte? Wer aber könnte ihr Malikas Namen genannt haben? Helmut? Wohl kaum. Die damalige Trennung von Malika war kein Ruhmesblatt, mit dem man sich gern schmücken würde. An eine Beteiligung Malikas wollte Pierre jedoch erst recht nicht glauben, deshalb hatte er sich gegenüber Britta auch ahnungslos gestellt: „Malika? Ach, weißt du, Helmut und seine zahllosen Frauen. Da konnte ich mir nicht jeden Namen merken, *excuse-moi*, Britta"!

Seine Lüge bedeutete ihm nichts, denn über Malika ließ er

nichts kommen. Die vergötterte er. Sie hatte er schon geliebt, *bevor* die sich ihren Helmut angelte, den teutonischen Schönling, groß gewachsen, athletisch, diesen Weltmann mit seinem dunklen Geheimnis. Pierre konnte nicht auf Gegenliebe hoffen, natürlich nicht. Er, der typische Junge vom Land, stämmig, untersetzt, mit groben, unsensiblen Händen. Er hatte seine Gefühle für Malika nie gezeigt oder zur Sprache gebracht, sie und er spielten, wie es ihm der Großkotz Loris einmal unter die Nase gerieben hatte, schließlich nicht „in der gleichen Liga".

Das war, als der Fußballstar seine Karriere durch einen Wechsel zu *Olympique Lyon* beschleunigen wollte und selten bei seiner jungen Frau, die noch in Perpignan studierte, anzutreffen war. Pierre hatte Malika zu der Zeit öfter eingeladen, war mit ihr ins Kino gegangen, alles rein platonisch. Für sie war er ein Freund gewesen, vor dem sie ihr ganzes Leben ausbreiten konnte. Er hörte zu, war ihr nah. Hätte er mehr gewollt, wäre sofort Schluss gewesen, das wusste er.

Als er dann zum Bürgermeister von Sarlat gewählt wurde, geheiratet hatte und sie in Perpignan ihre erste Stelle als Dozentin antrat, verlor sich der enge Kontakt. Ein Anruf hin und wieder, zufällige Begegnungen wie neulich in Bordeaux, das war alles. Und trotzdem – oder vielleicht gerade deswegen? – war seine heimliche Verehrung für diese Frau nie ganz abgeklungen. Ob die Polizei sie schon befragt hatte? Nein, das konnte nicht sein. Die Deutschen hatten Brittas Aussage sicher noch nicht weitergeleitet. Und unter Tausenden jungen Französinnen, die Malika hießen, die richtige zu finden – immer vorausgesetzt, dass man Britta überhaupt Glauben schenkte – das würde dauern. Er, Pierre, könnte natürlich helfen, Britta helfen, auch der Polizei wieder helfen. Aber, warum sollte er das? Plötzlich nahm er es Helmut übel, dass der ihn in eine derart vertrackte Situation gebracht hatte. Sicher, Helmut konnte nichts dafür, nein, so hatte er das nicht gemeint, aber dass er, Pierre, Helmuts Beziehungschaos ausbaden sollte, nein, das konnte man von ihm nicht verlangen. Er würde sich schön raushalten.

Außerdem hatte er noch einen Termin am Abend und seine Familie wollte ihn sicher auch wieder einmal sehen, zumindest sein Geld, haha! Er würde die Villa abschließen, Frédéric kümmerte sich um Chantal und Britta konnte die Koffer mitnehmen, wenn sie nächste Woche kam. Falls sie kam. Als Verdächtige würde sie sich doch nicht freiwillig in die Hände der Polizei begeben? Bis Mittwoch jedenfalls würde man sehen, was sich entwickelt hatte.

Er goss sich den Rest Cognac ins Glas, schüttete ihn mit zwei großen Schlucken hinunter, verriegelte die Tür, setzte sich in seinen Wagen, den der Chauffeur vorbeigebracht hatte, und fuhr hinaus in die Nacht. Es hatte wieder zu schneien begonnen, er drosselte das Tempo. Das fehlte jetzt noch, dachte er, dass ich einen Unfall baue.

30

Wollte es denn gar nicht mehr hell werden? Britta schlug die Augen auf. Tiefste Finsternis. Sie schaute auf den Wecker zu ihrer Rechten. Nichts zu erkennen. Vorsichtig löste sie sich aus der Umklammerung, mit der Flo sich an ihr festhielt, und ging in die Küche. Drei Uhr. Noch so früh. Sie hatte ja doch geschlafen, obwohl sie wachbleiben wollte. Aber sie fühlte sich frisch, irgendwie auch erleichtert. Der gute Pierre würde ihr zur Seite stehen, falls dies notwendig sein sollte, er glaubte ihr, das hatte er deutlich zum Ausdruck gebracht. Außerdem hatte er ja sogar ein wenig mit ihr geflirtet, am Abend ihrer Ankunft. Als Frau wahrgenommen zu werden, begehrt zu werden, das hatte sie lange nicht mehr gehabt. Helmut hatte das natürlich noch übertroffen, aber sie musste gleich wieder Gelegenheitssex und Unverbindlichkeit bei ihm wittern, der konnte es doch nicht ernst meinen mit ihr, oder? Gefühle wecken, aber nur, um sie kalt lächelnd zurückzuweisen?

Britta runzelte die Stirn. Ihr war unwohl bei diesem Gedanken. Es fühlte sich einfach falsch an. Denn wenn Helmut sie tatsächlich liebte, ganz altmodisch, nach dem schönen mittelalterlichen Muster *ich bin dîn, du bist mîn* – konnte sie dann, verdorben durch Dutzende von Beziehungsratgebern, die im Verlag über ihren Lektoratstisch gewandert waren, diese „heile Liebe" überhaupt erkennen, geschweige denn erwidern?

Sie hätte jetzt gerne geseufzt, verbot sich eine derart abgeschmackte Reaktion aber und machte sich einen Kaffee. Halb vier. Einschlafen konnte sie nicht mehr, draußen tobte ein Sturm. Sie könnte vielleicht versuchen, ihrem Tagebuch die vergangenen sieben, nein, sechs Tage anzuvertrauen. Damit wäre sie auf jeden Fall beschäftigt, bis Flo, so hoffte Britta, endlich wieder ihre Dienste in Anspruch nehmen würde.

Aber ihre Tochter rührte sich nicht. Nicht während der restlichen Nacht, nicht, als es zu dämmern begann. Kein Hunger, kein Durst, kein Klo. Kein „Mami, komm!", kein „Wo ist mein...?" Kein Singen, kein Lachen. Nur Stille.

Als es endlich Tag geworden war, hatte Britta kein Wort geschrieben. Stumpf und leer war sie am Tisch gesessen und hatte die bunten Punkte auf der Tischdecke gezählt. Sie würde Flo jetzt wecken. Was sie mit ihr tun sollte, wusste sie nicht.

Sie betrat das kleine, überhitzte Zimmer, zog den Vorhang zur Seite und sah in das schweißüberströmte, verzerrte Gesicht des Kindes. Der Schlafanzug war nass, das Laken, sogar bis in die Matratze war die Nässe eingedrungen. Sie wusch das Kind, kleidete es frisch und duftend an, stellte ein paar Kekse hin, die es nicht anschaute. Britta wünschte sich, einen Schalter umlegen zu können, und schwupps hätte sie wieder ihr kleines, banales Leben zurück – und eine glückliche Tochter.

Stille. Nicht einmal der Kühlschrank knarrte und gluckerte wie sonst. Es war, als hielte auch er den Atem an. Flo saß stumm, wie eine Puppe, auf ihrem Stuhl. Wie aus dem Nichts fing sie an zu zittern, aber fast unmerklich, um niemanden aufzuscheuchen. Britta, die gedankenverloren zum Fenster hinausschaute, bemerkte es nicht. In Flo's Gesicht begann es zu arbeiten. Ihre Lippen öffneten sich leicht und ein ächzender Laut kroch aus dem kleinen Mund heraus:

„Rabe!"

Britta hatte etwas gehört. Kam das von draußen? Oder vielleicht doch von ihrem verstummten Kind? Sie drehte sich um, sah, dass Flo den Kopf hob und ihre Lippen bewegte.

„Rabe!", wiederholte die heisere Stimme, dieses Mal klarer.

„Was ist mit dem Raben, mein Liebling?", fragte Britta, setzte sich und rückte nah heran an ihr Kind. Pause. Flo schien nachzudenken, sich zu erinnern. Sie fing wieder an zu zittern, brachte aber unter größter Anstrengung heraus: „Kommt der... Rabe... heute wieder?"

Welcher Rabe sollte heute wiederkommen? Britta überlegte fieberhaft, sie wollte das Kind am Reden halten. War es irgendwann von einer dieser lästigen Krähen angegriffen worden, die sich hier am Ortsrand in unheilvollen Schwärmen herumtrieben?

„Welcher Rabe?", fragte sie nach und tastete mit einer Hand nach dem fahrig hin und her pendelnden Köpfchen. Flo zuckte zurück. Britta hielt inne. Meinte die Kleine vielleicht gar kein Tier, sondern...

Plötzlich stand ihr ein schreckliches Bild vor Augen. Nein, sie meinte kein Tier. Ein schwarzes, flatterndes Gewand, pechschwarze Augen, ein wütender Blick. Konnte Flo *diesen* „Raben" meinen? Ja, das musste es sein. Britta wollte sich vergewissern und fragte: „Du meinst, ob der böse, schwarze Rabe heute wiederkommt?"

„Ja. Der böse Rabe soll nicht wiederkommen." Flo wirkte jetzt entschlossen, Britta hatte also die richtige Erinnerung getroffen.

„Nein, der kommt nicht. Hier darf der nicht rein. Wir lassen ihn nicht herein."

„Darf nicht herein."

„Der kann auch nicht herein. Der ist ganz weit weg. Hierher, zu uns, kommt der Rabe nicht."

Britta legte vorsichtig den Arm um ihr Kind. Flo ließ es zu und bestätigte: „Kommt der Rabe nicht."

„Nein, der Rabe, der kommt nicht." Britta nahm ihr Kind jetzt ganz zu sich, setzte es auf ihren Schoß und versicherte mit Nachdruck: „Ganz sicher nicht."

Flo schien das Gehörte in sich einsickern zu lassen, wiederholte zweimal „Sicher nicht!", dann griff sie zögernd nach einem Keks, biss hinein, kaute langsam, schluckte, nahm noch einen Bissen und noch einen, bis der Keks vollständig in ihrem Mund verschwunden war. Fragte dann, ob es Kakao gebe, ja, es gab welchen, Britta hatte gestern Abend noch eine Nachbarin gebeten, für sie an der Tankstelle das Nötigste zu besorgen. Kakao, Milch, Kekse, Bananen. Flo aß alles, was Britta ihr vorsetzte, langsam und mit großem Ernst. Ab und zu richtete sie noch einen besorgten Blick auf ihre Mutter, flüsterte „Kommt nicht", worauf Britta ihr versicherte, dass der Rabe niemals zu ihnen kommen werde und dass Flo keine Angst mehr vor dem Raben haben müsse. Mitten in der letzten Kaubewegung schlief das Kind wieder ein und zwölf Stunden ruhig und ungestört durch.

Trotz ihrer Erleichterung über Flo's erste Schritte zurück in die Normalität vereinbarte Britta für die folgende Woche einen Termin bei einer Freundin, die als Kinderpsychologin im Klinikum *Rechts der Isar* arbeitete. Diese würde ihr sagen können, ob es sinnvoll sei, gleich wieder in das Land zu fahren, in dem der Rabe sein Unwesen trieb. Vielleicht würde auch der Anblick des operierten Helmut Flo's Ängste erneut verstärken? Zur Not würde sie die Reise verschieben, auch wenn Helmut, den sie im Stich gelassen hatte, vielleicht ihre Hilfe brauchte.

31

Bei Florence wurde eine leichte Regression festgestellt, die aber dank Brittas rascher und vor allem richtiger Reaktion, als Flo die erdrückende Last des „schwarzen Raben" abschütteln wollte, allmählich abklang. Trotzdem, so die Ärztin, solle ihre Tochter sich noch einige Tage in vertrauter Umgebung regenerieren, bevor Britta ihr erneut eine Reise zumuten könne. Britta hatte Helmuts Abwesenheit, die für Flo unverständlich und auch Angst einflößend war, damit erklärt, dass er hingefallen sei und im Krankenhaus wieder „repariert" würde. Sie beide dürften ihn aber bald besuchen, da würde er sich freuen und noch schneller gesund werden.

Es dauerte dann doch zehn Tage, bis sie den Flug antreten konnten. Flo freute sich darauf wie auf ein großes Abenteuer. Den beklemmenden Heimflug vor zwei Wochen schien sie aus ihrer Erinnerung gestrichen zu haben. Helmuts Zustand hatte sich allerdings nicht gebessert. Zwar bestand keine akute Lebensgefahr mehr, aber alle Versuche, ihn in einen stabilen Wachzustand zurückzuholen, waren fehlgeschlagen. „Seine Psyche weigert sich aufzuwachen", hatte der behandelnde Arzt Britta in einem Telefonat mitgeteilt, und seine knappe Diagnose verhieß für die Zukunft nichts Gutes.

Als Britta mit Flo in Bordeaux ankam, hielt sie vergebens Ausschau nach Pierre, der sie abholen und in die Klinik bringen wollte. Auf ihrem Handy entdeckte sie eine belanglose Absage, angeblich eine familiäre Verpflichtung, und auf Rückruf meldete sich, wie in französischen Kreisen anscheinend üblich, die englische *Not-available*-Ansage. So nahmen sie vom Flugplatz ein Taxi, die Adresse der Klinik hatte man ihr mitgeteilt.

Am Empfang fragte Britta nach der Zimmernummer von

Monsieur Seethaler. Zuerst verirrten sie sich in den weitläufigen Gängen, aber nach einer Viertelstunde hatten sie das richtige Zimmer erreicht. Dort, vor der Tür, wartete die französische Polizei. Mit dabei war eine Dolmetscherin, die sich als Madame Labèque vorstellte, kurzer Rock, grell geschminkt, etwa in Brittas Alter. Man wolle Madame Güthlein-Weber, als einzige Zeugin, wie man betonte, noch einmal selbst vernehmen, die Befragung durch die deutschen Kollegen sei nicht zur völligen Zufriedenheit ausgefallen. Eine reine Formalität, versuchte man zu beschwichtigen, als Britta ihr fehlendes Verständnis für diese überfallartige Aktion entschieden, wenn auch leise im Ton, artikulierte – Flo sollte nicht von neuen Ängsten heimgesucht werden. Woher die Polizei von ihrem heutigen Besuch gewusst habe, wollte sie wissen, und ob sie wenigstens kurz den Patienten sehen könne, das sei ja der eigentliche Zweck ihres Hierseins, nicht aber, um offensichtlich unbeschäftigten Beamten Rede und Antwort zu stehen. Als Madame Labèque übersetzt hatte, es hatte ziemlich lang gedauert, folgte ein unverständliches Hin-und-Her-Gemurmel unter den vier Beamten. Die erste Frage wurde daraufhin geflissentlich überhört, auf die zweite bewilligte man Britta einige Minuten mit dem Patienten. Auch ein kurzes Gespräch mit dem Arzt sei möglich, versprach man ihr. In der Realität hingegen war es nicht möglich, da der Arzt unauffindbar blieb. „Fünf Minuten", sagte der Anführer der Vier, ein verwegener Typ mit ausladender Kinnpartie, und sie würden draußen warten.

„Zu freundlich", gab Britta knapp zurück und betrat, mit Flo an der Hand, das überraschend große Zimmer. Helmut lag in der Nähe der Fensterfront, er war der einzige Patient. An der linken Wand hatte man eine hübsche Polstergarnitur platziert, ein halb verwelkter Blumenstrauß brachte das zarte

Tischchen fast zum Einsturz. Die Wände waren in warmen Farben bemalt, von Wanddekor im Stil *Betende Hände* hatte man abgesehen. Britta gefiel der Raum, nur schade, dachte sie, dass Helmut nichts mitbekam. Zögernd näherte sie sich dem Bett, eine Schwester bat, einen gewissen Abstand einzuhalten, der Patient vertrage noch keine großen Erschütterungen. Flo betrachtete Helmut besonders eingehend, aber mehr, um sich zu vergewissern, dass dies tatsächlich *ihr* Helmut war. Vor allem aber wollte sie sicher sein, dass der Rabe den womöglich in einen Graben gestürzten Helmut nicht gefressen hatte, wie der Kinderreim es androhte. Das war ja ihre größte Angst während des Flugs gewesen, doch wenn Helmut zwar krank, aber anwesend war, konnte sie beruhigt sein. Die Überprüfung fiel zu ihrer vollsten Zufriedenheit aus, und zum ersten Mal seit zwei Wochen strahlte sie wieder über das ganze Gesicht, was auch in Britta ein lange vermisstes Glücksgefühl auslöste. Sie näherte sich Helmut noch ein wenig weiter, die strenge Schwester drückte ein Auge zu. Sacht ließ sie ihre Hand über die ihr zugewandte Wange gleiten. Es fühlte sich zugleich zart und rau an, eine Rasur hatte man dem Patienten noch nicht angedeihen lassen. Aber es fühlte sich wie Helmut an, sie konnte es spüren, und ein warmes Gefühl stieg aus einer seit langer Zeit ungenutzten Gegend in ihrem Inneren auf. Jetzt würde sie es mit einem Dutzend *Flics* aufnehmen und dann im Triumph zu *ihrem* Helmut zurückkehren!

Aber, fragte sie sich, sollte sie Flo der vermutlich bedrückenden Situation auf dem Polizeirevier aussetzen? Sie wollte die nunmehr gütig blickende Schwester fragen, ob das Kind hier im Zimmer bleiben könne. Etwas zu malen, ein Glas Saft, mehr brauche es nicht. Wider Erwarten wurde die Bitte bewilligt und Britta erklärte ihrer Tochter, dass sie „nur ganz ganz kurz" mit den Polizisten weggehen wolle, denen müsse sie etwas erklären, was die noch nicht wüssten, die seien nicht so schlau. Sie solle inzwischen gut auf Helmut aufpassen, ihm vielleicht eine Geschichte erzählen. Flo war einverstanden, ihr Helmut war ja bei ihr, alles war gut – und Britta verließ mit Tränen in den Augen das Zimmer.

Draußen wurde sie von den drei niederrangigen Vertretern der Staatsmacht in Empfang genommen, der Chef hatte offensichtlich Besseres zu tun. An den verlegenen Mienen der Polizisten konnte Britta erkennen, dass sie die rigide Prozedur missbilligten. Vielleicht hatten sie sogar ein schlechtes Gewissen.

*

Pierre hatte kein schlechtes Gewissen. Britta, ja, sie war sympathisch gewesen, offen und sogar ein wenig kokett. Vielleicht wollte sie Helmut ein wenig Feuer unterm Hintern machen, hey, Alter, ich hätte da noch eine andere Option? Doch in Wirklichkeit hatte sie nur Augen für seinen Freund gehabt, er, Pierre, durfte brav die Rolle als *Sidekick* geben. Er war der, der kocht, zur Unterhaltung beiträgt und sich verzieht, wenn das „Abendprogramm" beginnt. Für ihn war bei Britta nie etwas drin gewesen, das war klar. Warum also sollte er ihr gegenüber zu irgendwelchen Serviceleistungen verpflichtet sein? Und wenn sie mit dem Verbrechen nichts zu tun hatte, würden die Kommissare das schon herausfinden. Brittas Absicht, nach Bordeaux zu kommen, hatte er den Beamten diskret signalisiert und damit nur seine staatsbürgerliche Pflicht erfüllt. Da mochte der Schwanz noch so sehr jucken und sich regen – wenn man dem Staatswohl dienlich sein konnte, hatte das Gefühlsleben zu schweigen. Und er, Pierre Moreau, als Träger von öffentlichen Ämtern und Funktionen, musste sich, gerade in dieser Hinsicht, vorbildlich verhalten. Irgendwie war er sogar ein wenig stolz auf sich, dass er das Richtige getan hatte. Da konnte er sich ruhig so eine kleine *Schmutzelei* erlauben, die ihn einem viel erstrebenswerteren Ziel, als es die rothaarige Deutsche war, näherbringen könnte. Er hatte nämlich Kontakt zu Malika aufgenommen und hoffte, dass dabei etwas herausspringen würde, dem er schon sein halbes Leben nachgelaufen war. Er musste es nur geschickt genug anpacken.

Ja, er glaubte Britta, dass sie die Tat nicht begangen hatte. Ein solcher Racheakt war logischerweise eher der impulsiven Malika zuzutrauen. Sie hatte schon damals, als sie sich, völlig zerstört durch Helmuts Abreise, in die Ehe mit dem Fußballer gestürzt hatte, hasserfüllt angekündigt, dass „der Schuft so nicht davonkommen wird". Bis heute, Pierre erkannte es jetzt genau, war diese Wunde bei ihr nicht verheilt. Und aus seiner Folgerung, dass nur Malika die Täterin sein konnte, sollte sich doch etwas machen lassen! *Sie* jedenfalls hatte eine Menge zu verlieren: die Professur in Paris, ihren Ruf als Bestsellerautorin, die landesweite Bekanntheit als streitbare Quotenfrau in den politischen TV-Formaten. Nur die Fans von Jacques Loris hatten ihr die Trennung von ihrem Helden verübelt, vor allem Malikas Begründung, er sei zu dumm, zu oberflächlich, zu selbstverliebt. In Wirklichkeit, das wusste er aus Insiderkreisen, hatte sie ihn verlassen, weil sie seit einiger Zeit mit einem Minister liiert war, der als große Begabung galt und folglich nach Höherem strebte. Auch dieses Wissen ließ sich trefflich versilbern.

Nein, Geld schwebte ihm nicht vor, davon hatte er selbst genug. So unpersönlich sollte sich Malika nicht freikaufen können. Er wollte *sie* und nichts anderes. Sie sollte sich *freimachen*, nicht freikaufen. Hey, echt witzig, Pierre! Er kicherte. Er wähnte sich am Ziel. Endlich! Ob er sich für die heimlichen

Treffen mit ihr ein Loft in Bordeaux zulegen sollte, um sie zu beeindrucken? Die Villa war wohl zu nah an Sarlat, da konnte jederzeit mal einer hereinschneien, der sein dreckiges Maul nicht halten würde. Egal, eins nach dem andern. In einer halben Stunde waren sie verabredet, er freute sich darauf wie ein Kind auf Weihnachten.

32

Malika erwartete ihn schon. Pierre hatte ein von zahlreichen Touristen frequentiertes Café an der *Place de la Bourse* vorgeschlagen. Er wollte wohl sichergehen, mutmaßte Malika, dass man ihr Gespräch nicht verstehen würde. Vielleicht hatte er auch nur einfach einen schlechten Geschmack. In dieser Hinsicht hätte sich also nichts geändert. Malika war absichtlich eine Viertelstunde zu früh eingetroffen. Sie wollte gewissermaßen als „Hausherrin" auftreten und die Regeln diktieren. Denn dass es sich um ein harmloses „Treffen unter Freunden" handeln sollte, die sich angeblich „seit Ewigkeiten" nicht mehr gesehen hatten (erst vor gut zwei Wochen, hatte er das verdrängt?), das konnte er ihr nicht weismachen. Pierre war ja schon immer leicht zu durchschauen gewesen. Seine unterdrückte, verschwitzte Schwärmerei für sie, von der er annahm, dass keiner davon wusste – *jeder* hatte es gewusst, es war ja nicht zu übersehen gewesen. Dazu seine Aufsteigerattitüde, mit dem protzigen Wagen, natürlich immer ein deutsches Modell, und den schlechtsitzenden, aber Hauptsache teuren Anzügen. Und nicht zuletzt seine platten sexuellen Anzüglichkeiten, kaum kaschiert, ohne Esprit – er war und blieb halt der kleine Bauer aus dem Périgord.

Malika konnte zwei und zwei zusammenzählen: Der gute Pierre hatte das Treffen arrangiert, weil er aus der Sache in der Villa irgendeinen Vorteil ziehen wollte. Die deutsche Schlampe musste ihm etwas gesteckt haben. Seine Andeutungen am Telefon ließen daran keinen Zweifel. Ob er auch die Trumpfkarte mit Michel in der Hinterhand hatte? Das wäre das einzige echte Problem. Sie hatte den neuen Star am Polithimmel bewusst gewählt. Er sollte ihr zu einem weiteren Karrieresprung verhelfen, eventuell, eines nicht allzu fernen Tages, sogar zur nicht zu toppenden Stellung als *Première Dame* im Palais de L'Elysée in Paris.

Hatte sie gegen Pierre genug Material, um ihm das Maul zu stopfen? Man würde sehen. Zunächst würde sie natürlich abstreiten, überhaupt etwas mit dem Vorfall zu tun zu haben. Sie hatte sich vorsichtshalber schon ein Alibi gezimmert, wasserdicht, der Betreffende war ihr einen Gefallen schuldig. Sobald Pierre dann aus dem Spiel war, würde sie Helmut einen Besuch abstatten, der, wie die Boulevardpresse unermüdlich kundtat, noch immer im Koma lag.

Beruhigt lehnte sie sich zurück und betrachtete die wuselnde Menge auf dem Platz. Hier war vom Schnee, der im Périgord gefallen war, nichts zu spüren. Die Sonne schien vom strahlend blauen Himmel, Postkartenkitsch. Sie bestellte noch einen *Apérol*, um sich in Form zu trinken. Wenn Pierre kam, sollte er sich warm angezogen haben...

*

Commissaire Richard – „aha, der mit dem schwarzen Schuh", hatte Britta, auf Deutsch und anzüglich grinsend, ergänzt, als der Leitende Ermittler sich vorgestellt hatte – René Richard war am Ende seines Lateins angelangt. Dieser impertinenten Person war einfach nicht beizukommen. Nervtötend wiederholte sie ihren Standardsatz „Fragen Sie den Taxifahrer!" Den hatten seine Leute bisher weder gefunden noch überhaupt gesucht – eine peinliche Panne, die Folgen haben würde, das schwor sich der Kommissar. Die betreffende Passage im Protokoll der deutschen Kollegen hatten die Übersetzer glatt überlesen, weshalb die Ermittlungen auch nicht vorangekommen waren. Natürlich konnte er seiner einzigen Zeugin das nicht auf die Nase binden. Er musste sie noch einmal nach diesem angeblichen Besuch fragen, nach der Dame, die in der übersetzten Fassung ohne Namensangabe vermerkt war. Womöglich eine weitere Panne?

Richard räusperte sich. Ob Frau Güthlein-Weber, schwer auszusprechen für einen Franzosen, seufzte er, ob *Madame* einen *café* wolle? Ja, sie wollte, einen *double, noir*, sagte sie, und hoffentlich funktioniert die Maschine, das musste sie auch noch loswerden, diese unverschämte...! Richard verzichtete auf ein beleidigendes Nomen, bestellte stattdessen für sich auch einen Einfachen, denn gestern war es spät geworden. Der Herr Abgeordnete hatte nämlich noch zwei, drei Runden ausgegeben und Richard wollte keinen schlechten Eindruck hinterlassen, zum Beispiel das angebotene Getränk zurückweisen. Nein, politische Fürsprache konnte man immer mal gebrauchen.

Der Kaffee kam, der Einfache schmeckte dünn, der *double* doppelt so dünn. „*Madame*", ließ sich Richard wieder vernehmen, nachdem man sich schweigend dem Kaffeegenuss hingegeben hatte, „können Sie präzisere Angaben zu Ihrer Aussage bezüglich der abendlichen Besucherin machen oder handelt es sich hierbei eher um eine Schutzbehauptung, die die ermittelnden Behörden in die Irre führen sollte?"

Die Übersetzerin brauchte eine Weile, bis sie die Komplexität des Satzes durchdrungen und ihn in eine nachvollziehbare deutsche Form gebracht hatte. Britta hatte zwar verstanden, was der Kommissar andeuten wollte, ließ sich aber nichts anmerken, sondern wandte sich sogar noch einmal hilfesuchend an die nervöse junge Frau, die rechts von ihr saß und ständig an ihrem kurzen Rock zupfte, ohne ihn entscheidend verlängern zu können. Sie fragte Madame Labèque, ob der Kommissar glaube, dass sie nicht die Wahrheit sage, ihr demnach vorwerfe, dass sie gelogen habe und somit die Ermittlungsarbeit behindern würde. Ob ihr Eindruck richtig sei, fuhr sie fort, ungeachtet der Tatsache, dass die Dolmetscherin noch mit dem ersten Satz beschäftigt war, der Eindruck nämlich, dass der von Britta geäußerte Verdacht als offizielle Ansicht der untersuchenden Behörden verstanden werden könne.

Madame Labèque hatte nichts verstanden, die Materie war ihr, ebenso wie Ironie, fremd und ihre Nervosität tat das Übrige. Britta, die Zeit gewinnen wollte, um doch noch den Familiennamen der Frau in Schwarz aus den Tiefen ihrer Erinnerung auszugraben, verkündete, unter Hinweis auf die stotternde Darbietung der Dolmetscherin, dass sie erst dann wieder für weitere Fragen zur Verfügung stehe, wenn eine fehlerfreie Übersetzung garantiert sei, das sei ja das Mindeste, was man erwarten könne, zumal in der Partnerstadt von München. *Au revoir*. Dann verließ sie entschlossenen Schritts den Raum. Richard sprang auf, als hätte man ihm den Stuhl unter Strom gesetzt, und wedelte hektisch mit seinen Notizen. Er hatte nur „München" verstanden und befürchtete das Schlimmste. Man solle die Dame aufhalten, rief er, und als keiner reagierte, rannte er ihr selbst hinterher. Kurz vor dem Ausgang hatte er seine Zeugin fast eingeholt, als diese sich plötzlich umdrehte, einen Schritt zurück machte, mit energischer Stoppgeste den Kommissar zum Stehen brachte und ihm entgegenrief: *„La femme qu' il faut chercher s'appelle Malika Loris!"* – „Die Frau zu suchen heißt sich Malika Loris", schrie die verwirrte Übersetzerin aus dem Hintergrund, als könnte der verdutzte Kommissar ihrer deutschen Übersetzung mehr Glauben schenken als Brittas französischem Original.

*

Malika hatte Pierre in kürzester Zeit abserviert. Nach der freundlichen Begrüßung und dem Austausch einiger Floskeln – „schön, dass du mal Zeit hast, man sieht sich viel zu selten, weißt du noch, damals?" – war Pierre, weit ausholend, „der arme Helmut, es sieht leider nicht gut aus", auf seinen Verdacht zu sprechen gekommen. „Natürlich", hatte er vorsichtig begonnen, „die Polizei glaubt, nur diese Deutsche komme als Täterin in Frage, ich habe sie in ihrem Glauben bestärkt, aber du und ich, wir beide wissen, dass da noch eine andere Person im Spiel sein könnte." Er hatte dann eine bedeutungsvolle Pause gemacht und Malika verschwörerisch zugezwinkert. Die hatte sich auf „Soso?", „Aha?" und „Ach ja?" beschränkt, hatte dabei keine Miene verzogen, und ließ Pierre auf diese Weise langsam in seinem eigenen Saft schmoren.

Der schwitzte schon, als er anzudeuten begann, welche Konsequenzen Malika zu gewärtigen habe und dass ausschließlich *er* dafür sorgen könne, dass die Polizei nicht auf ihre Fährte stoße. Die Frage, was sie als Gegenleistung anzubieten habe, brachte er nur unter Erstickungsanfällen heraus, er musste etwas trinken und schüttete hastig ein großes Glas Wasser in sich hinein. Weitere Anfälle folgten, diesmal musste er husten und würgte dadurch die soeben einverleibte Flüssigkeit wieder heraus. Malika klopfte ihm scheinbar besorgt auf den Rücken, die Touristen glotzten schon indigniert, dann rückte sie ganz nah an den Mann, der sie erpressen wollte, heran. Was sie ihm ins Ohr flüsterte, ließ ihn zuerst blass, dann rot, schließlich grün im Gesicht werden. Ohne ein Wort erhob er sich, griff sich Mantel, Schal, Handschuhe, warf einen Zwanziger auf den Tisch und wollte davonstürzen. Malika hielt ihn zurück, um ihm, wie sie glaubte, den Rest zu geben: „Merk dir eins", hauchte sie ihm entgegen, „mein kleiner, hässlicher

Pierre. Du und ich, wir spielen nicht in der gleichen Liga, nicht wahr?" Pierre nickte und verzog das Gesicht zu einer Grimasse. Er verstand. Und Malika lächelte.

Von diesem Augenblick an hatte sie einen glühenden Verehrer weniger. Dafür einen Todfeind mehr.

33

Die inzwischen vollends entzückte Krankenschwester hatte für Flo das Gewünschte herbeigebracht, das Kind hatte brav „Merci" gesagt und dabei mit der Mittagssonne, die das Zimmer bis in den hintersten Winkel ausleuchtete, um die Wette gestrahlt. Drei weitere Schwestern wollten sich das Schauspiel nicht entgehen lassen und hätten dieses „Goldstück" am liebsten vom Fleck weg adoptiert. Flo nahm sich ein Blatt, einen Stift, den schwarzen, und begann ein Wesen zu malen, dessen Identität vorläufig unbestimmt blieb. Währenddessen sang sie in einer Fantasiesprache leise vor sich hin. Sie arbeitete so angestrengt an dem Bild, dass ihre Zungenspitze ständig von einem Mundwinkel zum anderen wanderte. Doch das Bild wollte einfach nicht gelingen, so dass Flo irgendwann kapitulierte und rief: „Helmut, du musst mir helfen. Der Rabe sieht aus wie ein Huhn und ich sehe aus wie Chantal." Da Helmut nicht reagierte, stand sie auf und ging langsam auf das Bett zu. „Helmut?", fragte sie und beugte sich dabei vorsichtig über ihn, „musst du so lange schlafen oder darfst du auch aufwachen? Hast du keinen Hunger?" Als aus dem Bett keine Antwort kam, stellte sie kategorisch fest: „Ich schon!", und hoffte, dass Helmut ein kleines, aber feines Mittagessen bei einer der netten Schwestern bestellen würde, wenn er aufwachte. Das sollte am besten unverzüglich geschehen.

Inzwischen war sie schon so nah bei ihm, dass sie glaubte, leiser sprechen zu können: „Ich habe Lust auf ein Omelett und auf Musoschokola", konkretisierte sie ihre Wünsche, „aber Kekse wären auch okee." Nun fiel ihr auf, dass Helmuts rechtes Ohr zur Hälfte von einem weißen Verband verdeckt war. Sie vermutete, dass Helmut nicht gehört hatte, was sie sagte, und schob den dünnen Stoffstreifen etwas nach oben, bis sie das Ohr freigelegt hatte. Dann presste sie den Kopf auf das Kissen und bewegte ihn auf Helmuts Kopf zu. Sie hielt es für äußerst wahrscheinlich, dass Helmuts Ohr verstopft war. Diese Verstopfung würde auch erklären, warum er sie nicht hörte. Und dagegen musste man etwas unternehmen, das war klar.

Als ihr Mund an seinem Ohr angelangt war, begann sie vorsichtig, aber hingebungsvoll die Innenseite des Hörorgans mit ihrer Zunge zu reinigen. Dabei beschrieb sie im Flüsterton die einzelnen Vorgänge: „Spucke drauf, saubermachen, trockenblasen", und stellte auch kritisch fest, dass Helmuts Ohr noch immer nicht gut schmecke. „Aber meins schmeckt echt gut, Helmut", verriet sie, „aber nicht mehr nach Schokolade, sondern nach Meeresfrüchten", und ob er einmal probieren wolle. Plötzlich hörte sie ganz in ihrer Nähe, wie jemand leise eine Frage stellte: „Bist du das, *ma grande?*"

„Bist du das, Helmut?", antwortete sie.

„Wenn du das sagst, *ma grande,* dann bin ich der *Helmut.*"

„Und dann bin ich auch ich. Magrand! Bist du jetzt aufgewacht, Helmut?"

„Wenn ich geschlafen habe, dann schon. Ist die Mama auch da?"

„Nein, ich bin allein. Die Mama ist bei der Polizei."

„Hat sie was angestellt?"

„Ich weiß nicht. Vorhin sind wir bei Rot über die Straße."

„Das geht ja noch", krächzte Helmut, und da in diesem Augenblick die nette Schwester ins Zimmer trat, wurde sie Zeugin der unverhofften Errettung ihres Patienten aus den Abgründen der Bewusstlosigkeit. Der herbeigerufene Arzt bestätigte das Wunder, drängte aber darauf, dass man Monsieur Seethaler nicht weiter anstrengen solle, womit Helmut einverstanden war. Er sei müde und wolle nun ein wenig schlafen.

Flo wisperte ihm noch rasch zu, dass sie Hunger habe, worauf er mit letzter Kraft *„une omelette pour mademoiselle"* orderte, ihr *„bonne nuit, ma grande"* wünschte und in einen tiefen Schlaf fiel, diesmal aber in den richtigen, den guten, aus dem er am nächsten Tag auch wieder erwachen würde.

*

„Malika Loris?" Kommissar Richard grinste, und die hinter ihm aufgereihte Männerriege des Reviers – für den weiblichen Teil der Belegschaft schienen ausschließlich niedere Dienste vorgesehen zu sein – konnte ein brüllendes Gelächter nur mühsam zurückhalten. Ob Britta sicher sei, dass sie Malika Loris gesehen habe? Die Dame habe sich ihr mit diesem Namen vorgestellt, gab Britta patzig zurück, und was sein derckiges Grinsen solle, er wollte den Namen, da war er, „und nun tun Sie endlich das, wofür der französische Staat Sie bezahlt!" Die Dolmetscherin traute sich nicht, dem Kommissar Brittas Anweisung zu übersetzen, weshalb diese es selbst tat.

Stufenweise verwandelte sich Richards Grinsen in Verwirrung, Verärgerung und schließlich in Verlegenheit, denn wenn die Deutsche all das verstanden hatte, was er so nebenbei an sexuellen Anspielungen und abfälligen Kommentaren hatte fallen lassen, dann konnte er einpacken. Er beriet sich mit seinen Mitarbeitern, sofern man das erregte Durcheinandergerede, das vermutlich noch zwei Häuserblocks weiter zu vernehmen war, als konstruktive Beratung bezeichnen wollte. Dann teilte Richard der Dolmetscherin mit, dass *Madame* für heute entlassen sei, die Stadt aber nicht verlassen dürfe, da man vermutlich noch weitere Fragen habe. Dies wollte Madame Labèque an Britta weitergeben, doch die war schon gegangen und ließ die junge Dame wie auch Richard und sein

Team in tiefster Sprachlosigkeit zurück. Am nächsten Tag meldete sich *Commissaire* Richard krank und ward nicht mehr gesehen.

*

Malika war zu Fuß zum *Centre Hospitalier* unterwegs. Sie wollte keine Spuren hinterlassen. Ein Taxifahrer würde sich vielleicht an sie erinnern. Auch im Bus könnte man sie wiedererkennen, bekannt genug war sie ja. Sie würde einen Nebeneingang benutzen, den Personaleingang vielleicht, die Videoüberwachung musste sie austricksen, ein Kopftuch reichte vermutlich nicht. Pierre würde stillhalten, das war klar. Er war ein Feigling, schon immer gewesen. Aber Helmut, falls er ansprechbar war, hatte der vielleicht jemandem erzählt, wer an dem Abend plötzlich, wie aus dem Nichts, aufgetaucht war? Erinnerte er sich überhaupt an eine Besucherin? Dass er den Schlag überlebt hatte, war ein Wunder. Sie würde kurz ins Zimmer hineinschauen, das er vermutlich allein belegte. Falls ein Besucher oder ein Arzt bei ihm war, würde sie sich entschuldigen, falsches Zimmer, ein Zahlendreher, das kann mal passieren. Falls er allein war, könnte sie hineinschlüpfen, und... Und? Ja, das war die Frage. Was folgte nach dem „und"? Im Zimmer ihr Werk vollenden? Das hieße, um es konkret zu sagen: Helmut... *töten?*

Dabei hatte ich doch gar nicht vorgehabt, ihn niederzuschlagen, rechtfertigte sie sich. Falls es zu einer Verhandlung kommt und falls mein Alibi auffliegt, dann würde ich natürlich auf *Unschuldig* plädieren, eine Tat im Affekt, ja fast eine Notwehrsituation. „Lässt man eine Frau so abblitzen?", würde ich argumentieren. „Lässt man sie, der Schmerz darüber will einfach nicht weichen, so schnöde sitzen? Behandelt man eine liebende Frau so kalt, so verletzend?"

Hier die leidenschaftlich liebende Französin, da der abweisende, berechnende Deutsche. Die verführte Unschuld gegen den Don Juan, der aus purer Langeweile die Herzen der jungen, fast noch minderjährigen Frauen bricht. Der sich einfach nimmt, was ihm verweigert wird!

Halt, da müsste ich vorsichtig sein, bremste sie sich, französische Männer sind in dieser Hinsicht nicht besser als die deutschen. Im Gegenteil. Kaum einer ist so rücksichtsvoll wie mein guter alter Freund Pierre, der sich nie getraut hätte, mich, die unerreichbare Malika, auch nur zu anzurühren. Da war Helmut entschlossener zu Werke gegangen, von Loris, dem Schwein, ganz zu schweigen. Ihn hab ich geheiratet, obwohl ich ihn von Anfang an verachtet habe. *Er* wollte Karriere machen, *ich* wollte Karriere machen. Warum sich also nicht zusammentun? Der größte Witz: Er war eigentlich schwul, brauchte aber eine herzeigbare Frau, mit der er bei den primitiven Fans punkten konnte. Und um in der Kabine anzugeben, wie er mich, sogar noch in der Nacht vor dem Spiel, durchgebumst hat, stundenlang. Kein Wort davon ist wahr gewesen, dachte Malika und verzog vor Ekel das Gesicht. Aber seine Geschichten kamen so gut an, dass er von allen beneidet wurde, vor allem um seine Potenz, dass ich nicht lache. Helmut war meine Chance gewesen, aus dieser Falle rauszukommen. Und die hat er mir vermasselt. Also tu ich es, er hat es verdient. Ein Messer hab ich immer dabei, eine Vorsichtsmaßnahme, man weiß ja nie, wer einem über den Weg läuft.

Da ist ja das Zimmer. Mit Sichtfenster, wie praktisch. Der dumme Pierre hat sich verplappert, als wir noch in der „Aufwärmphase" waren. Es geht so leicht, alles so leicht. Und keine Wache vor der Tür. Oder falls doch, ist er, es sind ja immer unfähige Männer, *er* also ist gerade auf der Toilette, man kennt das zur Genüge von diesen drittklassigen Krimis aus dem Fernsehen.

Das gibt es doch nicht! Die Kleine ist bei ihm, wie damals, zwei Wochen ist das jetzt her. Sie schläft. Und er auch. Sie kriegt natürlich endgültig den Schock fürs Leben, wenn ich schon wieder vor ihr erscheine. Wie die böse Hexe aus dem Märchen. Kinder glauben noch an Hexen, da kommt sie bestimmt nicht auf die Idee, es könnte ein echter Mensch im Zimmer gewesen sein. So, ich geh jetzt rein. Kommt jemand? Alles leer, Mittagessen, ja, das ist uns Franzosen heilig. Da kann einer verrecken, Hauptsache, das Essen wird nicht kalt. Die Tür geht ganz leise auf, gut so.

„Malika? Malika Loris?"

Wer ruft mich? Wo ist der so plötzlich hergekommen? Verflucht, die Deutsche! Ausgerechnet! Das Messer her! So, gleich sagst du nichts mehr, da, das und noch einen... Was, sie schreit noch? *Merde*, da kommen noch andere Leute!"

„*Arrêtez! Arrêtez!!*"

Was rufen die? Ich soll aufhören? Womit? Was ist das für ein Messer in meiner Hand? Ist das Blut? Was wollt ihr von mir? „He, loslassen! Loslassen, verdammte Scheiße!!"

34

Man hatte zunächst die tobende Frau überwältigt, sie mit einer Spritze ruhiggestellt und die Polizei gerufen. Die verletzte Frau hatte zwei stark blutende Schnittwunden, die würden einige Zeit schmerzen, aber sie hatten sich nicht entzündet. Die Wunden wurden versorgt, sie erhielt einen Verband und frische Kleidung, denn ihre Bluse war zerrissen und voll Blut, ebenso die Hose und der Mantel. Dann teilte ihr der Oberarzt mit, dass der Patient gegen Mittag kurz aufgewacht sei, ein medizinisches Wunder, jedenfalls sei es nicht zu erklären. Was er gesagt habe und ob es ihm gut gehe, wollte die Frau wissen. Er habe für das blonde Kind ein Omelett bestellt, meinte Schwester Michou, das Kind habe mit großem Appetit gegessen, auch noch einige Portionen Mousse au chocolat, die vom Mittagessen übrig gewesen waren. Da weinte die junge Frau, Freudentränen, wie sie beteuerte. Sie und das Kind konnten in der Klinik übernachten, das Nebenzimmer war zufällig nicht belegt. Für eine Nacht sei das möglich, meinte der Chef, professeur Biasio, ein Freund des Abgeordneten Moreau.

Für das Protokoll: Oberschwester Anne Bonnevie

*

Die Polizei musste mit den neuen Informationen an die Öffentlichkeit gehen. Eine „*Mme M. L.*", ehemalige Studentin des Komapatienten aus dessen Zeit in Perpignan, sei vor der Zimmertür in der Klinik mit einem Messer aufgegriffen worden. Gegen sie richte sich nun auch der Verdacht der Täterschaft in der Villa des Abgeordneten P. M. Man wolle noch einmal den dortigen Tatort untersuchen, um eventuell vernachlässigte Spuren auszuwerten, die zur Aufklärung des Falls beitragen könnten. Der Herr Abgeordnete habe die „herausragende Arbeit" der Behörden gelobt und mit wesentlichen Details zu einer ganz neuen Sicht auf den Sachverhalt beigetragen. Nun erhoffe man sich von der Befragung des Opfers, sobald dieses vernehmungsfähig sei, noch „letzte Hinweise", um den Fall abschließen zu können.

*

Britta hatte gut geschlafen und wenig gefrühstückt. Flo war auch schon wach. Sie wollte sofort ins Nebenzimmer und dem wundersam Erwachten ihr „Rabenbild" vom Vortag zeigen. Britta hatte sich überlegt, dass Helmut, sobald ein Transport möglich war, in eine Rehaklinik in der Umgebung von München verlegt werden könnte. Sie würde das veranlassen, „als Lebensgefährtin" des Patienten. Er hatte ja, soweit sie wusste, keine Verwandten mehr, die eine Entscheidung treffen könnten. Sie und Flo würden mit Helmuts Mercedes nachkommen. Das Auto und das Gepäck würde sie abholen, wenn Pierre in der Villa war. Sie könnte ihn gleich anrufen, vielleicht würde er sie ja hinbringen. Nun musste sie aber nach Helmut schauen. Wie wird er auf sie reagieren? Das Letzte, was er von ihr wahrgenommen hatte, waren Gesten heftiger Abwehr und Zurückweisung gewesen. Kein böses Wort zwar, aber auch kein gutes. Machte er ihr vielleicht den Vorwurf, ihn alleingelassen zu haben? Alleingelassen mit Malika, dem „bösen Raben", der ihrem Kind einen heillosen Schrecken eingejagt hatte.

Britta blickte unschlüssig im Zimmer umher. Sie suchte nichts, es war nur, weil sie die Begegnung mit Helmut hinauszögern wollte. Was jetzt gleich geschah, würde über alles, was danach kommen würde, entscheiden. Flo hat es da leichter, dachte sie. Sie textet Helmut einfach zu, wie immer. Für sie ist das Leben wieder heiter und unbeschwert. Die Verbände an den Armen, von Malikas Messerhieben? Man sieht sie nicht. Helmut soll nichts von dem erfahren, was gestern vor seiner Tür passiert ist. Und was im Zimmer hätte passieren können. Flo, meine Süße, hat nichts mitgekriegt, und das würde auch so bleiben. Es tut noch weh; und das viele Blut auf dem Boden, auf der Kleidung, grässlich. Ist Helmut überhaupt schon aufgewacht? Ja. Seine Augen sind geöffnet. Er wirkt ganz zufrieden, vielleicht ein wenig unsicher? Ich geh jetzt rein.

„*Bonjour*, Helmut."
Bestimmt freut ihn die Anrede auf Französisch.

„Britta? C'*est toi?* Tut mir leid, ich sehe alles noch etwas verschwommen."

„Ja. C'*est moi*, Helmut, ich bin's, Britta."

„Das ist gut. Flo, bist du auch da?"

„Ja, hier bin ich. Ich winke mal. Ich male dich gerade."

„Du bist aber groß geworden!"

„Klar, ich bin doch Magrand!"

„Ja, wie konnte ich das vergessen! Du bist doch *ma grande*. Und du, Britta. Du warst lange weg, oder? Aber jetzt bist du da, das ist die Hauptsache."

„Ja, ich bin wieder da. Es ist alles gut. Darf ich mich zu dir setzen, Helmut?"

„Natürlich. Hier. Ich bin kein guter Gastgeber, aber das wird schon wieder. Nicht wahr?"

„Weißt du, wer ich bin, Helmut?"

„Jetzt, wo du fragst... Ich weiß, dass du Britta bist und..., und dass ich gern, wie soll ich sagen, mit dir zusammen bin? Viel mehr fällt mir, glaube ich, im Augenblick nicht ein."

„Das macht nichts. Möchtest du mit nach Hause?"

„Bin ich denn nicht zu Hause?"

„Aber Helmut", schaltete Flo sich ein, „du bist doch im

Krankenhaus, aber *zu Hause* ist bei dir und bei mir!"

„Ja, da hast du recht, *ma grande*. Die Leute hier sprechen auch alle irgendwie „anders". Aber ich verstehe, was sie sagen, und kann auch mit denen reden, komisch, oder?"

Helmut wollte sich aufrichten, fiel aber kraftlos zurück auf das dicke Kissen. Er hatte sich zu sehr angestrengt und bat Britta, sich zu ihm herunterzubeugen. Sie tat es und hielt seinen Kopf. Er atmete schwer. Dann flüsterte er:

„Wo bin ich, Britta, und was mache ich hier?"

Vierter Teil

35

Eine milchige Sonne war hinter den Bergen aufgestiegen. Ihr dünnes Licht versank in den trägen Wellen des Sees. Schwarz stand der Wald über dem Ostufer. Er rührte sich nicht, als sei es der Mühe nicht wert, so früh am Tag *irgendetwas* zu tun. Die dünne Schneeauflage hatte sich in die höheren Regionen verzogen und der Wetterbericht wollte sich, knapp eine Woche vor dem Fest, nicht auf weiße Weihnachten festlegen.

Auch in der Rehaklinik, genauer gesagt im *Health Repairing Center „Paradise" by Jonathan Coover*, schien man noch nicht in den Tag hineingefunden zu haben. Zwei, drei Balkontüren waren kurz geöffnet worden, ohne dass einer Anstalten machte, aus dem Inneren ins Freie zu treten. Vor der bis zum Boden reichenden Fensterfläche von Zimmer 308 stand der Patient Dr. H. W. Seethaler und blickte auf den See, der weiterhin still und beinahe starr ruhte. Helmut hätte bereits vor einer Stunde seinen ersten Rundgang im Park antreten sollen, hatte der eifrigen Therapeutin aber kurzfristig abgesagt, er fühle sich nicht aufgelegt zu einem *Soft Walk*, hatte er behauptet, und zu anderen Formen der *walkenden* Fortbewegung ebenfalls nicht. Gesehen hatte er inzwischen genug, es gab im Übrigen nichts zu sehen, was er nicht schon kannte, und um sein *Walk*-Defizit wenigstens gefühlt abzubauen, hatte er nun seinen Beobachtungsposten verlassen und durchmaß gemächlichen Schritts sein gegenwärtiges Domizil. Dieses wiederum glich eher der Präsidentensuite im Hotel *Bayerischer Hof* in München als einem auf reine Zweckmäßigkeit ausgerichteten Ort, den man als kranker Mensch betreten hatte und geheilt wieder verlassen sollte.

Dass er krank war, wusste Helmut mittlerweile. Er sei „gestürzt", hatte man ihm mitgeteilt, das Wie und Wo jedoch ausgespart. Als Folge des Sturzes sei es zu einigen „Erinnerungslücken" gekommen, schwarze Löcher gewissermaßen, in welchen ein kleiner oder auch größerer Teil seines Lebens verschwunden sei. Diese Teile gelte es wiederzufinden. So weit, so schlecht.

Seit wie vielen Wochen war er jetzt an diesem Ort? Egal. In Bordeaux, Frankreich, das immerhin hatte man ihm verraten, war er, nach dem Erwachen aus dem Koma, weitere zehn Tage festgehalten worden, er sei, so die Begründung, noch nicht transportfähig.

Nun also war er hier, im *Paradise*. Ein merkwürdiger Name, dachte Helmut. Das klang eher nach Lebensende. Fünf männliche Koryphäen hatten ihn freudig in Empfang genommen – ein anspruchsvoller Fall, ein solventer Gast – sie hatten ihm fünf Diagnosen unterbreitet, so, als dürfte er selbst entscheiden, bei welcher Variante er eine Heilung für aussichtsreich erachtete. Dass sie sich aber auf eine gemeinsame Heilungsidee einigen könnten, schien ausgeschlossen.

Immerhin war Dr. Wilhelm Jakoby, ein etwas fülliger Herr in den Fünfzigern, der den organischen Heilungsprozess begleiten sollte, ein vertrauenswürdiger Arzt. Er verstand sich nicht nur auf sein Handwerk, sondern bediente auch mustergültig das Klischeebild vom gemütlichen Altbayern. Obwohl er aus Itzehoe in Schleswig-Holstein stammte, hatte ihn seine Herkunft nicht daran gehindert, den Dialekt der hiesigen Gegend in Perfektion zu erlernen, um ihn jetzt genüsslich zu zelebrieren. Helmut verstand ihn ohne Schwierigkeiten, doch hätte er nicht sagen können, woher er nicht nur jene Variante der bayrischen Sprache kannte, sondern die meisten anderen

178

ebenfalls. Nicht dass er diese Fertigkeiten im *Paradise* hätte gebrauchen können, seine Pflegekräfte sprachen Hochdeutsch, ansonsten aber waren sie in der Lage, zwanglos die Sprache je nach Herkunftsland ihrer Klientel zu wechseln.

So hörte man Chinesisch, Arabisch, aber auch Russisch oder sogar Schwyzerdütsch. Wer wollte, konnte sich den lieben langen Tag auf Englisch durch das *Paradies* bewegen, ohne auch nur einmal auf ein verlegenes Schulterzucken zu stoßen. Selbst das Maskottchen des Hauses, der elfjährige Berner Sennenhund „Hildebrand", hatte sich, wenn er Laut gab, was selten geschah, einen britischen Unterton zugelegt, den man, je nach Tageszeit und Laune des Tieres, als blasiertes Näseln oder indigniertes Nölen interpretieren konnte. Da war Helmut, ungefähr ein Jahr nach seinem Spaziergang durch den Park und nach der mysteriösen Begegnung mit dem unbekannten Pudel, gleichsam wieder „auf den Hund gekommen". Doch auch jenes einschneidende Ereignis war, wie vieles andere auch, durch das im Augenblick ziemlich weitmaschige Sieb seiner Erinnerung gefallen.

Britta, die ihn, sooft es ging, besuchte, hatte sich für den heutigen Tag etwas Besonderes ausgedacht, um Helmuts Gedächtnis auf die Sprünge zu helfen. Sie wollte eine Geschichte vortragen, ein Märchen, in dessen Handlung die drei Anwesenden, sie, Flo und Helmut, so miteinander verknüpft wurden, dass Helmut sich vielleicht, wenn die Geschichte ihn ansprach, an das Ereignis, das dem Märchen zugrunde lag, erinnern könnte.

Es wurde Mittag, Nachmittag. Helmut wusste nicht, ob Britta heute schon bei ihm gewesen war; vielleicht hatte er geschlafen und sie wollte ihn nicht wecken? Oder sie kam nicht und hatte vielleicht vergessen, es ihm zu sagen? Von seiner Fensterfront aus konnte man zwar den See, aber nicht

179

den Parkplatz überblicken, ein Nachteil, wenn man jemanden erwartete. Ob sie wieder mit ihrem roten Mercedes vorfahren würde? Sie hatte Stil, Geschmack, ohne Zweifel, und sah überdies blendend aus. Sie zu seiner Frau zu machen, war eine vorzügliche Entscheidung von ihm gewesen.

Jetzt war es schon fast dunkel. Ein Klopfen an der Tür, das musste sie sein. Flo war auch dabei, wie hatte er sie nur vergessen können! Dass er sie *ma grande* nennen sollte, hatte er sich inzwischen gemerkt. Sie freute sich jedes Mal, wenn er es sagte, und tanzte dann in seiner Suite herum. Britta umarmte ihn und Flo sprang in seine Arme. Sie hangelte sich an ihm hoch, bis sie auf seinen Kopf schauen konnte. Sie küsste vorsichtig die Stelle, die manchmal etwas wehtat, heute jedoch nicht. Seine Haare wuchsen dort nicht so recht, deshalb trug er meistens eine dünne Mütze, vor allem, wenn Miss Penny, die Therapeutin, ihn durch den Park schleifte. Heute war er ihr entkommen, daran erinnerte er sich mit stillem Vergnügen.

Britta hatte Kuchen mitgebracht, eine *tarte aux pommes*, selbst gebacken, wie Helmut anerkennend registrierte. Britta freute sich. Wenn sie sich freute, sah sie besonders hübsch aus, nein, nicht hübsch, Britta war schön. Eine strahlende Schönheit. Ob das nicht etwas übertrieben war? Er würde sie einfach fragen, ob er sie „eine strahlende Schönheit" nennen durfte. Ja, er durfte, und sie war rot geworden, was sie, falls dies möglich war, noch schöner aussehen ließ.

Britta wollte die Geschichte von Helmuts Sprung in den See vorlesen, denn heute vor einem Jahr, am 19. Dezember, hatte sich durch die Rettungstat das Leben der drei Anwesenden von Grund auf verändert: Flo *war* noch am Leben, zweifellos die wichtigste und beglückendste Auswirkung. Mit dem edlen Retter war einer in dieses Leben getreten, der Brittas

Tochter liebte, wie ein leiblicher Vater es nicht besser hinge-
kriegt hätte. Wenn man Helmuts eher nüchternes Familien-
klima in Betracht zog, hatte er wohl noch nie jemanden so
sehr geliebt wie dieses Kind, was zweifellos auch ihn selbst
beeinflusst hatte. Denn aus der Hülle des Einzelgängers, der
immer verschrobener zu werden begann, schälte sich mit der
Zeit wieder ein Mensch heraus, der zu lieben imstande war.
Und Britta liebte er mit derselben Intensität wie das Kind, das
spürte er, ohne wissen zu müssen, warum.

Britta hatte sich lange gesträubt, in den Strudel der Ereignisse hineingezogen zu werden. Zunächst hatte sie ihre Kleine
dem unheilvollen Einfluss des angeblichen Waffenhändlers
entziehen wollen. Dann, als sämtliche Tricks, die sie sich ausgedacht hatte, gescheitert waren, hatte sie selbst sich gegen die
unaufdringliche, aber stete Einwirkung der „Sahneschnitte" –
Zoes eingängige Formulierung ließ grüßen – auf ihr Gefühlsleben zur Wehr setzen wollen: mit ironischer Zurechtweisung,
schroffer Abwehr oder demonstrativer Nichtbeachtung. Doch
dann kam der Tag, an dem sie zu dritt nach Frankreich fuhren.
In der fremden Umgebung, zumal in einer so charmanten wie
der Villa, fielen plötzlich alle Zwänge, alle künstlichen Wider-
stände von ihr ab, und sie konnte sich dem hingeben, wozu
sie innerlich schon lange bereit gewesen war. Dass eine Badewanne den Weg zu ihrer Liebesnacht geebnet hatte, war ihr
als ironischer Verweis auf Helmuts ersten, unfreiwilligen Besuch in ihrer Wohnung durchaus bewusst. Sein tapferes Aus-
harren in und auf der Sitzbadewanne, das sicher als prägendes
Erlebnis irgendwo in einer Gehirnregion bei ihm gespeichert
war, könnte für die Wiederbelebung seines Erinnerungs-
vermögens von großem Nutzen sein. Hoffentlich löst die eine
Wanne auch die Erinnerung an die zweite, schönere aus,
dachte sie und vertraute ganz der magischen Kraft ihres Mär-

chens.

Also begann sie, sobald Flo in Helmuts Armen verstaut war, mit der Geschichte: „Es war einmal vor langer, langer Zeit ein kleines blondes Mädchen, das mit seiner Mutter im Park spazieren ging." Flo jubelte bereits, als die Ente zum ersten Mal beim Namen genannt wurde. Helmut schien sich gut zu amüsieren, war aber offensichtlich ratlos, welche Rolle im Märchen ihm zugedacht war. Auch beim Badewannenmotiv trat der herbeigesehnte „Aha"-Effekt nicht ein, im Gegenteil. Helmut wirkte müde, vielleicht hatte er sich zu sehr angestrengt. Nicht dass er gegähnt hätte, nein, dazu war er zu höflich, und außerdem hörte er Britta gerne zu. Etwas allerdings war mit ihrer Stimme, etwas, das langsam begann, in seine Erinnerung hineinzukriechen. Er konnte es nur noch nicht richtig einordnen. Deshalb fragte er vorsichtshalber nach: „Entschuldige, Britta, dass ich dich unterbreche, aber warum fällt mir, wenn ich deine Stimme höre, immer ein Gegenstand ein, der mir aber paradoxerweise nicht einfällt?"

„Welche Art von Gegenstand könnte das sein? Eine Badewanne vielleicht?"

„Eigentlich nicht. Aber du hast recht. Es könnte ein Behälter mit einer Flüssigkeit sein."

„Vermutlich mit heißem Wasser, oder?", fragte Britta, die noch nicht davon ablassen wollte, die Badewanne in der Villa heraufzubeschwören, der Rest wäre dann hoffentlich nur noch Formsache. Doch Helmut überraschte sie mit einer anderen Idee: „Ja, Britta. Heißes Wasser. Meine Güte, du hast recht. Das Wasser ist..., das Wasser ist, ist... *gut!* Das *Britafreie gute Wasser.* Oh mein Gott, der Früchtetee. Und dann bin ich weggerannt, mit brennendem Hals und Eisklötzen an den Füßen."

„Und den Joggingsachen von meinem Mann am Leib."

„Ja, diese hässlichen Teile, die du mir gegeben hast, als ich..., als ich aus dem See... Natürlich, das kleine blonde Mädchen, der See, *das* ist deine Geschichte...“

„Es ist *deine* Geschichte, Helmut. Und Flo's Geschichte. Und bei mir zu Hause, in der Badewanne...“

„...habe ich deine wunderbare Stimme gehört. Und dort, äh..., bei *dir* zu Hause?“ Helmut stockte. Eine Gewissheit zerbröselte. „Dort habe ich diese Sportklamotten...! Die gehörten deinem, äh..., *Mann?*“ Pause. Helmut zögerte, er wollte nicht daran denken, was er nun daraus schließen musste. Dennoch fragte er, fast unwillig, vielleicht wollte er auch die Antwort nicht wissen: „Also deinem *Mann?* Dann sind wir, wir beide, nicht...?“

„Nein.“

„Und Flo ist...?“

„...ist *meine* Tochter, nicht unsere. Obwohl sie liebend gern auch *deine* Tochter wäre. Und du...“

„Und ich, ich und du, wir wohnen auch nicht...?“

„Nein, Helmut, du wohnst... bei dir..., und ich wohne...“

„Aber wir wollen bei dir einziehen, Helmut!“, schaltete sich Flo unvermittelt ein. „Du hast doch dein großes Haus, wo ich auch manchmal wohne.“

„Ich habe wirklich ein großes Haus? Ja, dann könnten wir doch..., und was ist mit deinem *Mann?*“, wandte sich Helmut wieder an Britta. Er schaute sie mit unsicherem Blick an. Wenn sie nicht seine Frau war, was war sie dann? Ihn fröstelte.

„Mein Mann ist...“ Brittas Stimme zitterte ein wenig. „Er ist weg, und wir können, wenn du willst...“

„Ich *will* bei dir wohnen, Helmut, auf jeden Fall!“, grätschte Flo dazwischen, „und ich sage es auch dreimal, wie du es gern möchtest, liebster Helmut: Ich will, ich will, ich will!“

„Wenn *du* das sagst, *ma grande*...“

Ihm lag noch die Frage auf den Lippen, wie es denn um ihn und Britta bestellt sei, wo doch ihr Mann *weg* war, also nicht *da* war. Der Mann in Brittas Leben jedenfalls, dachte er, das bin nicht *ich*!

Doch für heute hatte er genug erfahren, mehr konnte er nicht verkraften. Er sank auf dem Sofa in sich zusammen. Bevor er wegdämmerte, blitzte eine tröstliche Erkenntnis in ihm auf: Er liebte diese Frau.

36

Wilhelm Jakoby war in festlicher Stimmung. Er kam gerade aus München, wo er im Trödelladen seines Vertrauens ein Geschenk besorgt hatte. Die festliche Stimmung rührte daher, dass er, Wilhelm Jakoby, Schenkender und Beschenkter in einem war. Er wusste also, was ihn erwarten würde, und die Vorfreude auf den Moment, wo er die liebevoll eingepackte Gabe endlich auspacken durfte, wärmte sein Inneres wie ein guter Obstler vom Reiter-Bauern aus Kreuth. „Morgen, Kinder, wird's was geben", brummelte er vor sich hin, während er das sperrige Objekt in einem Schrank einschloss und den Schlüssel wiederum im Schreibtisch sicher verwahrte. „Sicher ist sicher", lobte er sein umsichtiges Tun, denn er kannte sich. Vielleicht würde er vor der Zeit, zum Beispiel heute Nacht, einen unwiderstehlichen Drang verspüren und nachschauen wollen, was denn in diesem geheimnisvollen, fest verschnürten Paket sei? Da musste er, als Schenkender, die Hürden hoch genug ansetzen, um ihm, dem Beschenkten, von vornherein die Lust zu nehmen, sein Geschenk noch vor dem Eintreffen des Christkinds anzurühren. Zufrieden mit seiner Strategie, aber auch angetan von seiner bewunderungswürdigen Selbstbeherrschung, wollte er das Behandlungszimmer verlassen, als ihm eine glänzende Idee kam. Warum sollte er nicht das Angenehme mit dem Nützlichen verbinden? Also das Geschenk auspacken, der angenehme Aspekt, und den Gegenstand seinem Lieblingspatienten zur Begutachtung überreichen, woraus der nützliche Teil seines Vorhabens bestand. Im günstigsten Fall bildete diese Gegenüberstellung - Patient hier, Geschenk da - ein wichtiges Mosaiksteinchen, das eine weitere Erinnerungslücke bei Herrn Seethaler schließen könnte.

Wilhelm Jakoby entnahm also dem Schreibtisch den Schrankschlüssel, öffnete den Schrank, entnahm das Paket mit leicht zitternden Händen und legte es auf..., er schaute sich nach einem geeigneten Ort um, „auf die Liege lege ich es", stieß er schnaufend hervor, tat, was er angekündigt hatte, und betrachtete stolz seinen Fund. Denn es war tatsächlich ein Fund gewesen, ein echter Glücksgriff. Er habe es erst vor drei Tagen erhalten, hatte der Händler beteuert, Zustand 1 A, da fehle sich nichts. „Da feit si nix", wiederholte Jakoby den Satz des Trödlers, der in der hochdeutschen Übersetzung seltsam blutleer daherkam. Aber er wollte ja keine linguistischen Studien betreiben, sondern so schnell wie möglich Herrn Doktor Seethaler zu sich bitten.

Die „Gäste" waren gerade beim Mittagsschlaf, vielleicht war die entzückende Dame zu Besuch, die sogar einem älteren Herrn wie ihm das Blut ordentlich in Wallung brachte. Seit sie den Herrn Doktor vor vier Wochen ins *Paradies* gebracht hatte - Jakoby verabscheute die englische Umschreibung, er verwendete, entgegen der anglophonen Philosophie des Hauses, immer den deutschen Begriff - seit jenem Tag wartete er, man könnte durchaus sagen *sehnsüchtig*, dass ihr Fuß sein Reich betrat, dass sie durch die Gänge glitt und dass sie ihn mit ihrem strahlenden Lächeln beglückte. Leider würde sie nie den direkten Weg, der in sein Zimmer führte, wählen, sondern immer zur Suite 308 hinauffahren, das blonde Kind an der Hand und köstliche Dinge in ihrer voluminösen Tasche. Die Dame war noch nicht eingetroffen, Herr Seethaler ruhte, wie angeraten, dennoch erklärte er sich sofort bereit, „dem Herrn Professor zu Diensten" zu sein. Höflich, angenehm, kultiviert, dachte Jakoby mit einem Anflug von Neid, wie sollte eine Dame wie *sie* einem solchen „*Galan* der alten Schule" widerstehen können?

186

„Ich möchte Sie bitten, sich etwas anzuschauen, Herr Doktor", kündigte Jakoby sein Vorhaben an. „Es geht mir vor allem um Ihre Einschätzung als Fachmann", setzte er hinzu und fixierte seinen Patienten mit bedeutungsvollem Blick. Dann entfernte er vorsichtig die Schnur, die das stabile Packpapier zusammenhielt, und wickelte drei Lagen Zeitungspapier umständlich ab, bis er an ein Lederfutteral stieß, das er geduldig aufknöpfte. Schließlich hob er langsam den darin befindlichen Gegenstand heraus.

„Hier, das ist es, was ich Ihnen zeigen wollte, Herr Seethaler". Seine Stimme bebte ein wenig und er winkte Helmut zu sich. Der näherte sich der Liege, fragte: „Darf ich?", nahm, Dr. Jakoby hatte genickt, das blitzende Objekt auf, betrachtete es eingehend und wog es in seinen Händen.

„Respekt, Herr Professor", sagte er dann. „Ein exquisiter Kauf, vermutlich nicht aus einer offiziellen Quelle. Ich schätze, Sie waren in München, am Ostbahnhof?"

Wilhelm Jakoby war verblüfft, jedoch auch stolz. Ein absoluter Experte, der Herr Doktor, dachte er, und dass dessen Urteil auch seine eigene Kennerschaft veredelte, die er selbst alles andere als gering veranschlagte. Doch er wollte seinen Patienten noch nicht aus der Pflicht entlassen, deshalb hakte er nach: „Und welche *konkrete* Bestimmung können Sie vornehmen, wenn Sie gestatten?"

„Nun, das ist nicht allzu schwer, verehrter Herr Professor, obwohl dieses Ding seit Jahrzehnten als verschollen gilt. Es handelt sich natürlich um das vierte Gewehr des hierzulande hochgeschätzten Räuberhauptmanns Hias Kneißl. Die *Kathi*, benannt nach seiner geliebten Taufpatin."

Jakoby lief es heiß und kalt den Rücken herunter. Ein Restzweifel an der Identität des Gewehrs hatte sich soeben in Luft aufgelöst. Und fast hätte er den eigentlichen Zweck seiner Befragung vergessen, da sein Blick, erfüllt von Besitzerstolz, innig auf dem erworbenen Objekt ruhte. Sein Patient war gerade dabei, sich wieder zu entfernen, als Jakoby ihm rasch noch seine Frage hinterherschickte: „Woher rühren eigentlich Ihre so überraschenden wie detaillierten Kenntnisse, Herr Doktor?"

„Ach, wenn Sie eine Waffenfabrik leiten, mein Bester", antwortete der Angesprochene, „dann kommt das zwangsläufig. Ein berufsbedingtes Interesse gewissermaßen, das über die hauseigenen Kanonenkugeln hinausreicht."

Helmut hatte, ohne zu überlegen, geantwortet und dabei die Waffe noch einmal genauer untersucht. „Sehen Sie hier, die Initialen K.S., für Katharina Stemmer, von Kneißl eigenhändig in den Schaft geschnitzt."

Das war selbst für Wilhelm Jakoby neu. Auf solche Feinheiten hatte ihn der Trödler nicht hingewiesen. Nun aber freute er sich noch mehr, dass er sich zu diesem Kauf, der naturgemäß kein Schnäppchen gewesen war, entschlossen hatte.

„Sie leiten also eine Waffenfabrik, Herr Seethaler?", kam er wieder auf sein professionelles Motiv zu sprechen.

„Wider Willen, das kann ich Ihnen sagen. Aber wenn man Erbe ist..., lieber Herr Jakoby, das heißt, *falls* man Erbe ist...

Helmut brach ab und schaute den Professor verunsichert an. Über sein Gesicht strich ein Schatten von Verzweiflung, als er fortfuhr: „Oder habe ich mir das mit dem Erben nur eingebildet? Und auch die Waffenfabrik? Was ist wahr, was nur Schein, Herr Professor? So antworten Sie doch, Herr Jakoby, reden Sie mit mir!"

„Nein, es ist alles gut, es ist fast perfekt", beruhigte Jakoby seinen Patienten. „Sie haben sich im Wesentlichen richtig erinnert, Herr Seethaler, denn..."

„Denn..., warten Sie, warten Sie", unterbrach Helmut den

Professor und der Schweiß stand ihm auf der Stirn. „Ich führe die Firma nämlich nicht mehr, ich habe sie verkauft, richtig? Und jetzt fahre ich, genau, ich fahre mit einem roten Mercedes durch die Gegend, aber nicht allein, sondern mit dem Kind. Ich lebe das Leben eines..., eines Lebemannes, so ist es! Ein Leben ohne Inhalt und ohne Sinn." Helmut hielt inne. Ihm war klargeworden, dass die angebliche Expertise, die von ihm eingeholt werden sollte, nur ein Trick gewesen war, um wieder einmal seinem Gedächtnis auf die Sprünge zu helfen. Trotzdem fuhr er den Professor an: „Ein Lebemann ohne Lebensziel. War es das, was ich herausfinden sollte, Herr Doktor Jakoby?"

„Unsere Aufgabe, Herr Seethaler, ist es, die Erinnerung an Ihr Leben Stück für Stück wieder zusammenzufügen", entgegnete Jakoby sachlich und räusperte sich. „Wie Sie jedoch die aufgefundenen Sequenzen beurteilen, bleibt selbstverständlich Ihnen überlassen. Wenn Sie also mit dem Inhalt der von Ihnen abgespeicherten Daten nicht zufrieden sind, dann adressieren Sie die Kritik daran bitte an sich selbst."

Jakoby hat natürlich recht, dachte Helmut missvergnügt, und er entschuldigte sich auch für den ungehörigen Ton, den er angeschlagen hatte.

Er solle, auch der Professor war um Glättung der Wogen bemüht, nicht zu streng mit sich sein, denn ein reizendes Kind, „vermutlich zusammen mit der Frau Mutter", wie er rasch hinzufügte, um keine falschen Verdächtigungen in den Raum zu stellen, ein behütetes Kind also durch die Gegend zu fahren und sich an dessen Witz und Lebenslust zu erfreuen, sei doch keineswegs zu beanstanden.

Helmut stimmte dem, was Jakoby angeführt hatte, im Prinzip zu, allerdings nur, weil er zu erschöpft war, um sich weiter mit dem Professor zu streiten. Für sich präzisierte er jedoch noch sein Urteil. Alles andere, was er *neben* den Fahrten mit dem Kind im roten Mercedes so trieb, erschien ihm ziellos, reizlos, sinnlos. Dass er das Kind jedoch meist ohne mütterliches Geleit kreuz und quer chauffierte, wollte er dem sittenstrengen Mediziner nicht auch noch auf die Nase binden. Obwohl, fiel ihm ein, hatte er nicht erst kürzlich auch mit Britta eine Reise unternommen? Durch französische Lande, um genau zu sein? Rot umrandet stand das Ortsschild von Aurillac vor seinem inneren Auge. Britta und Aurillac? War das möglich? Ja! Das war es! Ihn durchfuhr ein warmes Kribbeln und der Geschmack von Nusslikör breitete sich in seinem Mund aus.

Doch da gab es noch eine andere Sache mit *Aurillac*. Er fühlte, dass ihn etwas anwehte, dass ein eiskalter Hauch dunkel heraufzog. Was mit Aurillac war, das musste er herausfinden. Es war ganz nah, das spürte er, fast meinte er, es schon fassen zu können. Plötzlich versagten die Beine ihren Dienst, er hörte einen dumpfen Schlag, dann wurde es Nacht.

37

Helmut öffnete die Augen. Was er sah, gefiel ihm. Ein Bäumchen stand dort, vor der Bar. Wer hatte es aufgestellt? Wer hatte es geschmückt? Sogar einige Geschenke lagen schon darunter, mit buntem Papier umwickelt. Das war neu. Er kannte nur Geschenke, die in eintöniges Weiß eingeschlagen waren, mit ein paar eingefügten Silberfäden. Das Fest hatte feierlich und ernst zu sein, so war es der Brauch von alters her, die Seethalers duldeten keine Opulenz. Die „Weihenacht" durfte keinesfalls vergnüglich sein, nicht laut, nicht fröhlich und schon gar nicht *bunt.* Dieses Weihnachtsfest jedoch war bunt, ohne Zweifel, und es gefiel ihm. Und ihm gefiel, *wen* er sah. An seiner Brust ruhte das Kind, Flo, Florence, Fiora, Flore, gerne auch *ma grande.* Alle Bezeichnungen konnte er sich noch nicht merken. Das Kind schlief. Neben dem Baum kniete Flo's Mutter. Britta. Eine frische Erinnerung sagte ihm, dass er sie liebte. Oder hatte er das eben geträumt? Und warum hatte er geschlafen? Dass er an Weihnachten schlafen musste, war doch Ewigkeiten her.
Sein Kopf schmerzte ein wenig, es war wie ein leichtes Ziehen. Der Kopf war unbedeckt. Wo war die Mütze? Oder hatte er keine mehr? Britta legte gerade ein weiteres Geschenk unter das Bäumchen Die Form kam ihm bekannt vor. Ein Hemd? Er hatte meistens Hemden bekommen, früher, bei den Seethalers, oder einfarbige Krawatten und Einstecktücher. Schon als Kind musste er Hemden, Krawatten, Einstecktücher tragen. Weihnachten war der Anlass, wo alte Hemden, Krawatten und Einstecktücher gegen neue ausgetauscht wurden. Die waren nicht anders, aber neu, die Hemden eine Kleidergröße größer, die Krawatten länger, manchmal auch aus edlerem

Material. Seit er Weihnachten nicht mehr bei der Familie verbrachte, hatte er von seinen Eltern keine Geschenke mehr bekommen. Er hatte alles, Hemden, Krawatten, Tücher, in die Kleidersammlung gegeben. Hatte sich jemand darüber gefreut? Würde *er* sich über ein Hemd von Britta freuen? Er würde sich über alles freuen, was Britta ihm schenken würde. Vielleicht war das Geschenk auch nicht für ihn. Wenn sie ihn nicht liebte, dann musste sie ihm auch nichts schenken.

Aber auf der Fahrt nach Aurillac war sie nett zu ihm gewesen, daran hatte er sich gestern wieder erinnert. Sie hatten gelacht, auch gestritten, dann aber wieder gelacht. Am Tag, als er Flo gerettet hatte, war sie zuerst nett zu ihm gewesen, dann war er davongelaufen. Vor ihr? Nein, vor sich selbst, er hatte alles falsch gemacht, das wusste er inzwischen. Aber hatte er es wieder gutgemacht? Das war die Frage. Vielleicht mit einem Geschenk? Ah, die Kleine wacht auf. Britta hat geklingelt. Kam jetzt die Bescherung?

„Mami, warum hast du mich nicht geweckt? Ich wollte dir doch helfen."

„Ihr zwei habt so süß geschlafen. Und nicht ein einziges Mal geschnarcht!"

„Aber *du* hast geschnarcht. Damals, an der Autobahn."

„Musst du mich daran erinnern, mein *Fräulein Oberlehrer!*"

„Wer ist Fräulein Oberlehrer?"

„Na, du natürlich. Immer musst du in meinen Fehlern rumbohren. Ich bin so traurig!"

„Nein, Mami, bitte nicht. Nicht traurig sein. Ist doch Weihnachten!"

„Außerdem, meine liebe Florence", schaltete sich Helmut nun in das Gespräch ein, „ist das Schnarchen deiner Mami das schönste Geräusch, das eine menschliche Nase von sich geben kann." Ein guter Satz, ein schöner Satz. Helmut war stolz auf sich. Aber vielleicht war der Satz zu..., ihm fiel das passende Wort nicht ein. *Aufdringlich* vielleicht?

„Siehst du, meine Süße, *so* spricht man zur Mami. Das schönste Geräusch!" Britta strahlte und Helmut war erleichtert.

„Magst du Helmut jetzt wieder, Mami?", fragte Flo mit leichtem Erstaunen. „*Ich* mag ihn!"

„Wie um alles in der Welt kann man jemanden nicht mögen, der mein Schnarchen als schön bezeichnet?"

„Mami!! Ja oder nein?"

„Ja. Ich mag ihn auch. So, und jetzt Bescherung!"

Flo bekam ein Pferdebuch, zum Vorlesen. Ein Buch mit Pferden, zum Anschauen. Ein Poster mit drei Pferden. Einen Pferdekalender. Und ein großes Foto von Chantal, mit Frédéric und ihr im Sattel. Helmut gefiel das Foto sehr, wegen der verwegenen kleinen Reiterin, auch der Junge kam ihm bekannt vor. Aber ein ähnlich kalter Hauch schien von der Szene auszugehen wie von dem Namen *Aurillac* auf der Ortstafel. Helmut würde später darüber nachdenken. Denn jetzt musste er sich konzentrieren. Ein Geschenk für ihn. Britta nahm tatsächlich die Hemdenschachtel auf. Warum nicht? Ein Hemd von Britta, das würde er Tag und Nacht tragen.

„Danke, Britta", hörte er sich sagen, „aber für dich habe ich leider kein Geschenk."

„Das macht nichts, Helmut. Das können wir nachholen. Jetzt pack schon aus!"

„Ja, Helmut, auspacken! Vielleicht ist es ja ein Fahrrad? Ich würde mir ein Fahrrad wünschen, ein großes." Flo zog ungeduldig an dem breiten roten Band, mit dem das Päckchen umschnürt war.

„Wie bitte?" Britta klang leicht genervt, und sie schaute ihre

Tochter fassungslos an. „Bist du etwa mit deinen tausend Geschenken nicht zufrieden?"

Dieses anspruchsvolle Kind, dachte sie, das kommt davon, wenn man ihm alle Wünsche von den Augen abliest... Nein, Britta, stopp, nicht weiter. Helmut kann nichts dafür.

„Doch, Mami", gab sich Flo versöhnlich, „ich bin zufrieden. Ich meine ja, ein Fahrrad für *Helmut*. Jetzt, wo du seinen Mercedes fährst, braucht er doch auch was zum Fahren."

„Da hast du recht, *ma grande*", übernahm Helmut, dem die Fülle an Neuigkeiten wieder einmal zu rasch durch den Kopf rauschte. „Ich fahre gern Rad, jedenfalls glaube ich das, und du, Britta, magst du das rote Auto?"

„Ja, aber das ist doch jetzt völlig unwichtig, Helmut. Ich nehme es, weil ich..., weil ich mit dem Auto schneller bei dir bin als mit dem Zug."

„Ich schenke es dir. Das ist mein Geschenk für dich, vorausgesetzt, der Mercedes gehört mir und nicht dir."

„Au ja, Helmut! Und dann fährt die Mami uns zum Baden und zum Schlittenfahren und dann, und dann zu Chantal...", schrie Flo und sprang vor Begeisterung auf den Couchtisch.

„Darüber reden wir später, mein Kind. Und der Mercedes, der gehört tatsächlich dir, Helmut. Ich habe ihn aus Frankreich zurückgebracht und..., egal. Das mit dem Geschenk, darüber reden wir auch später. Und nun lenk' nicht ab, Helmut, du bist dran mit Auspacken."

Britta war feuerrot geworden und nah daran gewesen, alles auszuplaudern Doch Helmut hatte nichts bemerkt. Er übernahm das Geschenk aus Flo's Händen, entfernte vorsichtig das bunte Papier, legte es neben sich und betrachtete das Äußere des Päckchens. Er las den Namen *Zalando* und wie ein Blitz durchfuhr ihn die Erinnerung an die Szene, mit der dieses *Zalando*-Päckchen untrennbar verbunden war.

„Kann es sein", begann er zögernd und schaute verlegen zu Britta hinüber, „dass ich diesen Karton schon einmal in Händen gehalten habe?"

„Abgesehen davon, dass ich über diese Frage sehr, sehr glücklich bin, kann ich sie nur mit *Ja* beantworten", sagte Britta und ihre Augen glitzerten feucht.

„Wenn ich dich so anschaue... - du hast dich also nicht geärgert, als du das Päckchen damals..."

„... vor einem Jahr..."

„... richtig, vor einem Jahr, als du es geöffnet hast?"

„Ich habe so gelacht, dass Flo fast aufgewacht wäre. Jetzt ist er auch noch witzig, unser Lebensretter, habe ich gedacht und dir alles verziehen, jedenfalls fast alles..., nein, ich habe mich nicht geärgert."

„Dann ist der Inhalt auch nicht der gleiche wie...?"

„Wo denkst du hin, *mon cher*. Etwas Geschmack darfst du mir schon zutrauen."

„Mami, Helmut!", ging Flo ungeduldig dazwischen - das tastende Gespräch wurde dem Kind zu langweilig - „ich will endlich sehen, was drin ist!"

„Ist ja schon gut, kleine Nervensäge!", gab sich Helmut geschlagen, hob den Deckel ab und erblickte... *keinen* Jogging-anzug. Aber auch kein Hemd. Zunächst lag da ein Stein. Ein Stein? Ein schöner Stein, ohne Zweifel, ein Achat. Er fühlte sich warm an, ruhte angenehm in der Hand. Und worauf lag der Stein? Auf einem Bekleidungsteil, zweifellos. Helmut fasste es an. Ein feines Stück, sehr fein. Weich, flauschig. Er breitete es auf dem Tisch aus. Es war ein Bademantel. Dieses Kleidungsstück hatte er doch schon einmal gesehen, oder? Er versuchte sich zu erinnern. Ihm wurde abwechselnd heiß und kalt, war das ein gutes oder ein schlechtes Zeichen? Man würde sehen.

„Danke, Britta", sagte er, er freue sich sehr, und er lobte ihren guten Geschmack. Er zog den Bademantel über, er schien zu passen. Trotzdem wurde er das Gefühl nicht los, dass dieser Bademantel eigentlich jemand anderem gehörte. Aber wem? Eine Erinnerung wollte sich einfach nicht einstellen, vielleicht musste er nur fester nachdenken? Aber dieses..., wie soll man sagen..., dieses *erregende*, ja, eindeutig, das *erregende* Gefühl blieb. Zugleich meldete sich ein Geschmack von Zwiebeln auf der Zunge. Eine seltsame Assoziation, dachte er und merkte auf einmal, dass er großen Hunger hatte.

Britta war ein wenig enttäuscht, dass der Bademantel, exakt der gleiche, den sie in der Villa getragen hatte, bei Helmut nur eine diffuse Erinnerung auslöste. Irgendetwas war gewesen, das konnte sie an seiner angestrengten Miene ablesen, aber eine Schneise, hinein in sein Gedächtnis, war noch nicht geschlagen. Vielleicht sollte *sie* den Mantel einmal anprobieren? Nein, das wäre zu aufdringlich. „Nur nicht mit dem Holzhammer!", hatte ihr Dr. Jakoby als Verhaltensvorschrift mitgegeben, bevor er zu seiner Mutter nach Itzehoe abgereist war. Herr Seethaler müsse selbst draufkommen. Ihm etwas vorzusagen, was er nur bestätigen oder verneinen solle, sei keine Hilfe, im Gegenteil.

Mit strenger Miene hatte er hinzugefügt: „Im Bestreben, die ihn bedrängenden Gesprächspartner zufriedenzustellen, ist der Patient in seiner Verzweiflung oft nur allzu rasch bereit, deren Vorschlägen einfach zuzustimmen. Er verpflanzt die erfundene Erinnerung als eigene in seinem Gehirn. So ist der Manipulation Tür und Tor geöffnet. Sie verstehen, gnädige Frau?"

Britta hatte verstanden, der Professor erklärte zwar in breitestem Bayrisch, doch offensichtlich sogar kindgerecht, denn

Flo hatte bestätigend genickt und, an Brittas Adresse gerichtet, „nicht den Holzhammer!" geflüstert, mit warnendem Blick und eindringlichem Unterton. Sie hatte ihr besorgtes Kind beruhigen können, „zum Glück besitzen wir ja keinen Holzhammer", hatte sie zurückgeflüstert. Das hatte fürs Erste ausgereicht, und jetzt war Britta ebenfalls hungrig.

Der Stein gefiel Helmut. Er ließ ihn in der Handkuhle kreisen, und er merkte, wie er ruhiger wurde. Er würde später nachdenken, was es mit dem Bademantel auf sich hatte. Der gefiel ihm wirklich, und er konnte ihn gut gebrauchen. Denn das im *Paradise* zur Verfügung gestellte Modell *Armani* hatte er zurückgegeben. Seine Begründung „zu hässlich" hatte bei der Servicedame einen mittleren Anfall von Schnappatmung ausgelöst. Hier, vor Britta, wollte er den Bademantel allerdings nicht überziehen. Später, wenn die beiden weg waren. Obwohl, es wäre ihm lieber, sie blieben bei ihm. Platz genug hatte er ja. Er durfte nur nicht vergessen, sie zum Bleiben zu bitten.

Das Essen, das Britta mitgebracht hatte, war vorzüglich. Sie aßen schweigend, im Hintergrund tönten weihnachtliche Gesänge. Flo hatte die Oliven als Herausforderung entdeckt, vor allem die gefüllten. Sie biss ein Stück von der Hülle ab, bohrte mit Zunge und Zähnen die Mandelkerne heraus, zerknabberte diese sorgfältig und schluckte mit einem Happs den Rest hinunter. Ihr gerötetes Gesicht glänzte, als sie um den Couchtisch herumwanderte, um sich hier und da zu bedienen: eine Riesengarnele, eine Gurkenscheibe, dazwischen das eine oder andere Plätzchen, eine Mandarine. Plötzlich fragte sie: „Mami, warum hast du Helmut eigentlich deinen Bademantel geschenkt? Magst du den nicht mehr? Der war immer so schön kuschelig."

„Aber Süße, mein Bademantel würde Helmut doch gar

nicht passen." Britta wartete gespannt. Sollte der Zufall ihr in die Hände spielen? Obwohl, Flo's Frage war ja, um genau zu sein, der „Holzhammer", der unbedingt zu vermeiden war. Sie schaute zu Helmut hinüber. Der trank gerade einen Schluck Wasser und hatte offensichtlich von dem kurzen Dialog nichts mitbekommen. Im Gegenteil. Denn er deutete ihren Blick als Aufforderung, sich zu äußern. „Es schmeckt ausgezeichnet, Britta", sagte er, „danke, danke für alles. Aber ihr entschuldigt, ich bin etwas müde. Darf ich mich zurückziehen? Und..." Was hatte er sich merken wollen? Ach ja. Es fiel ihm wieder ein, zum Glück!

„Und bitte bleibt heute bei mir."

„Juhuu!!", jubelte Flo.

„Ihr nehmt das große Bett im Schlafzimmer. Ich schlafe im Nebenraum. Und, es war, es *ist* ein schöner Abend. Danke dafür, ihr zwei Lieben, und eine gute Nacht."

*

Glühende Dämpfe stiegen von den Hitzeperlen auf, die sich an der Wasseroberfläche gebildet hatten. Die Tür des fensterlosen Raums ließ sich nicht öffnen. Ein Bademantel schnürte den sich windenden Körper ein, als wäre er von Bändern umwickelt. Wie eine Mumie, dachte er. Er würde ersticken. Das war bedauerlich, aber nicht zu ändern.

Wer nur hatte ihn in dieses Badezimmer gelockt, an diese Wanne gefesselt? Längst hatte die trübe Birne, die von der niedrigen Decke baumelte, ihren Geist aufgegeben. Sie war einfach geplatzt. So musste er wenigstens nicht mit ansehen, wie das brennend heiße Wasser über den Wannenrand laufen und in etwa einer halben Stunde den winzigen Raum bis oben hin füllen würde. Falls er wider Erwarten doch nicht erstickt war, wäre er spätestens dann verbrüht oder ertrunken.

Er beschloss, den Ort zu wechseln. Hier wurde es eindeutig zu brenzlig. Unten, im Salon, wäre man in Sicherheit. Kaum hatte er es sich vor dem Kamin gemütlich gemacht, loderten die Flammen hoch auf und schossen giftgrüne Pfeile auf ihn. Der Bademantel, den er vergessen hatte abzulegen, fing sofort Feuer.

Schwarze Rauchschwaden umhüllten seine Brust und krochen gierig nach oben weiter. Er wollte aufspringen, doch der brennende Mantel hatte sich schon längst in die Oberfläche des Sessels hineingefressen, und er war mit beiden, Mantel wie Sessel, verschmolzen.

Er versuchte zu schreien, vergebens. Aus seinem weit aufklaffenden Mund stiegen nur brodelnde Luftbläschen. Gab es noch Hoffnung für ihn? Gar Rettung? Der Schnee, draußen, im Hof, in dem er sich hätte wälzen und die Flammen ersticken können, würde erst morgen fallen. Er war verloren.

Plötzlich spürte er eine Hand auf seiner glühenden Brust. Eine kleine Hand nur, aber eine Hand. Die Hitze schwand auf der Stelle, der Rauch verzog sich. Er atmete auf. Ihm wurde leicht.

*

Er öffnete die Augen. Es wurde schon hell. Ein neuer Tag war ihm geschenkt. Im Zimmer war es stickig und unter dem neuen Bademantel, den er als Nachtgewand trug, staute sich die feuchte Hitze des schweren Schlafs. Er würde ein Fenster öffnen, um die frische Luft des Morgens hereinzulassen. Er wollte sich erheben, aber etwas hinderte ihn daran.

Sein Oberkörper ließ sich nicht, wie sonst, leicht in die Vertikale bringen, allenfalls ein wenig anheben. Etwas lag auf seiner Brust. Ein Etwas, das in eine kleine Hand mündete, deren Finger an seinem Hals ruhten. Auf dem „Etwas" entdeckte er eine zweite, größere Hand; zarte, lange Finger. Die zuckten ein wenig, als würden sie auf einem imaginären Klavier eine kleine, unhörbare Melodie spielen.

Wem gehörten die Hände? Seine waren es nicht. Und – wer war *er* gleich noch mal? Zunächst musste er das Fenster öffnen. Die Luft würde ihm guttun, den Geist durchblasen, den Körper kühlen. Vorsichtig ließ er sich nach links aus dem Bett gleiten. Im Dämmerlicht des frühen Morgens erkannte er zwei Personen, eine kleine, die auf ihm gelegen war, und eine große.

„Britta!", hätte er fast ausgerufen, hielt sich aber zurück. Er und Britta in einem Bett? Konnte das sein? Es fühlte sich richtig an, aber auch wieder nicht. Er würde das Zimmer verlassen und draußen warten. Etwas würde sich dann schon ergeben.

Er schlüpfte zur Tür hinaus und warf, bevor er sie zuzog, noch einen letzten Blick zurück, auf das Bett. Von dort vernahm er, fast unisono, zweimal das gleiche Wort. Fragend ein helles Stimmchen, sehnsüchtig aus dem Mund der wunderschönen Frau namens Britta: „*Helmut*".

38

Es hatte geschneit. Nicht viel, aber genug, um die herrschende Jahreszeit Winter nennen zu können. Britta und Florence waren nach Hause gefahren. Sie würden erst wieder am nächsten Wochenende kommen. Britta musste ihre neue Stelle antreten. Sie würde als Verkäuferin im örtlichen Buchladen arbeiten. Florence würde vormittags in die Kita gehen, den Nachmittag sollte sie bei einer Freundin verbringen. Britta hatte keine andere Lösung gefunden. Wilhelm Jakoby hatte den Weihnachtsurlaub verlängert. Seine Mutter war gestürzt und bettlägerig, er musste sich um sie kümmern.

Helmut hatte sich spontan an manches erinnert, unter anderem auch daran, warum sie jene Nacht zu dritt in einem Bett verbracht hatten. Er war, nach einem Gang zur Toilette, gewohnheitsmäßig ins Schlafzimmer abgebogen, hatte seine Bettseite leer vorgefunden und sich schlaftrunken einfach niedergelegt, bis er, von Alpträumen gequält und halb von Flo zugedeckt, aufgewacht war. Er hatte diesen „Irrtum" nicht erwähnt, dennoch schlich sich zwischen ihn und Britta eine leichte, verstörende Fremdheit ein, obwohl – oder vielleicht gerade, weil? – sie ihn am Morgen nach besagter Nacht stürmisch umarmt und auf den Mund geküsst hatte. Dabei hatte sie unglücklich wie eine welkende Blume gewirkt.

Sie arbeitete also in einer Buchhandlung? *Bücher*, das fühlte sich, in Helmuts Erinnerung, irgendwie richtig an, Buch*handlung* jedoch nicht. Er wollte nicht schon wieder fragen, Britta schaute dann immer, als hätte sie jede Hoffnung verloren.

Er musste seine *Power Walks* mit Miss Penny, Peggy oder Piggy wieder aufnehmen. Sie begannen aber, ihm Spaß zu machen, denn es gab jedes Mal Neues zu entdecken: ein röhrender Hirsch am Waldrand, wie einem Ölschinken aus den Fünfzigerjahren entstiegen; ein Paraglider, der sich in einen Baumwipfel verirrt hatte und kläglich schrie, er sei nicht schwindelfrei; ein riesiger Hund mit räudigem Fell und hungrigem Blick. Ob das vielleicht ein Wolf sei, hatte er die kesse Miss P. gefragt, doch für sie waren das alles „Tiere mit vier Beinen". Kühe, Wolf, Hund, Wiesel oder Meerschweinchen – alles eins. Sie unterschied nur zwischen essbar und ungenießbar; Meerschweinchen bildeten dabei das Bindeglied.

Wann er denn endlich geheilt sei, fragte er die vier verbliebenen Koryphäen, doch die wiegten unentschieden ihre haarlosen Köpfe, man müsse weiter beobachten, und ohne Dr. Jakoby sei an eine endgültige Entscheidung nicht zu denken. Ob sie denn mit seinen Fortschritten zufrieden seien, wollte Helmut noch wissen, aber auch hierauf fanden sie keine einvernehmliche Antwort, was in ihm den Verdacht aufkommen ließ, dass das *Health Repairing Center* weniger an *Heilen* denn an *Verweilen* interessiert war. Britta hatte ihm auf der Website der Klinik die „Leistungsliste" gezeigt, und als er sie gefragt hatte, ob er sich die hier aufgelisteten Preise „leisten" könne, hatte sie gelacht und gesagt: „Na, hoffentlich!"

Britta kam jedes Wochenende, wie versprochen. Sie nahm immer den Zug, den Mercedes rührte sie nicht mehr an. Flo wäre gern bei Helmut geblieben, aber das war auf der „Leistungsliste" nicht vorgesehen und so trennten sie sich an den Sonntagabenden mit Tränen und unter nicht enden wollenden Umarmungen.

Professor Jakoby kam erst Ende Januar wieder. Er verfügte, nach einer flüchtigen Untersuchung, Helmuts sofortige Entlassung; ob geheilt oder nicht, das blieb offen. Doch die Suite wurde gebraucht, für einen weißrussischen Oligarchen. Aber nicht nur die, denn er und seine Entourage – siebzehn Leibwächter, drei Ex-Ehefrauen und zwei aktuelle sowie die elf wichtigsten Berater – nahmen die zwei obersten Etagen des mondänen Neubaus in Beschlag. Dem Oligarchen fehlte wesentlich mehr als Helmut: mehrere Gliedmaßen komplett, der Rest teilweise, das halbe Gehirn – die andere Hälfte war von Haus aus dünn besiedelt – ein Privatjet, der am Grund des Bodensees lag, und noch dies und das. Und so wurde vereinbart, dass Britta, die dafür gern einen Arbeitstag opferte, Helmut aus der Klinik nach Hause geleitete. Doch wo sollte dieses „Zuhause" sein? Doktor Jakoby hatte eine „permanente Nachsorge" angeraten und Britta eine schlaffe, feuchte Hand zum Abschied gereicht. Britta wollte Helmut aber nicht schon wieder in die Hände einer „geldgeilen Pflegemafia" übergeben, wie sie dem verdatterten Professor ungnädig hinwarf. Also war die Lindenstraße 37, vierter Stock, Helmuts nächstes Zuhause, auch dank Flo's großzügiger Geste, dem geliebten Rekonvaleszenten ihr Zimmer zu überlassen.

Britta hatte geräumt, geputzt – unter tatkräftiger Mithilfe von Frau Deznar („Klar, Kindchen, für Herrn Helmut immer! Sogar gratis!") – sie hatte gesaugt, gefegt, Spinnen vertrieben, Altes weggeschmissen, Neues weggeschmissen, und sie hatte eine ganz spezielle Veränderung im Wohnzimmer vorgenommen.

Die kleine Wohnung blitzte, dass es Britta fast peinlich war. Glaubte sie tatsächlich, dass Helmut so ein Pedant war? Ein anal fixierter Ordnungsfanatiker, der beim Anblick einer unaufgeräumten Wohnung ohne Vorwarnung in Ohnmacht fällt? Und dieses Mal womöglich nie mehr aufwacht? Aber „sicher ist sicher!", dämpfte sie ihre Selbstzweifel, „und unordentlich wird es schon wieder ganz von allein."

Nun also war er da, der große Tag. Am 21. Oktober hatte

Helmut sein heimatliches Ambiente verlassen und reichlich hundert Tage später, am 2. Februar, kehrte er zurück. Nichts, oder nur wenig, hatte sich verändert. Der Schnee war gekommen, der Schnee war gegangen. Erste Frühlingsboten drängten sich vorwitzig ins gräuliche Gesamtbild, der See war noch immer ein Ententeich, die dazugehörigen Enten waren, wie es hieß, im Anflug, aber noch nicht gelandet. Nur der Pudel, den Helmut vor über einem Jahr angeblich links liegen gelassen hatte, weilte nicht mehr unter den Lebenden: Altersschwäche! Dabei hatte er bis zuletzt noch mopsfidel gewirkt.

39

„Lindenstraße 37", verkündete der Taxifahrer, ein drahtiger, junger Albaner, mit wichtiger Miene. Vermutlich war er zufrieden mit sich, dass er auf Anhieb die ihm genannte Adresse gefunden hatte. Sichtlich überrascht war er jedoch über das großzügige Trinkgeld, das ihm ausgehändigt wurde.

Nachdem seine Fahrgäste ausgestiegen waren, bedankte er sich noch einmal überschwänglich und überreichte Helmut eine zerknitterte Visitenkarte Helmut nickte freundlich, betrachtete dann die grauweiße Eingangsseite, wandte sich zu Britta um und sagte: „Vierundsechzig Stufen. Abwärts noch unangenehmer als hinauf. Ein Lift, für drei Personen fast zu schmal."

„Genau", bestätigte Britta und setzte lachend hinzu: „Und vor der Tür im vierten Stock, links, da müsste ein *Zalando*-Päckchen auf uns warten."

„Das haben wir doch hoffentlich nicht vergessen?", tat Helmut erschrocken und schaute sich im Inneren des Taxis um. Der Fahrer wollte helfen, wusste aber nicht, wonach gesucht wurde. Für das Trinkgeld, das er bekommen hatte, würde er aber sogar unter den Fußmatten nachsehen, falls dies von ihm verlangt würde. Die Fahrgäste hatten sich aber inzwischen schon wieder entfernt, eilfertig brachte der Fahrer noch die Gepäckstücke zur Haustür, wünschte einen schönen Tag und fuhr davon.

Britta schloss die Tür auf und blickte Helmut fragend an. „Sollen wir...?", sagte sie zögernd. Helmut antwortete „Wenn du willst?" „Ja, ich will", meinte sie darauf und wurde rot. „Und ich", schloss Helmut ab, „ich habe zu wollen, nicht wahr?" Britta protestierte, doch Helmut drückte zärtlich ihren

Arm und sagte: „Natürlich will ich, liebend gerne will ich."

So schafften sie zunächst das Gepäck und schließlich auch sich in den vierten Stock. An der Eingangstür hing ein buntes Plakat, handgemalt, mit vielen Enten, Pferden, Katzen, Herzen und aufgepressten roten Kussmündern. Darunter stand, in krakeligen Buchstaben, für die die gesamte Farbenpalette des Malkastens herhalten musste: WILLKOMENHELLMUT. Die junge Künstlerin selbst war nicht zu Hause. Noch nicht. Sie würde gegen 14 Uhr von Brittas Lieblingskollegin gebracht werden.

Jetzt war es kurz nach elf. Drei Stunden hatten Britta und Helmut für sich allein. Helmut hatte keine besonderen Wünsche. Er hatte in der Klinik gefrühstückt und er hatte in der Nacht gut und ausreichend geschlafen. Aber er war neugierig, ob er die Wohnung noch wiedererkennen würde, die für die nächsten Wochen auch die seine war.

Britta begann sofort mit der Begehung. Sie hatte sich etwas vorgenommen, und das wollte sie rasch hinter sich bringen. „Da wäre zunächst das Bad" sagte sie und öffnete die Tür. Ja, das kenne ich, dachte Helmut. Die Badewanne zumindest hatte sich nicht verändert. Er lächelte. Nun war Flo's Zimmer dran. „Das ist jetzt *dein* Zimmer", meinte Britta und machte Helmut auf den Wandschmuck aufmerksam. Helmut trat näher. Beide Längswände waren über und über mit Fotos beklebt. Auf allen Fotos war das Kind zu sehen, mal ernst, mal mit verrückten Grimassen, mal im Wasser, mal tief im Schnee vergraben, mit zerborstenem Schlitten, im Badeanzug, nackt am Meer, beim Krabbenschälen, mal verschwitzt, mal frisch gebadet, und, nicht zu vergessen, in seligen Schlaf versunken. Auf vielen Fotos war auch er mit von der Partie, und er staunte, was er alles mit diesem prächtigen Kind erlebt hatte.

Über dem Bett hing ein großes Foto, das Flo auf einem weißen Pferd zeigte. *Chantal* stand in riesigen Lettern darüber. Natürlich, Chantal, das Pony in... gleich fällt es mir ein, dachte Helmut, er sah den Stall vor sich, den Waldrand, dort sollte es Rehe geben, genau, Rehe, Trüffeln, was man wollte. Die Trüffeln passten so gut zum Lammragout von Pierre...

„Britta", wollte er rufen, „eine neue Erinnerung...", aber wo war Britta? Ach, sie ist schon weitergegangen. Ins Wohnzimmer? Nein, sie sagt, dass sei *ihr* Zimmer, wo nun auch Flo schlafen würde. Diesen Raum kannte er nicht. Ein schönes großes Bett, ein kleiner Balkon, man sah die Berge. Herrlich. Alles roch nach Britta. Hier gefällt es mir, freute er sich, er würde bestimmt gerne hier wohnen. War jetzt das Wohnzimmer dran? Ob es da noch die Couch gab, in die man so tief einsank? Ein Name fiel ihm ein. Zoe, natürlich! Zoe war der Name der Frau, die im Wohnzimmer ganz nah an ihn herangerückt war, Zoe, die vollbusige „Brünhilde". Er hatte damals die ganze Zeit daran gedacht, dass er jetzt lieber mit Britta hier hineinsinken würde, in die weichen, tiefen Polsterberge. Britta hatte ihn und Zoe dann hinausgeworfen, ein unschöner Abschluss eines schönen Nachmittags. Ein Ort voll von Erinnerungen. Sie flossen ihm einfach so zu, er musste sich nicht anstrengen. Britta rief ihn, ah ja, jetzt also das Wohnzimmer.

Britta setzte ihre ganze Hoffnung in die drei Stunden, die ihnen blieben, bis Flo eintraf. Helmut sollte Erinnerungen in sich wachrufen, die bis heute blockiert waren, das war ihr Plan. Erinnerungen, die er dringend brauchte, um den Zugang zu seinem alten Ich wiederzufinden. Falls dies möglich war, dann musste das heute sein, jetzt. Davon war Britta überzeugt und deshalb hatte sie, gegen den Ratschlag von Dr. Jakoby, doch zum *Holzhammer* gegriffen. Es konnte schiefgehen, das war ihr bewusst. Helmuts Zustand konnte sich wieder dramatisch verschlechtern. Aber sie glaubte daran, dass sich hier, in diesem Zimmer, das Helmut eben betrat, alles zum Guten wenden würde.

Sie war, während Helmut die Fotos betrachtete, noch kurz im Bad gewesen und hatte sich umgezogen. „Hier, Helmut", sagte sie und ihre Stimme zitterte ein wenig, „geh nur rein, das kennst du ja auch schon. *Voilà*, unser Wohnzimmer. Die Couch, auf der du und meine Freundin Zoe einander, wie soll ich sagen „nahegekommen" seid, näher, als ich es in meiner albernen Eifersucht ertrug, dieses gute Stück habe ich entfernt. Rotweinflecken und defekte Sprungfedern, fort damit. Überhaupt, Sofas sind ja weit überschätzt." Britta hielt inne. Der Holzhammer, gleich würde er zum Einsatz kommen.

„Ich sitze ja lieber am Boden", fuhr sie fort und ihr Herz klopfte, „auf dem weichen Teppich. Da kann man sich auch mal hinlegen, Musik hören, eine Runde schlafen. Essen auf dem Teppich, das mag ich eigentlich nicht, die lästigen Fett- und Rotweinflecken, du weißt ja. Trotzdem, heute, für dich, ein kleines Picknick, hier auf dem Teppich. Traraaa! *Un pique-nique sur le tapis. Bon appétit, mon cher.*"

Britta ließ sich langsam nieder und streckte Helmut die Hand entgegen. „Komm, setz dich schon", ermunterte sie ihn, „hier, zu mir."

„Du meinst, ich soll...?" Helmut zögerte. Zu viele Eindrücke, die auf ihn einprasselten.

„Du sollst nicht, wenn du nicht willst."

Britta saß jetzt. Helmut ging in die Knie. Vor ihm stand ein großer Teller auf einer weißen Stoffserviette. Die war auf dem schönen, bunten Teppich ausgebreitet. Der Teppich musste neu sein, so weich und flauschig, wie er war. Und was lag da auf dem Teller? Helmut schnupperte: „Das riecht so gut, Britta. Ist das etwa…?"

„Klar, *tarte aux oignons rouges*, dafür könnte ich sterben", sagte Britta eine Spur zu aufgedreht, nahm ein Stück von dem Kuchen und wollte es Helmut reichen.

„Und wenn ich nun keinen Bissen runterkriege?", wand Helmut ein, setzte sich aber zu Britta. „Woher kenne ich diesen Satz?", überlegte er, und auch der Teppich unter seinen Fingern fühlte sich merkwürdig vertraut an. Ein dünner Erinnerungsfaden machte sich aus den Tiefen seines Gedächtnisses auf den Weg und stieg langsam hoch ins Bewusstsein.

„Warum solltest du keinen Bissen runterkriegen?", fragte Britta. „Glaubst du, der Zwiebelkuchen schmeckt dir nicht?"

Britta rückte ein wenig näher, legte das Kuchenstück aber wieder auf den Teller.

„Doch, der Kuchen riecht gut. Sehr gut. Aber da ist etwas anderes, etwas, das, das…" Helmut bemerkte plötzlich, dass Britta nicht mehr die Kleidung aus dem Taxi anhatte.

„…das vielleicht noch besser riecht, Helmut?"

Britta hielt den Atem an. War das der Moment, den sie so herbeigesehnt hatte? Kam Helmuts Erinnerung zurück? Sie lehnte sich leicht an seine Schulter.

„Ja, das ist es, Britta. Etwas anderes riecht noch besser, viel besser." Helmut hatte die Augen geschlossen und sprach wie in Trance weiter: „Und es ist so nah, dass ich nicht weiß, ob ich wache oder träume."

„Es ist ganz nah, Helmut, und du bist wach, du bist wach. Und hier, schau…" Britta öffnete den Bademantel, unter dem ihre helle Haut schimmerte, nahm seine Hand, legte sie auf ihre Brust. Sie hatte ihre Stimme zu einem Flüstern gesenkt.

„Hier, schau, fühle, es ist alles da, und alles ist wahr."

Helmut öffnete die Augen, sah seine Hand, sah die Haut, sah den Mantel.

„Britta", rief er, „der Bademantel, *das* ist der Bademantel, *dein* Bademantel, und hier, unter dem Bademantel ist..., *das* ist es, was so unvergleichlich gut riecht, was so schön ist, so..."

„...so weich und ganz nah bei dir, und du, wenn du es magst..."

„Ja, ich mag es, ich mag es sehr, möchte eintauchen in dieses Schöne, in das Weiche, möchte nie mehr..., nie mehr woanders sein als hier, bei dir...! Britta, ist es, was ich denke? Waren wir...? Sind wir...ein...?"

„Ja, Helmut, das sind wir. Du und ich, wir waren glücklich... und wir waren zusammen, wir waren ein *Paar*."

„Ich erinnere mich, Britta", es ist alles wieder da"! Helmut umfasste zärtlich ihren Körper, der sich aus dem Bademantel herausschälte, „ich erinnere mich, und die Erinnerung, sie ist ganz deutlich. Wir, du und ich... wir *sind* ein *Paar*, *wir* sind *eins*. Und wir *lieben* uns!"

40

Sie wurden eins, sie waren eins, sie liebten sich und nannten sich mit den Kosenamen der lauen Oktobernacht, erkannten ihre Körper, erkannten die Berührungen, die Bewegungen, erkannten alles wieder. Helmut sah die kleinen Figuren auf dem Teppich, begrüßte sie wie alte Freunde, einen nach dem anderen, hätte auch gern den Mond, die Sterne von draußen begrüßt, war aber auch mit der Sonne zufrieden, deren schräg hereinfallendes, mildes Licht die Liebenden einhüllte und wärmte.

„Ich liebe dich, Helmut", sagte Britta in die Stille der wohligen Erschöpfung. Sie wusste, der zweite Schritt, der Schritt hinein in das Grauen, musste noch folgen. Ohne ihn wäre die Erinnerung, dass sie ein Liebespaar waren, unvollständig und nichts wert. Helmut musste jetzt alles wissen.

„Ich liebe dich...", fuhr Britta fort und hoffte, dass sie die richtigen Worte finden würde, „...aber ich habe dir, kurz nach jener Nacht, an die du dich Gott sei Dank wieder erinnerst, einmal nicht vertraut. Und dadurch ist das Böse zwischen uns gekommen."

Ein Stich durchfuhr Helmut, und sein Kopf begann zu schmerzen. Er griff an die Stelle, wo er, wie Dr. Jakoby gesagt hatte, sich bei einem Sturz verletzt habe, aber er spürte keinen äußerlichen Schmerz. Trotzdem glaubte er, es nicht aushalten zu können. Er stöhnte, und Britta nahm ihn fest in ihre Arme. Sie küsste ihn und flüsterte ihm ins Ohr: „Heute bin ich da, mein Geliebter. Damals bin ich weggegangen. Ich habe dich alleingelassen. Dich allein gelassen mit..." Britta versagte die

Stimme.

„Ja, Britta, ich war allein, allein mit..., auf Flo's Zeichnung im Krankenhaus, da steht er..."

„...schwarz und groß..."

„... ja, schwarz und groß, ein Vogel, ein Rabe..."

Helmut richtete sich auf und schaute unstet und mit Verzweiflung im Gesicht auf dem Teppich umher. So hell und rein. Aber das Dunkle war da! Seine Erinnerung sperrte sich, sträubte sich gegen den Schrecken. Doch Britta hält mich fest, versuchte er sich Mut zuzusprechen. Britta. Sie ist hier. Ich bin in Sicherheit.

Er setzte erneut an: „Der Rabe..., der Rabe ist..."

„Der *Rabe* ist *kein* Vogel", half Britta nach.

„Nein, du hast recht. Der Rabe ist kein Vogel. Es ist, es ist die finstere, ist die schreckliche... *Malika*", presste Helmut heraus, fiebrig glänzten seine Augen, doch Britta hielt den Geliebten weiterhin fest umschlossen und sah in sein Gesicht. Es war bleich und zerfurcht vom Schrecken der Erinnerung.

„Malika, dort", keuchte Helmut, „in der Villa, auf unserem Teppich. Ich liege mit dir auf unserem Teppich und vergesse die Zeit. Dann liege ich allein auf dem Teppich. Alles um mich herum ist rot, ich kann nicht aufstehen, das Rot fließt aus mir heraus, ich will es aufhalten, aber..., aber..."

„Aber das Blut fließt, und doch willst du leben, Helmut. Du willst weiterleben."

„Ich will weiterleben, mit dir, mit meiner kleinen Flo. Ich muss am Leben bleiben. Weil ich dir sagen will, weil du wissen sollst, mir glauben sollst, dass, dass ich, dass ich nur *dich*..."

„...dass du mich *liebst*, nur *mich* liebst."

„Ja. Dass ich nur dich liebe. Ich liebe nur dich. Glaubst du mir das, Britta?"

„Ja. Ich glaube es und ich weiß es, Helmut. Und ich gehe

nie wieder weg von dir."

„Du lässt mich nie wieder allein."

„Nie wieder."

*

Die drei Stunden waren vergangen. Die Lifttür öffnete sich, ein Wirbelwind schoss aus dem Inneren hervor, eine kleine Faust hämmerte an die Tür, dass das Willkommensplakat zitterte.

Die Tür öffnete sich, ein Schrei – und Flo lag an Helmuts Brust, in Helmuts Armen, sie küsste ihn, er küsste sie, sie konnten gar nicht mehr aufhören, einander zu drücken.

„Und jetzt habe ich Hunger", stieß Flo hervor, „ich auch", pflichtete Helmut bei, „und ich erst recht", fügte Britta lachend hinzu. „Zum Italiener?", schlug Flo vor, „wohin sonst", antwortete Helmut, und Britta sagte: „Ich lade euch ein."

Und so geschah es.

41

Wir waren glücklich.

Was für eine abgedroschene Floskel, aber besser kann man es nicht beschreiben. Wir blieben in unserer winzigen Wohnung in der Lindenstraße, schliefen zu dritt im großen Bett, frühstückten dort auch ab und zu, natürlich „Monddinger", obwohl die elend krümelten, egal. Frau Deznar putzte statt Helmuts Villa nun eben die Wohnung, die Villa nutzten wir für Wochenendausflüge oder wenn wir im Garten ein Picknick machen wollten. Nie wurde es uns zu eng miteinander, im Gegenteil.

Wenn wir mit Flo fernsahen (*Die Sendung mit der Maus*, was sonst) oder CDs hörten, quetschten wir uns auf das schmale Zweiersofa, das in der Mitte bedenklich einsank. Wir sanken mit, und so lagen wir eher übereinander, als nebeneinander zu sitzen. Nur wenn die nicht mehr ganz so Kleine ganz unten zu liegen kam, quietschte sie aus der Tiefe „Ich krieg keine Luft!" und kämpfte sich nach oben durch, um ihre Lieblingsstellung einzunehmen: quer über meinen und Helmuts Unterleib gebreitet, den Kopf in eine Hand geschmiegt und einen Ellbogen auf irgendeinen gerade zur Verfügung stehenden Oberschenkel gestützt.

Ich arbeitete nur noch halbtags in der Buchhandlung. Es machte mir Spaß, auch wenn die Buchempfehlungen, die ich abgab, selten auf Gegenliebe stießen. Ich merkte aber, dass die Kunden ausgerechnet *die* Bücher kauften, von denen ich abriet. Also griff ich zu dem Trick, vor den Büchern, die mir am Herzen lagen, eindringlich zu warnen. Die wurden dann gekauft wie warme Semmeln und ich galt als nett, aber leider ahnungslos.

In einem Brief an meine Noch-Schwiegermutter Renate Weber machte ich sie auf meine prekäre finanzielle Lage aufmerksam. Ihr Sohn Paul schulde mir, und vor allem seiner Tochter, seit über vier Jahren Unterhalt, im Ganzen mehr als sechzigtausend Euro. Ich verlangte die Auszahlung der Summe sowie in Zukunft pünktliche Überweisungen zum Ersten des Monats, mein Anwalt werde sich demnächst melden.

Als Alternative bot ich die sofortige Scheidung an, Paul müsse zudem die Schuld an der „Zerrüttung der Ehe", wie es so treffend heißt, übernehmen. Nach drei Tagen hatte ich die gewünschten Papiere in Händen, Paul sei, so Renate, mit einer einvernehmlichen Trennung einverstanden, als einmalige Abstandszahlung schlage man fünfundzwanzigtausend Euro vor. Ich nahm an und kurz darauf war ich ein freier Mensch: Britta Güthlein, und *tschüs* mit Weber.

Helmut erzählte ich noch nichts davon, ich wollte ihn nicht unter Druck setzen. Er hatte außerdem selbst viel um die Ohren, die französische Polizei, die Versicherungen, die unausweichlichen Untersuchungen. Aber alles lief glatt.

Komisch, bisher war nichts glatt verlaufen, ständig hatte es Verwicklungen, Missverständnisse, dramatische Ereignisse gegeben. Wer brauchte so was? Ich nicht. Was ist gegen ein langweiliges Leben einzuwenden, wenn es ein schönes Leben ist? Mein Herz klopfte, wenn ich Helmut sah, wenn ich nur an ihn dachte. Wenn wir uns liebten, sowieso. Aufregung gab es genug, wenn Flo mit blutenden Knien von der Kita nach Hause kam, zum Beispiel, oder wenn sie beim Radeln mit dem neuen Zweirad hinfiel. Zum Glück hatte sie immer einen stabilen Helm auf (*a helmet!!*) sowie einen treuen Gefährten (*a Helmut!*) zur Seite, der sie tröstete und das Missgeschick in einen Beweis ihrer Tapferkeit und ihres Heldenmuts umdeutete. Nicht wahr, mein Heldenmütiger, mein Geliebter?

*

Danke, mein Herz. Kapitel 41, wie passend! Mit 41 lernte ich dich kennen. Zu jener Zeit fühlte ich mich oft leer, antriebslos. Und ich kam mir vor wie ein verbiesterter, alter Mann. Der Sprung in den See war, von heute aus gesehen, wie das Eintauchen in ein Verjüngungsbad. Ich weise dich jetzt schon darauf hin, Geliebte, dass du vorbereitet bist, wenn ich in zehn Jahren plötzlich wieder in die Pubertät komme, Pickel kriege und im Pennälerstil schwülstige Liebespoeme zu schreiben beginne.

Noch ein Wort zu Malika. Was hätte ich der französischen Polizei sagen sollen? Dass Malika mich niedergeschlagen hat? Ich hatte ihr den Rücken zugekehrt und schaute zum Fenster hinaus, in die Nacht, dorthin, wo mein Glück gerade verschwand. Das Nächste, was ich erblickte, war Flo's Kopf, neben mir, auf dem Kissen. Wie sollte ich da auf die Idee kommen, dass etwas Schlimmes passiert sein könnte? Ich konnte also nur bestätigen, dass du abgereist warst und Malika allein mit mir im Haus war. Ob die Kriminalbeamten mit meiner Aussage zufrieden waren? Das sollen sie selbst entscheiden, es liegt nicht in meiner Hand.

In meiner Hand dagegen liegt deine Hand. Deine zarte, kühle Hand. So zerbrechlich. So stark. Mehr Glück kann meine Hand nicht haben. Wer hat mir dieses Glück geschenkt? Womit habe ich es verdient? Nein, *verdienen* kann man es nicht. Man muss es festhalten, wenn es einen zufällig streift. Es mit beiden Händen zu fassen kriegen und nicht mehr loslassen. Dass das Glück zweimal vorbeikommt, wie bei mir, das ist wie

216

das Zusammenfallen von Tag und Nacht, wie das Anhalten der Zeit. Wer sonst könnte *glücklich* genannt werden, wenn nicht ich? Und wer kann schon von sich sagen, dass er seine „zweite Hälfte" gefunden hat, die ihn passgenau ergänzt und durch die er erst zum wahren Menschen wird?

Das sind so die Gedanken, mit denen ich das ungläubige Staunen, das mich Tag für Tag aufs Neue befällt, in die Sphäre des Begreifens zu holen versuche.

Ansonsten tun wir nichts Außergewöhnliches. Wir leben miteinander. Mehr kann man nicht wollen, oder, *ma grande*?

*

Doch! Ich bin gerade fünf geworden und will als Nächstes sechs werden. Zum Geburtstag habe ich mir einen Ausflug in ein ganz großes Schwimmbad gewünscht. Mit vielen Wellen. Am Abend, wenn wir zurück sind, hat Helmut gesagt, wartet noch eine Überraschung auf mich. In seinem Garten. Ein Picknick, hurra, habe ich gedacht. Im Garten war aber kein Picknick, dafür Chantal, die hat mich gleich wiedererkannt. Ich durfte noch reiten. Sie ist jetzt mein Pferd, hat Helmut gesagt. Außerdem, hat Mami gesagt, kriege ich noch etwas. Das habe ich mir auch schon manchmal gewünscht, aber ich weiß nicht, wie man das kriegen kann. Die Mami kriegt es für mich. Ein kleiner Bruder oder eine Schwester. Ein Bruder ist mir lieber, ein Mädchen bin ich ja selber. Aber man sieht es nur von außen, weil Mamis Bauch dann dicker wird. Hoffentlich hat das Kind genug Luft im Bauch?

Soll ich noch was sagen, Helmut? Ach ja, ich darf jetzt „Papa" oder „Papi" zu dir sagen. Endlich habe ich auch einen Papa. Aber ich darf auch noch Helmut sagen, oder, Helmut?

*

Ja, *ma grande*. Aber lass mich kurz noch mal. Ich will doch noch etwas loswerden. Ende April erreichte uns ein Schreiben, das mich sehr traurig machte. Ein dicker Umschlag, Absender war ein Notar aus Wien. Ich lese den Brief, der beilag, einfach vor:

Helmut, mon petit. Was ich dir schreibe, klingt so dämlich, sagt man das so? Egal, du wirst es schon verstehen. Wenn du diesen Brief erhältst, bin ich tot. Das dauert nicht mehr lange, weil die unfähigen Ärzte hier, die können mich nicht heilen. Die Leber, der Alkohol, na, du weißt Bescheid. Ich hatte noch ein paar schöne Jahre, Reisen, Männer, Feste, Champagne nicht zu knapp, das kannst du dir denken.

Wie ich, die verarmte ungarische Gräfin, mir das leisten konnte? Ja, hier muss die verdammte Vergangenheit leider bemüht werden, unsere komische Ehe, kurz, und von deiner Seite vermutlich schmerzlos überwunden. Ich hätte es noch länger mit dir ausgehalten, du warst intelligent, witzig, und im Bett, na, der Kenner schweigt und genießt, oder so ähnlich. Ihr Deutschen mit euren lustigen Sprüchen.

Ich mache es kurz: Dein Vater, der alte Alois, hat mich aus der Ehe rausgekauft. Großzügig, das muss ich sagen. Er hoffte halt, dass du, wenn du zur Vernunft gekommen wärst, die Firma doch noch übernehmen würdest.

Ich habe keine Ahnung, ob das passiert ist oder nicht, mir war es egal, ich konnte ja „in Saus und

Braus" leben, habe ich von Elfi, den Ausdruck. Gut. Jetzt bin ich tot und du sollst erben, was mir geblieben ist. Immerhin keine Schulden, aber das Gut. Es ist schön hergerichtet, es ist mein ganzer Stolz. Das ist jetzt deins, mein Kleiner. Der Notar wird dir alles zuschicken. Ich küsse dich, mon amour, und hoffe, dass du dein Glück gefunden hast.

Deine Eleonore

P.S. Melde dich mal bei Elfi. Die hat was für dich geschrieben, weil sie dich damals, in der Spelunke, so süß fand.

*

Demnächst also werden wir nach Ungarn fahren. Der Notar hat Fotos von Schloss Báthory, dem Erbstück, mitgeschickt. Nicht wiederzuerkennen. Beziehungsweise „der Wahnsinn", wie meine Geliebte zu sagen pflegt.

*

Ich hatte mit dem Allerschlimmsten gerechnet. Doch „der Wahnsinn" ist fast noch zu schwach für das, was wir in Ungarn vorfanden. Wir blieben gleich ein paar Wochen und dank der wundersamen Fügung, dass Chantal bei unserer Ankunft fröhlich wiehernd von der Koppel grüßte, war auch Flo mit ihrem schweren Schicksal versöhnt.

Denn sie musste, zum ersten Mal verliebt, und zwar in den fünfjährigen YoYo aus der Kita, sie musste diesen „kuhlen Typen" alleinlassen und befürchtete, dass die anderen „Gör-lies" aus der Gruppe ihn sofort „angraben" würden. Einen

Wortschatz hat das Kind! Also von *mir* jedenfalls nicht!

Ich hatte im Juni Geburtstag, fünfunddreißig, schluchz, unaufhaltsam auf dem Weg zur alten Frau. Das Kind, angeblich nur eines, meinem Umfang nach werden es Vierlinge, regt sich schon mächtig, in gut zwei Wochen ist es so weit. Zum Geburtstag überreichte mir mein unfassbarer Lebensgefährte Dr. S. ein dünnes Kuvert. „Sonst nichts?", hatte ich noch gemäkelt, denn ich sah mich in Gedanken schon mit Diamanten behangen durch den Kreißsaal schweben.

Ich öffnete das unscheinbare Schreiben, las, was auf dem eng bedruckten Blatt stand, las es noch einmal, verstand kein Wort, zwickte mich in den Arm, schrie „Au!", weil sich meine Fingernägel tief in das Fleisch – oder ist es schon *Fett???* – eingegraben hatten, las ein drittes Mal die Botschaft, dass ich, Frau Britta Güthlein, die Eignerin eines neu gegründeten Kinderbuchverlags sei, der den Namen *Vergessene Wiese* tragen solle, falls die Eignerin nicht eine Änderung wünsche.

Stiller Teilhaber sei ein Herr Helmut W. Seethaler, zukünftiger Ehemann der genannten Frau Güthlein, und das Verlagsprogramm weise auch bereits einen ersten Titel auf: „Das stumme Kind", von Elfriede Jelinek.

„Um mein Glück mit dir zu fassen", sagte ich zu Helmut, „müsste ich hundertfünfundzwanzig Jahre alt werden." Er, ganz cool, wie auch anders: „Packen wir's an, *chérie!*"

220

Epilog

Wie es wirklich war

...ein 41-jähriger Mann, einmal geschieden, ganz gut gekleidet, mit allerlei Interessen, leidlich lebenserfahren, gerne auch mal kindisch, gerne auch mal unglücklich....

Ach Gott, wieder diese Selbstmitleidnummer! Eigentlich habe ich keine Lust mehr auf sinnlose Ausblicke von öden Rodelbergen. Ich ändere einfach meine Gewohnheit und gehe gleich nach Hause. Es wird dunkel, nichts wie weg. Kluge Entscheidung, Helmut. Heute passiert eh nichts mehr. Adieu, amour!

He, was willst du denn? Blöder Hund, da bist du ja immer noch! Geh mir aus dem Weg! Au, jetzt schnappt er sogar nach mir. Auch noch hässliche Zähne, vermutlich scharf. Der lässt mich nicht vorbei, das gibt's doch nicht! Diese roten Augen, wie die mich anstarren! Los, Helmut, verpass ihm einen Tritt in die Schnauze! Autsch, knapp daneben. Teuflisches Biest, warum hilft mir denn keiner?

Na gut, dann geh ich halt über den Scheiß-Rodelberg, nehm mir ein Taxi am Stadion. Ja, spinn ich? Jetzt jagt der mich auch noch! Ich renn zum See runter, hoffentlich bin ich ihn dann los! Der See, da ist er ja schon, zum Glück.

Ist das ein Kind, dort, am Ufer? Ganz allein? Das fällt doch nicht rein, oder? He! Halt! Nicht weitergehen! Nicht!!! Oh nein! Ich komme. Hoffentlich ist es nicht zu spät...!!

Ende

Zeitfracht Medien GmbH
Ferdinand-Jühlke-Straße 7
99095 Erfurt, Deutschland
produktsicherheit@kolibri360.de